Ulrich Wickert

Die Schatten von Paris

W0404825

PIPER

Zu diesem Buch

»Er hatte nicht zum ersten Mal einen Mordbefehl erhalten, aber dieser ließ Pierre grübeln. Ein Untersuchungsrichter in Paris? Das sollte sein Ziel sein? Genau genommen war dem französischem Auslandsgeheimdienst ein Einsatz im Mutterland gar nicht gestattet. Aber wer nahm im Geheimen schon alles so genau? Wer also war dieser Richter? Er wusste es nicht. Wenn ihm ein Auftrag nicht einleuchtete, kam es schon einmal vor, dass er in seinem Bauch ein unangenehmes Gefühl verspürte. Diesmal aber verdrängte er seine Zweifel, denn der französische Präsident höchstpersönlich hatte dies angeordnet. Und er war der Einzige, dem die Verfassung das Recht zubilligte, einen tatsächlichen Mordauftrag zu genehmigen.«

Ulrich Wickert ist einer der bekanntesten Journalisten Deutschlands und war u.a. ARD-Korrespondent in Paris und fünfzehn Jahre Moderator der Tagesthemen. Er lebt in Hamburg und Südfrankreich und ist Autor zahlreicher Sachbücher und Kriminalromane.

Ulrich Wickert

DIE SCHATTEN VON PARIS

Kriminalroman

PIPER

Mehr über unsere Autorinnen, Autoren und Bücher:
www.piper.de

Wenn Ihnen dieser Krimi gefallen hat, schreiben Sie uns unter Nennung des Titels »Die Schatten von Paris« an *empfehlungen@piper.de*, und wir empfehlen Ihnen gerne vergleichbare Bücher.

Von Ulrich Wickert liegen im Piper Verlag vor:
Jacques-Ricou-Reihe:
Band 1: Der Richter aus Paris
Band 2: Die Wüstenkönigin
Band 3: Der nützliche Freund
Band 4: Das achte Paradies
Band 7: Die Schatten von Paris
Band 8: Der Raub im Tunnel

Gauner muss man Gauner nennen
Identifiziert euch!
Frankreich muss man lieben, um es zu verstehen
Nie die Lust aus den Augen verlieren
Salut les amis

MIX
Papier | Fördert gute Waldnutzung
FSC® C021394
FSC www.fsc.org
PRODUZIERT MIT VERANTWORTUNG

Ungekürzte Taschenbuchausgabe
ISBN 978-3-492-32237-9
September 2025

www.piper.de
Für direkten Kontakt und Fragen zum Produkt wenden Sie sich an:
info@piper.de
Redaktion: Uta Rupprecht
Umschlaggestaltung: FAVORITBUERO, München
Umschlagabbildung: Bilder unter Lizenzierung von Shutterstock.com genutzt
Satz : Eberl & Koesel Studio, Altusried-Krugzell
Gesetzt aus der Bembo
Druck und Bindung: Gedruckt von ScandBook in Litauen
Printed in the EU

für Julia, Ellie, John und Nuss

Der Anruf

Der Wirt des Bistros *Espérance* erhielt am frühen Abend einen Anruf aus der Schweiz und sagte seiner Frau, es sei ein Kunde. Dann fuhr er los, nicht ohne der Nachbarin Danielle noch die versprochene weiße Pfingstrose über den Zaun gereicht zu haben. »Er war ein sehr sympathischer Mann«, sagte sie später dem Journalisten des *Parisien*.

Von dem verschlafenen Ort Lucinges in der Nähe der Grenze zur Schweiz brauchte Daniel Forestier nur eine Viertelstunde bis zum Parkplatz mit Blick auf den Genfer See, wo er getötet wurde. Fünf Schüsse. Eine Kugel mitten ins Herz, eine Kugel in den Kopf. Drei in die Brust.

Zeugen hörten die Detonationen, ein sich laut entfernendes Motorrad, aber niemand sah etwas. Die leeren Patronenhülsen blieben zurück.

»Das war ganz klar eine Hinrichtung«, knurrte Colonel Pierre Zyram, Chef des *service action* im französischen Auslandsgeheimdienst DGSE, früh am nächsten Morgen ins Telefon, »oder siehst du das anders?«

Der Mord hatte die Zentrale aufgeschreckt.

Denn Bistrowirt Daniel Forestier, ein ehemaliger Fallschirmspringer, hatte vierzehn Jahre lang in aller Welt geheime Aufträge für das *service action* ausgeführt, und zwar in seiner Funktion als Agent alpha.

»Scheint so, und zwar von einem Professionellen. Der hat

eine Neunmillimeter benutzt. Ich vermute, 'ne Glock«, meinte H, sein Kollege. Sie sprachen über eine abhörsichere Festnetzleitung des Geheimdienstes.

H war ein Deckname, denn wer auch immer den Posten von H innehatte, wurde nie mit Namen genannt. H war die Bezeichnung für den jeweiligen Chef des Einsatzstabes für Geheimagenten des DGSE. Selbst im Dienst sollte niemand den Namen dessen kennen, der den Agenten alpha, die ebenfalls alle Decknamen trugen, ihre Einsatzbefehle gab.

H stand für *action homo*. Homo wie *homicide* wie Mord.

Der Auslandsgeheimdienst hatte den Standort der Einsatzzentrale schon vor langer Zeit nach Cercottes verlegt, einer kleinen Gemeinde in der Nähe von Orléans, versteckt hinter einem Waldstück. Cercottes lag weit weg von Paris, aber in der Nähe eines Fallschirmspringer-Ausbildungszentrums der Armee, wo auch die Agenten alpha trainierten. Einer der Vorgänger des heutigen H hatte 1985 den Auftrag zur Versenkung des Greenpeace-Schiffs *Rainbow Warrior* in Neuseeland gegeben, bei der ein Fotograf umkam.

»Nur, wer war's und warum?«, grübelte Zyram. »Übrigens sagt mir sein Name nichts. Kanntest du ihn?«

»Nicht wirklich. Daniel Forestier gehört – oder vielmehr gehörte – zu den groben Jahrgängen weit vor mir.«

»Was meinst du mit ›groben‹ Jahrgängen?«

»Die Zugehörigkeit ergibt sich aus den Lebensläufen. Heute kommen die meisten Agenten alpha direkt nach ein paar Jahren bei Eliteeinheiten im Militär zu uns. Allerdings bewerben sie sich nicht, sondern wir suchen sie aus. Aber früher war es Zufall, wer zu uns stieß. Damals hatten die meisten vorher in der Fremdenlegion oder so gedient, waren also in Gegenden wie Dschibuti oder Bangui oder Bamako im Einsatz.«

»Dschibuti klingt ja noch ein wenig zivilisiert, da haben wir immerhin das 5. Regiment der Überseetruppen.«

»Ach, ich weiß nicht, Pierre. Ich finde, es stinkt dort ganz erbärmlich nach Fisch.« H lachte.

»Aber das ist noch nichts gegen Zentralafrika oder Mali, das ist harter Tobak.«

»Besonders Zentralafrika. Da kämpfst du gegen jeden. Islamistische Rebellen, russische Milizionäre. Und ich will dir nicht schildern, was Forestier alles vorgeworfen wurde.«

»Erzähl!«

»Er war zuerst in Bangui und dann in Bamako. In Bangui hat er sich wohl einige Damen des Gewerbes gehalten, also, die haben für ihn angeschafft. Er soll ziemlich korrupt gewesen sein. Und wenn's was zu plündern gab, dann war er auch dabei.«

»Hat er je ein Verfahren an den Hals bekommen?«

»Nein. Wo denkst du hin! Da halten doch alle zusammen. In Mali hat er dann eine Weile lang die Leibwache des Präsidenten unterstützt.«

»Das ist der Trick afrikanischer Diktatoren«, meinte Zyram. »Die zahlen Schmiergelder in Millionenhöhe an französische Politiker – Geld, das sie als Entwicklungshilfe wieder zurückbekommen. Außerdem erhalten sie für ihre Wahlkampfspenden die Hilfe unseres Militärs bei der Ausbildung ihrer Leibwachen und erkaufen sich zudem im Fall eines Putsches das Ausfiltern durch französische Truppen. Wer war damals eigentlich Präsident in Mali? Wahrscheinlich irgendein General.«

»Nee, ausnahmsweise nicht. Vielmehr: Er hieß Amadou

Traore und war zwar auch mal General und hat auch mal geputscht, wurde dann aber zehn Jahre später ganz demokratisch gewählt. Nach fünf Jahren schaffte er sogar die Wiederwahl, aber kurz vor Ablauf seiner zweiten Amtszeit haben sie ihn dann durch einen Militärputsch gestürzt. Forestier hat Amadou Traore wohl mithilfe des französischen Kontingents zur Flucht verholfen und ihn zusammen mit Frau und Töchtern mit einem Transporter der *armée de l'air* ausfliegen lassen.«

»Hast du irgendwo präsent, wer damals die französische Truppe in Bamako führte?«

»Warte mal kurz, das kann ich eben nachschauen.« Zyram hörte, wie H eifrig auf seiner Computertastatur herumtippte. Plötzlich prustete er höhnisch.

»Was ist?«, fragte Zyram neugierig.

»Nee, also das wirst du nie glauben!«

»Sag schon!«

»Sein Chef war ein gewisser Colonel Jean Roche!«

»Ach du Scheiße!«, entfuhr es Zyram und noch einmal: »Ach du Scheiße. Roche!«

Inzwischen war Jean Roche General. Er leitete sämtliche Einsätze des Geheimdienstes DGSE und war dessen oberster Chef.

»Der wird sich auch heute noch an Forestier erinnern. Hoffentlich lädt er den Fall nicht bei uns ab.« Zyram schüttelte den Kopf und wiederholte erneut: »Ach du Scheiße.«

Er atmete tief durch und fragte dann: »Und wann wurde Forestier eigentlich Agent alpha?«

»Offenbar ist er damals mit Amadou Traore ausgeflogen«, sagte H. »Danach hat er den Dienst in der Armee quittiert und als Agent alpha angeheuert. Unseren Betrieb kannte er, weil er als Fallschirmspringer in Cercottes angefangen hatte. Wie üblich hat er sich bald darauf eine bürgerliche Tarnkappe zugelegt und ’ne Kneipe an der Schweizer Grenze aufgemacht.«

»Was hat ihn denn da hingetrieben?«

»Habe ich gestern Abend noch im Casino erfahren, da haben natürlich alle über ihn gelästert.«

»Von wegen *nihil nisi bonum de mortuis*«, sagte Zyram trocken, der auf dem *lycée* Latein gelernt hatte. Drei Jahre lang!

»Äh, verzeih, äh … was heißt das?«, stotterte H.

»Verzeih du mir! Reine Angeberei von mir. Ist Lateinisch. Man soll über Tote nur Gutes sagen. Aber erzähl, was wurde gelästert?«

»Na ja, was kam da so raus? Offenbar hat Forestier sich als privater Leibwächter von Traores Familie in der Schweiz nebenbei Geld verdient. Und in der Schweiz hat er dann wohl auch seine Frau kennengelernt, die als Model arbeitete.«

»Was immer das bedeutet.«

»Genau! Was auch immer das bedeutet. Nämlich genau das, was du denkst. Sie übte ihr Geschäft auf der französischen Seite aus, im kleinen Ort Lucinges, in einer großen Villa, die ihr gehörte. Dort konnten Kunden aus Genf unbemerkt verkehren. Warum die geheiratet haben, weiß ich auch nicht. Einer meinte gestern, wahrscheinlich wurde sie zu alt fürs Gewerbe, und dann hat Forestier ein Bistro im unteren Teil der Villa aufgemacht. Und zwar mit Erfolg, denn das Haus liegt günstig am Dorfeingang. Nebenbei betrieb er in der Schweiz weiterhin seinen Sicherheitsdienst für die Traores. Er scheint dafür einige Tschetschenen angeheuert zu haben, die in Belfort wohnen. Dort gibt’s ’ne tschetschenische Gemeinde. Und dann hatte er noch ein drittes Hobby, mit dem er zunehmend mehr Geld verdiente. Er hatte sich darauf spezialisiert, Drohnen zu fliegen und damit Aufnahmen zu machen. Wer etwas ausspionieren wollte, wer beispielsweise besonders pikante Videos von Damen beim Sonnenbad haben wollte, der konnte ihn anheuern. Manchmal arbeitete er auch für professionelle Filmagenturen.«

»Da ist die Spanne für die Suche nach Tätern breit. Von eifersüchtigen Ex-Kunden bis zu revolutionären Malinesen.«

»Malinesen? Ich glaube, man sagt Malier.«

»Wie auch immer.«

Als Pierre Zyram einen Augenblick schwieg, weil er über ein mögliches Mordmotiv nachdachte, klopfte jemand laut und riss im gleichen Moment die Tür auf.

Zyram fuhr wütend hoch, entspannte sich aber sofort, als er sah, dass es die Assistentin seines Chefs, General Jean Roche, war. Sie stürmte mit den Worten herein: »Häng ein! Ich hab das Élysée am Apparat für dich!«

»Ich meld mich gleich wieder«, rief er H über das Telefon zu und schaute die Sekretärin verblüfft an: »Was heißt ›das Élysée‹?«

»Olivier Mazerolle will dich sprechen.«

»Mazerolle?«

»Der Sicherheitsberater des Präsidenten. Du musst ihn nehmen!«

»Warum will Mazerolle mich sprechen?« Er betonte das Wörtchen *mich*.

»Weil der General im Stau steckt!«

Pierre Zyram machte eine verzweifelte Geste mit weit ausgestreckten Händen: »Dann verbinde mich mal.«

Er starrte auf das Telefon und ließ es zweimal klingeln, bevor er abhob. Mazerolle grüßte kurz mit einigen wenigen steifen Floskeln und kam dann gleich zur Sache.

»Monsieur le Colonel, der Präsident der Republik möchte Sie um Punkt neun Uhr in einer Videokonferenz sprechen. Der Präsident möchte, dass ausschließlich Sie an dem Gespräch teilnehmen, kein Protokollant, keine Assistentin. Die Konferenz wird weder bei Ihnen noch im Élysée aufgezeichnet. Worum es geht, weiß selbst ich nicht. Sie sollten Monitor, Kamera und Mikrofon zwei Minuten vor der Zeit einschalten.«

»Falls General Roche rechtzeitig kommt, soll er dann das Gespräch führen?«, fragte Pierre Zyram.

»Gewiss. Falls er es schafft. Der Präsident findet es schon verwunderlich, dass der *directeur des opérations* unseres wichtigsten Geheimdienstes um diese Zeit noch nicht im Amt ist, sondern im morgendlichen Stau steht. Offensichtlich kann er seinen Tagesablauf nicht so recht planen. Aber einmal zum General befördert, heißt wohl auch, man darf länger schlafen.«

Zyram grinste. Der leise Spott in den Worten Mazerolles gefiel ihm. Dann wählte er die Mobilnummer seines Chefs.

Die Stärke von General Jean Roche lag in seiner Ruhe und Bedächtigkeit. Wenn er im Stau steckte, dann steckte er eben im Stau. Er machte seinem Fahrer keine Vorwürfe, dass er in die enge Einbahnstraße gefahren war, die der Lieferwagen eines Paketdienstes blockierte. Sie fuhren diese Strecke jeden Tag. Nie waren sie in einen Stau gekommen. Jetzt warteten sie allerdings schon elf Minuten, und der Lieferwagen rührte sich nicht.

Jean Roche schaute zum Seitenfenster hinaus und entdeckte an der Wand eines Hauses eine Marmorplakette, die der Deportation jüdischer Kinder von 1942 bis 1944 gedachte. »In die deutschen Mordlager ausgeliefert von französischen Polizisten« stand da. Eine Schande, ging dem General durch den Kopf. Eine Schande.

»Soll ich mal nachsehen?«, fragte der Fahrer, als das Mobiltelefon des Generals brummte. Der General bedeutete dem Mann, sitzen zu bleiben, tippte auf den grünen Punkt in der Mitte seines Geräts und knurrte ein unpersönliches »Oui?« vor sich hin.

»Monsieur le Général, wo stecken Sie?«, fragte Zyram, nachdem er kurz gegrüßt hatte.

Der General erwähnte den Stau und sagte: »Es ist verhext. Immer mehr Leute kaufen im Netz, und jetzt versperren die Auslieferer die Straßen.«

»Wissen Sie, wann Sie hier sein werden?« Zyram sprach ruhig und beherrscht.

»Normalerweise dürfte es noch höchstens zehn Minuten dauern, falls der Fahrer wieder auftaucht. Gibt's was Eiliges, Colonel?«

»Ein Profimord an der Schweizer Grenze wirft ein paar Fragen auf, aber nichts wirklich Eiliges. Vielleicht weiß ich schon mehr, wenn Sie da sind«, antwortete Zyram, der in diesem Moment froh war über die eiserne Regel, selbst am abhörsicheren Mobiltelefon nicht die geringste Andeutung über wichtige dienstliche Vorgänge zu machen. Roche würde es nicht rechtzeitig schaffen, das beruhigte Zyram, denn er war gespannt auf die Schaltung mit dem Präsidenten der Republik.

Weitere fünf Minuten verstrichen, der Fahrer des Lieferwagens blieb verschwunden. Allmählich wurde der General doch ungeduldig, als plötzlich ein Dutzend schwarz gekleideter junger Leute die Straße heruntergerannt kamen. Sie rissen die hinteren Flügeltüren des Lieferwagens auf, kletterten auf die Ladefläche und begannen, laut schreiend die Pakete auf die Straße zu werfen.

»Kauft in Läden, nicht im Netz! Kauft in Läden, nicht im Netz!«

»Soll ich eingreifen?«, fragte der erschrockene Fahrer den General. »Ich bin bewaffnet!«

»Nein«, wehrte der General ab, »das gibt nur Ärger. Ich rufe die Polizei.«

Eine Schnellwähltaste hatte der General mit der Direktnummer des Polizeipräfekten auf der Île de la Cité belegt. Jean Roche drückte sie und gab in kurzen, präzisen Worten durch, was vor ihm geschah.

Überfall von Chaoten auf den Lieferwagen eines Onlineauslieferers. Zwölf Mann. Schwarz vermummt. Darunter wahrscheinlich drei oder vier Frauen. Ort: Einbahnstraße Rue des Maraîchers auf dem kurzen, engen Stück zwischen den Kreuzungen Rue du Volga und Rue des Grands Champs. Der General schlug vor: Am besten oben und unten dichtmachen.

Roche überlegte kurz, ob er aussteigen und um die Ecke ein Taxi nehmen sollte, verwarf aber die Idee. Hier im Auto könnte er endlich ungestört die in den letzten Tagen liegen gebliebenen Nachrichten auf seinem iPad abarbeiten.

Die Schwarzvermummten schienen Spaß an ihrem Auftritt zu haben. Als sie begannen, einander die Pakete laut feixend zuzuwerfen, drückte Roche noch einmal auf die

Schnellwähltaste zum Polizeipräfekten, doch im selben Augenblick hörte er eine Sirene, sah zuerst das Blaulicht und dann einen Einsatzwagen, der den oberen Teil der Straße absperrte. Aus den Seitentüren sprangen schwer gepanzerte Polizisten, die eine Kette bildeten und in schnellem Schritt die enge Straße herunterstapften. Die Protestierenden ergriffen die Flucht, doch offenbar hatte ein weiterer Einsatztrupp auch die untere Straßenmündung verriegelt, denn plötzlich kehrten sie zurück und sprangen gelenkig auf und über parkende Autos, um an den Polizisten vorbei zu fliehen. Es gelang nicht allen.

Als der General, der nun doch die Geduld verlor, seine Tür aufriss, rief sein Fahrer: »Warten Sie, Monsieur le Général! Die Sicherheit!«

Er rannte um den Wagen herum, zog seine Waffe und deckte Roche mit seinem Körper, wie er es als Leibwächter gelernt hatte.

Erst vierzig Minuten später konnte Roche seinen Weg ins Büro fortsetzen. Er hatte die erste Befragung der drei Frauen und zwei Männer, die festgenommen worden waren, mitverfolgt. Sie gaben an, Schauspieler zu sein, die für eine politische Aktion der Grünen bezahlt worden seien. Auftraggeber sei kein Geringerer als der Parteichef der Grünen persönlich gewesen.

»Der Parteivorsitzende der Grünen? Sind Sie sicher?«, mischte sich der General in die Vernehmung ein. Er konnte sich nicht vorstellen, dass der einstige Umweltminister Nicolas Bulot, mittlerweile Chef der oppositionellen Grünen, sich die Zeit nahm, eine solch kleinkarierte Störaktion zu veranlassen. Dazu hatte man seine Handlanger.

»Ganz sicher, Monsieur«, antwortete eine der schwarz gekleideten Frauen, die festgenommen worden war. »Ich war gerade in der Agentur Mondial, als Bulot dem Chef den Auftrag erteilt hat, in einem Videochat. Die beiden scheinen befreundet zu sein. Ich habe es selber gehört!« Sie nickte mehrmals und fügte hinzu: »Und gesehen!«

Der Lieferwagen stand herrenlos in der engen Einbahnstraße, der Fahrer war nicht mehr aufgetaucht. Es dauerte noch eine Weile, bis ein Abschleppwagen der Polizei ihn als Beweismittel auflud.

»Dem Grünen-Chef werden wir den Marsch blasen«, knurrte Roche zu seinem Fahrer, als der Wagen endlich wieder losfuhr in Richtung der *piscine* – des »Schwimmbads«, wie der Volksmund die Zentrale des Geheimdienstes DGSE in der Kaserne Mortier nannte.

Er schüttelte mehrmals den Kopf. Bulot als Auftraggeber solch einer Kinderei? Das konnte er sich nicht vorstellen. So blöd war der nicht. Wirklich nicht.

Frühstück im *Aux Folies*

Jacques hatte sich wie jeden Morgen um halb neun die Zeitungen bei Nicolas am Kiosk neben dem Eingang zur Metrostation Belleville gekauft. Er las mindestens drei Blätter pro Tag.

Als er sich ein paar Meter weiter oben in der Rue de Belleville an seinen Stammplatz *à la terrasse* vor dem Bistro *Aux Folies* setzte, kam auch schon Wirt Gaston mit einem heißen Café crème und dem üblichen warmen Croissant zur Tür heraus. Mit dem ironisch gemeinten Gruß »Voilà, Monsieur le Juge!« stellte er beides vor Jacques auf den runden Marmortisch. Er kannte die Gewohnheiten seiner Stammkunden.

»Merci, Patron«, antwortete Untersuchungsrichter Jacques Ricou genauso spöttisch.

Gaston zwirbelte seinen auvergnatischen Schnurrbart in Form. Er sah aus wie jene Lenkstange, die Picasso über einen Fahrradsattel befestigt, zum Kunstwerk erhoben und *tête de torreau* – Stierkopf – getauft hatte.

Dann sagte er: »Mal eine ganz banale Frage – hast du eigentlich die Geschichte mit Marc Guillaume verfolgt und seine Ablösung? Der war manchmal mit einer Freundin hier, du kennst sie vielleicht vom Sehen. Gibt sich als Künstlerin und läuft selbst im Winter äußerst sexy mit Hotpants rum. Hattest du vielleicht sogar mal mit ihm zu tun?«

»Nee, Gott sei Dank nicht«, lachte Jacques. »Guillaume ist

ein Ekelpaket. Das Unangenehme ist nur: Er ist der Schwiegersohn von Betonmarie, meiner Chefin!«

»Und hast du ihn je getroffen?«

»Wir halten Privates und Berufliches schön auseinander. Ich glaube, mit Betonmarie habe ich noch nie ein wirklich privates Wort gewechselt.«

»Aber über so 'nen Fall redet man doch auch bei euch!«

»Klar. Alle zerreißen sich das Maul darüber. Aber nur hinter dem Rücken der Gerichtspräsidentin. Und ich kann dir nur sagen: Gut, dass es ihn jetzt erwischt hat. Ich hätte nie gedacht, dass der höchste Beamte des Staates – immerhin war er *secrétaire général* der Regierung – in Zeiten von #MeToo noch solch sexistische Sprüche macht. Der muss schon ziemlich an Testosteronüberschuss leiden. Sonst sagt man doch heute zu keiner jungen Enarchin mehr: ›Sie, Sie werden wegen Ihres Dekolletés Karriere machen.‹ Ganz blöd muss er sich im Élysée während einer Sitzung benommen haben. Da ging eine Schachtel Schokolade rum, und als eine Kollegin sie ihm reichte, scherzte er: ›Nein, ich nehme keine Schokolade, liebe Nadine. Ist ja schon eine Zeit her, seitdem du mich zuletzt nackt gesehen hast. Du lässt nach.‹«

»Platt. Hätte der nicht längst gefeuert werden müssen?«

»Der wurde halt von seinen Kumpels aus der ENA gedeckt. Die französische Elite ist eben immer noch eine sehr männliche Bruderschaft.«

»Und warum hat es ihn jetzt erwischt?«

»Die Mitarbeiterinnen des Präsidenten haben sich zusammengetan und alles dokumentiert. Und dann haben sie ihre Beschwerde nicht nur dem Präsidenten übergeben, sondern auch seiner Frau. Das hat gewirkt. Aber er ist weich gefallen.

Jetzt wird er Präfekt der Île de France und wurde sogar in den Conseil d'État aufgenommen. Da erhältst du für den Rest deines Lebens zehntausend Euro bar. Jeden Monat.«

Gaston schüttelte den Kopf und wollte sich dezent zurückziehen, damit Jacques ungestört seine Zeitungen lesen konnte. Doch Jacques winkte ihn noch einmal heran.

»Gaston, in etwa einer halben Stunde kommt mein Kollege Michel Delabrue, ich glaube, du wirst dich an ihn erinnern, wenn du ihn siehst. Zwei Meter groß, zweihundert Kilo schwer und wirre blonde Haare wie der britische Premier Boris Johnson. Der will mit mir etwas Heikles besprechen. Lass uns deshalb in Ruhe. Wenn wir was brauchen, rufe ich dich!«

Zum Zeichen, dass er auch jetzt seine Ruhe haben wollte, griff Jacques nach den Zeitungen und vertiefte sich in die Lektüre.

Der Befehl

Der große Bildschirm für Videogespräche hing an der Stirnwand eines kleineren, dunkel getäfelten Konferenzraumes. Die gegenüberliegende Wand bedeckte eine große dreiteilige Weltkarte, in die unzählige Stecknadeln mit grünen und roten, weißen und blauen Köpfen gespießt waren. Auf den ersten Blick verwirrte sie. Denn im Mittelpunkt der hier dargestellten Welt lag nicht Europa, sondern China. Der neu ernannte Generaldirektor der DGSE hatte sie anbringen lassen und angemerkt, diese Sichtweise diene den Mitarbeitern des Auslandsgeheimdienstes, die politische Wirklichkeit wahrzunehmen. Es war nicht seine eigene Idee, er hatte in der Zeitung davon gelesen, dass auch der Chef der Eliteschule ENA China in den Mittelpunkt der Welt gesetzt hatte.

Die Fenster waren nach außen hin verspiegelt, die Tür zum Flur hin dick gepolstert. Alles abhörsicher. In der Mitte des Raumes stand ein achteckiger Konferenztisch, an den sich Pierre Zyram gut sichtbar setzte, in der Mitte genau gegenüber dem Monitor. Vor sich hatte er nur einen Block und einen Bleistift. Daneben legte er sein ausgeschaltetes Mobiltelefon, ganz bewusst mit der schwarzen Bildschirmseite nach oben. Das Gespräch sollte nirgendwo aufgezeichnet werden, hatte Mazerolle angeordnet.

Gleich würde der Präsident der Republik per Videoschalte mit ihm sprechen. Mit ihm allein! Er hätte es nach außen hin nie zugegeben, aber er fühlte sich dadurch stark, aus der Namenlosigkeit der Geheimdienstmitarbeiter hervorgehoben. Das würde ihm Nadine, seine Frau, die eine Bankfiliale im vornehmen 16. Arrondissement führte und reiche, ja, auch berühmte Kunden betreute, nie glauben.

Zwar trug ihr Mann den Dienstgrad eines Colonels der Armee, doch in ihren Augen übte Pierre in der Kaserne Mortier irgendeinen langweiligen Behördenjob aus. Das sagte sie manchmal abfällig im Freundeskreis, wenn sie ein Glas zu viel getrunken oder sich über ihn geärgert hatte. Was nicht selten vorkam. Sie wusste zwar, dass er beim Auslandsgeheimdienst DGSE arbeitete. Aber was er dort tat, darüber schwiegen beide, weil Nadine vor den Freunden und Bekannten der fragwürdige Ruf dieses geheimen Polizeiapparates unangenehm war.

Nadine hielt den Geheimdienst für einen Verein von Dilettanten. Hatte die Tageszeitung *Le Monde* nicht gerade wieder eine äußerst peinliche Sache enthüllt? Zwei Wachleute des geheimen *service action* in Cercottes, das – was Nadine nicht wusste – Zyram unterstand, waren erwischt worden, als sie angeblich einen Mordauftrag ausführen wollten. Aufgeflogen waren sie, weil sie in einem gestohlenen Wagen stundenlang vor dem Haus einer Unternehmerin parkten. Sie hatten die ebenfalls gestohlenen Nummernschilder eines anderen Wagens mit Klebeband über die alten Schilder geklebt und benahmen sich so auffällig, dass eine Nachbarin, der sie verdächtig vorkamen, die Polizei rief.

Eine eilig entsandte Zivilstreife nahm die beiden fest, woraufhin sie behaupteten, auf Weisung der DGSE mit einem offiziellen Mordauftrag unterwegs zu sein. Schließlich stellte sich aber heraus, dass sie in Cercottes nur Wachleute waren, Wichtigtuer, die auch einmal Agent alpha spielen wollten. Eine blamable Geschichte – kaum zu glauben, aber wahr. Wirklich wahr!

Nadine hatte Pierre hämisch ausgelacht, als sie abends in den Fernsehnachrichten einen Bericht über die verhafteten Schlapphüte sahen.

Aber jetzt – er und der Präsident im Videogespräch. Oder eigentlich der Präsident und er. Insgeheim freute er sich, dass er Nadine endlich einmal seine Bedeutung beweisen konnte. Vielleicht schon heute Abend. Mit einem kleinen Videofilm.

Pierre Zyram hatte als Chef des *service action* Zugang zu modernstem Spionagezubehör. So war es ihm nicht schwergefallen, eine kleine Kamera zu besorgen, deren Linse nicht einmal so groß wie ein halber Stecknadelkopf war. Ein Glasfaserkabel so dünn wie ein Pferdehaar führte vom obersten Knopfloch seines Hemds zu einem Aufzeichnungsgerät nicht größer als ein Zweieurostück.

Erst erschien ein Bild des Élysée-Palastes auf dem großen Monitor, dann hörte Zyram ein Räuspern und die undeutlich gesprochenen Worte: »Ist es so weit? Können wir?«

Nicht sehr professionell, dachte Zyram. Er sagte: »Hier ist Pierre Zyram vom *service action* der DGSE. Ich höre Sie!«

Er hatte nicht den Eindruck, dass ihn auf der anderen Seite der Videokonferenz jemand wahrnahm. Er wollte seinen Satz gerade wiederholen, als das Bild umschaltete. So sah also der Sicherheitsberater des Präsidenten aus: etwas grober Schädel, ein wenig unrasiert, aber vornehm in dunklem Anzug mit Krawatte gekleidet, am linken Revers der

Jacke das rote Band eines Ritters der Ehrenlegion. Er saß in einem offenbar für Videogespräche eingerichteten Studio.

»Hier Olivier Mazerolle aus dem Élysée. Monsieur Zyram, gleich wird sich der Präsident der Republik an Sie wenden. Wie schon besprochen: Die Videokonferenz ist geheim und wird nirgendwo aufgezeichnet. Bitte halten Sie Ihr Mobilgerät hoch und zeigen Sie mir, dass es ausgeschaltet ist.«

Zyram griff neben sich und kam der Bitte schweigend nach. Ziemlicher Dilettant, der Sicherheitsberater des Präsidenten. Der müsste doch wissen, dass selbst bei abgeschaltetem Bildschirm die Tonaufnahme laufen könnte. Aber gut so!

»Sind Sie bereit, Monsieur Zyram?«

»Oui, Monsieur Mazerolle.«

Das Bild wechselte. Für drei Sekunden erschien eine Totale des Élysée-Palastes. Umschnitt. Die Kamera zog jetzt von der Trikolore auf, die – aus dem Blickwinkel der Kamera – links hinter dem Schreibtisch des Präsidenten stand. Rechts ließ sich die blaue Europaflagge erahnen.

Der Präsident saß an dem riesigen Schreibtisch aus der Zeit von Louis XV., an dem seit Charles de Gaulle alle Präsidenten der Republik arbeiteten, ein vom Ebenisten Charles Cressent 1750 im Régence-Stil gebautes Möbel aus dunkelrosa getöntem Bois de Violette und reich mit Gold verziert. Der Präsident schien mit einem Federhalter ein Dokument zu unterzeichnen. Er trocknete die Tinte mit einer Löschwiege, drehte die Kappe wieder auf seinen Füller, nahm seine Brille ab und schaute in die Kamera.

»Bonjour, mon Colonel!«

Zyram beugte sich vor und stützte sich leicht auf die Stuhllehne, als wollte er sich vor dem Präsidenten erheben.

»Bonjour, Monsieur le Président!«

»Mon Colonel, Sie waren eben Zeuge der Unterzeichnung eines Dekrets. Dieses Dekret ist geheim, es wird den Élysée-Palast nicht verlassen, sondern ich werde es gleich meinem persönlichen *Chef de l'état-major* anvertrauen, und er wird es in Verwahrung nehmen, in seinem Tresor einschließen, aber selbst nicht lesen. Und auch Sie werden niemanden, ich wiederhole: niemanden – auch nicht in Ihrem Hause – davon in Kenntnis setzen, worum es hier geht. Ich werde es Ihnen erläutern. – Dieses Dekret ist die rechtliche Grundlage für den Befehl, den ich Ihnen jetzt geben werde.«

Der Präsident machte eine kurze Pause und legte den Füller beiseite, bevor er in bestimmendem Ton fortfuhr: »Als Chef des *service action* der DGSE werden Sie Agenten alpha mit einer *action homo* beauftragen. Sie wissen, dass der Präsident der Republik das Recht zu solch einer Entscheidung hat.«

Pierre Zyram nickte und gab ein zustimmendes Geräusch von sich.

»Niemand außer Ihnen und den Agenten alpha wird von dieser Entscheidung unterrichtet.«

»Monsieur le Président«, unterbrach ihn der Colonel, »der Einsatzleiter H der Agenten alpha wird die Umsetzung anordnen müssen, denn nur er kennt die entsprechenden Personen.«

»Sie persönlich sprechen mit dem Einsatzleiter. Niemand außer den unmittelbar Beteiligten darf von der Aktion erfahren. Im Élysée weiß es nur ich, und ich habe keine Mitwisser, insbesondere nicht aus der Journaille. Bei Ihnen erfahren es ausschließlich die handelnden Personen. Sonst niemand in der DGSE.«

Pierre Zyram entspannte sich ein wenig. Den Seitenhieb des Präsidenten auf seinen Vorgänger François Hollande verstand er sofort. Hollande hatte, als er noch im Amt war, den Journalisten Gérard Davet und Fabrice Lhomme lange Interviews gegeben. Auf die Frage, wie viele *actions homo* er als Präsident genehmigt hatte, antwortete Hollande: »Ich habe mindestens vier entschieden.« – Was für ein Schwachsinn, so etwas zuzugeben! Mit dem Erfolg, dass Hollandes Geschwätzigkeit ihn die Wiederwahl kostete. War ihm recht geschehen. Daraus hatte sein Nachfolger gelernt, mit Journalisten am liebsten gar nicht zu reden.

»Und wer ist das Zielobjekt, Monsieur le Président?«

»Zielobjekt ist ein Untersuchungsrichter namens Michel Delabrue. Die Agenten alpha werden keinen Unfall, auch keinen vermeintlichen Selbstmord vortäuschen und kein Gift einsetzen. Es soll bewusst wie eine kriminelle Tat aussehen. Fünf Schüsse. Eine Kugel direkt ins Herz, eine Kugel direkt in den Kopf. Drei in die Brust. Erkundigen Sie sich. Ähnlich wurde letztens ein Bistrowirt in Savoyen ermordet. – Mir ist bewusst, dass solch ein Einsatz einer gewissen Vorbereitung bedarf, aber von Ihren Profis erwarte ich den Vollzug in spätestens fünf bis sieben Tagen. Halten Sie das für machbar?«

»Monsieur le Président, der Name dieses Untersuchungsrichters ist mir nicht geläufig …«

»Sie haben meine Frage nicht beantwortet, Colonel. Reichen fünf bis sieben Tage?«

»*Certainement*, Monsieur le Président, gewiss. Pardon. Aber was das Zielobjekt betrifft …«

»Dazu ein Hinweis, der Ihren Agenten genügen sollte: Michel Delabrue wohnt in Belleville. Haben Sie sonst noch eine Frage?«

»Non, Monsieur le Président!«

»Alors, au revoir, mon Colonel!«

Noch bevor Zyram sich verabschieden konnte, erschien wieder das Bild des Élysée-Palastes auf dem Monitor, unterlegt mit einigen Takten der Marseillaise.

Pierre Zyram schrieb sich den Namen des Zielobjekts auf. Untersuchungsrichter Michel Delabrue. Wohnhaft in Belleville.

Was wird der verbrochen haben? Solch eine *action homo* traf nur jemanden, der die Sicherheit der Nation gefährdete. Und diese Gefahr drohte offenbar unmittelbar, wenn der Befehl in fünf bis sieben Tagen ausgeführt werden sollte.

Dann fuhr er sich über die Stirn und bemerkte das Kabel der Kamera. Er schaltete die Aufzeichnung aus und grübelte.

Die seltenen tödlichen Einsätze seiner Agenten alpha galten normalerweise Chefs von Terrororganisationen oder ausländischen Spionageringen. Wie vor einiger Zeit einem islamistischen Henker, der in Syrien zwei französische Mitarbeiter eines Zementwerks vor laufender Kamera geköpft hatte, oder dem Chinesen in Taiwan, der die moderne Waffentechnik französischer Zerstörer auskundschaftete.

Zielobjekt in Afrika war auch schon einmal ein Rebellenführer gewesen, der für den befreundeten Staatschef einer ehemaligen Kolonie eine wirkliche Gefahr darstellte.

Die Aktion letztens in Bangui, Zentralafrika, war so gut verlaufen, dass die Séléka-Rebellen glaubten, ihr Anführer wäre einem internen Machtkampf zum Opfer gefallen, woraufhin sie sich zerstritten und in einzelne, sich gegenseitig bekämpfende Mordbanden zerfielen. Damit waren sie keine Gefahr mehr.

Aber ein Untersuchungsrichter in Paris?

Genau genommen war dem DGSE als Auslandsgeheimdienst ein Einsatz im französischen Mutterland gar nicht gestattet. Aber wer nahm im Geheimen schon alles so ganz genau? Und der Präsident war der Präsident.

Wer und was versteckte sich wohl hinter diesem scheinbar harmlosen Untersuchungsrichter? Ein islamistischer oder iranischer Schläfer, ein osteuropäischer Agentenchef? Eine Gefahr für den Bestand des Staates und möglicherweise die Bedrohung vieler Menschenleben? War er dem Inlandsgeheimdienst ins Netz gegangen, und die Kollegen hatten aus Eifersucht mal wieder nichts weitergegeben? Und jetzt sollte er, Colonel Pierre Zyram, ausputzen, da die Inlandsleute über kein eigenes *service action* verfügten?

Irgend so etwas musste es wohl sein.

Zyram war nicht ganz wohl bei der Sache. Wenn ihm ein Auftrag nicht einleuchtete, kam es schon einmal vor, dass er in seinem Bauch ein unangenehmes Gefühl verspürte. Dann stellte er seinen Chefs Fragen, bis er beruhigt war. Diesmal aber verdrängte er seine Zweifel. Denn das hatte es bisher noch nie gegeben: Der Präsident persönlich ordnete eine *action homo* an. Das war einerseits schon richtig. Denn der Präsident war der Einzige im Staat, dem die Verfassung das besondere Recht zubilligte, einen *homicide* – einen tatsächlichen Mordauftrag – zu genehmigen.

Andererseits kam der Befehl diesmal nicht wie üblich über seinen Chef General Roche, der dann normalerweise ihn, den Leiter des *service action,* mit der Ausführung beauftragte. Sollte er Roche ins Vertrauen ziehen? Nein, das hatte der Präsident ausdrücklich untersagt. Im Notfall würde er das mit seiner Aufzeichnung beweisen können. Die hatte das Élysée zwar verboten, aber er besaß sie nun einmal. Man wusste nie, wozu so etwas gut war.

Mon dieu, erschrak er plötzlich, Nadine kann ich dieses Video nie zeigen. Nie im Leben!

Er erhob sich, schaltete den Bildschirm aus, schloss die Tür auf und ging in sein Büro, um H in Cercottes anzurufen.

Le Corbeau

Ein lautes Brummen schreckte Jacques aus seiner Zeitungslektüre auf. Sein Kollege Michel stieg vom Sattel seines Motorrades, nahm den weißen Helm ab, schüttelte den wirren Haarschopf und setzte sich neben Jacques.

»Salut!«

»Wie geht's? Kaffee? Croissant?«

Gaston stand abwartend in der Tür.

Michel wandte sich dem Bistrowirt zu. »Ja, einen Grand crème und lieber eine Tartine. Hast du eine süßsaure Marmelade dazu?«

»Orange. Und Butter?«

»Klar, auch Butter. Will doch keine trockene Baguette essen!«

Gaston verschwand im Bistro. Michel zog seine lederne Motorradjacke aus, legte den Helm auf einen Stuhl am Nebentisch und sagte:

»Uff, warm heute! Übrigens noch einmal vielen Dank, dass du mir letztes Jahr die Wohnung oben am Parc de Belleville vermittelt hast. Ein herrlich ruhiger Ort. Und eine großartige Sicht über die ganze Stadt. Seit wann wohnst du eigentlich schon in diesem Viertel?«

»So lange, dass ich etliche Häutungen miterlebt habe. Vom traditionellen Handwerkerdorf über die junge Kunstmeile zum hippen Chinatown.«

Gaston stellte den Teller mit der Tartine, ein Butterfässchen und das Glas selbst gemachter Orangenmarmelade vor Michel ab und eilte mit der Bemerkung davon, der Café crème komme gleich.

»Ich weiß ja, dass du abends hier deinen Absacker nimmst. Aber frühstückst du auch immer hier?«

»Ja, selbst im Winter, aber dann sitz ich drinnen, was sonst. Da ist schließlich geheizt!«

Gaston stellte den Café crème vor Michel und schaute Jacques fragend an, der den Kopf schüttelte. Er spürte in diesem Moment ein leichtes Zittern in seiner linken Brusttasche.

Jacques griff nach seinem Mobiltelefon, das in diesem Augenblick auch läutete, und sah, dass Martine anrief. Das könnte dringend sein, dachte er, denn Martine Hughes war seit Jahren seine treue Protokollantin, die sein Büro führte und – noch wichtiger – ihm den Rücken frei hielt.

»Bonjour Martine, was gibt's?«

»Bonjour Jacques, sitzt du noch im *Aux Folies* und liest die Zeitungen?«

»Ja, aber ich habe auch ein Gespräch …«

»Mit der schönen Margaux?«, fragte Martine lachend in Anspielung auf Jacques' Freundin.

»Nee, mit Michel Delabrue, aber das erzähle ich dir später. Hast du was Wichtiges?«

»Betonmarie hat Sehnsucht nach dir. Aber es eilt nicht. Justine rief eben an und fragte nur, ob du schon da bist. Betonmarie wollte dich kurz sprechen, aber das hat auch Zeit bis Montag.«

»Ich bin doch in einer Stunde da!«

»Ja, aber Justine meinte, da sei Betonmarie schon wieder weg.«

»Das schaffe ich nicht.«

»Justine meinte, das mache auch nichts. Bis nachher!«

»Pardon«, entschuldigte sich Jacques bei Delabrue und legte sein Telefon neben die Kaffeetasse.

Michel lachte: »Wer ist Betonmarie? Klingt ja dreist.«

»Na, wer wohl? Gerichtspräsidentin Marie Gastaud. Wegen ihrer leicht bläulich eingefärbten Dauerwellen-Frisur, die immer wie in Beton zementiert auf ihrem runden Kopf thront.«

»Unsere Chefin. Ich kannte diesen Spitznamen nicht.«

»Sie ist aber ganz in Ordnung, findest du nicht? Aber jetzt erzähl du mal! Wie kann ich dir helfen?«

»Eine recht komplizierte Sache. Es geht um den Brief eines Corbeau. Gut, so was kennen wir zur Genüge. Wer hat nicht schon einmal einen anonymen Hinweis von einem Corbeau erhalten. Aber in diesem Fall weiß ich nicht, wie ich damit umgehen soll.«

»Schieß los!«

Und dann erzählte Michel eine wirklich unglaubliche Geschichte.

Er ermittelte in einem Gerichtsverfahren gegen einen Drogendealer, der als Zwischenhändler oder Transportbote für eine große Organisation Heroin entgegennahm und weiterlieferte.

Dieser Organisation war Michel Delabrue auf der Spur.

Der Händler war bei einer Zufallskontrolle vom Zoll festgenommen worden, als er mit seiner alten Nord Noratlas, einem alten zweimotorigen Transportflugzeug, aus Spanien kommend auf dem winzigen Flughafen von Cahors in Okzitanien gelandet war. In dem Flugzeug befanden sich dreihundert Kilo Heroin. Bei einem Großhandelspreis von zwanzigtausend Euro pro Kilo entsprach das einem Wert von sechs Millionen.

Der Drogendealer gab an, von dem Heroin nichts gewusst zu haben. Er sei Fluglehrer der *École de pilotage ULM* und Besitzer der Fallschirmschule beim Aérodrome de Cahors Lalbenque, die er mit drei kleinen Maschinen betrieb sowie mit der etwas größeren Nord Noratlas, die sich als Schulterdecker mit doppeltem Leitwerksträger und einer großen Klappe am Ende des Rumpfes für den Fallschirmabsprung ganzer Gruppen gut eignete. Wie Jacques später erfuhr, wurde dieses Flugzeug von den Piloten »Fliegender Güterwagen« genannt.

An den Verpackungen der Drogen befanden sich genügend DNA-Spuren des Piloten. Er wurde in Haft genommen. Seine Maschinen wurden beschlagnahmt und stillgelegt.

Doch einem aufmerksamen Fahnder fiel einige Abende später auf, dass eines der kleinen Flugzeuge trotz des Verbots und der Verhaftung des Fluglehrers in einer Vollmondnacht startete und erst nach drei Stunden zurückkehrte.

Untersuchungsrichter Michel Delabrue ordnete sofort eine verdeckte Überwachung durch die Gendarmerie an. Eigentlich eine Routinesache.

Aber nun kam der Corbeau ins Spiel.

Ein Corbeau ist im Französischen nicht nur der Rabe, dem der Fuchs in Lafontaines Fabel den Käse abschwatzt, sondern auch ein schräger Vogel, der Geheimnisse verpfeift, ohne selbst in Erscheinung zu treten. *Le corbeau* wird ein anonymer Denunziant genannt, eine Übelkrähe, die Bestandteil des täglichen Lebens in Frankreich ist.

In den ersten Monaten der Corona-Verbote zeichnete Plantu, der Karikaturist von *Le Monde,* einen Corbeau, der seinen Nachbarn bei der Polizei verpfeift, weil der mit einer Grillparty gegen ein Pandemie-Verbot verstoßen hat. Und im Nachsatz fügt der Corbeau in der Zeichnung hinzu: »Und außerdem ist er Jude.« Eine böse Erinnerung daran, dass in der Zeit der deutschen Besatzung so manch ein Corbeau in Paris seinen Nachbarn als Juden verpetzt hat, um sich dessen Hab und Gut aneignen zu können.

»Und was ist mit dem Corbeau?«, fragte Jacques.

»Pass auf, jetzt wird's spannend«, sagte Michel, der noch nicht einmal seine erste Tartine angeknabbert hatte. »Der Corbeau schickt ein Texto, in dem es heißt ... Warte!«

Untersuchungsrichter Michel holte seinen iPad hervor und schaltete ihn an, indem er die Klappe aufschlug. »Ich les dir das mal vor: ›Verteidigungsminister Lacaze hat dem Einsatzleiter der Gendarmerie in Cahors in einem Videogespräch befohlen, die Überwachung von Starts und Landungen auf dem Flugplatz Cahors einzustellen. Dies sei ein geheimer Befehl, das Gericht sei davon nicht zu unterrichten! Seither landen kleine Flugzeuge, die aus Spanien kommen, alle paar Tage völlig ungestört in Cahors. Corbi‹

So weit das Texto. Die Unterschrift ›Corbi‹ meint er wohl als Witz. Corbeau. Und jetzt wird's irre! Dem Text ist ein Video angehängt – vermutlich von einer Beobachtungskamera im Einsatzraum der Gendarmerie. Darauf sieht man den Minister undeutlich auf einem Monitor und hört seine Stimme ein wenig verzerrt, aber doch verständlich genug.«

Jacques stieß einen Laut des Erstaunens aus: »Lacaze? Der Verteidigungsminister? Nicht irgendeiner seiner Mitarbeiter?«

»Warte mal!«

Michel suchte einen Moment auf seinem Gerät und drückte schließlich auf den Pfeil für »Abspielen«.

Doch im selben Augenblick klingelte Michels Mobiltelefon, die Nummer des Anrufers war unterdrückt. Er fluchte – *merde!* – und drückte das Gespräch weg. Es klingelte sofort noch einmal und noch mal – *merde!* –, und mit einem Fingerdruck schaltete er das Gerät stumm.

Jacques sah unterdessen auf Michels iPad eine knapp zehn Sekunden lange Szene, die dem entsprach, was Michel erzählt hatte.

»Wie lang ist das her?«, fragte Jacques.

»Hab ich gestern erhalten«, antwortete Michel.

»Und jetzt?«

»Jetzt brauche ich deinen Rat! Der Verteidigungsminister als Schutzengel der Drogenmafia? Kannst du dir das vorstellen? Ich nicht. Der ist doch als strenger Moralwächter bekannt. Wie soll ich damit umgehen? Ihn als Zeugen vorladen? Vielleicht hatte er einen triftigen Grund für seinen Befehl, der aber unter *secret-défense*, unter das Staatsgeheimnis fällt. Und dann stehe ich als Dorfdepp da! Ich dachte daran, dass du schon einmal den Präsidenten der Republik wegen der Hinweise eines Corbeau vorgeladen hast.«

»Nur ist der Präsident dann nicht gekommen«, sagte Jacques.

Aber weil Jacques Ricou als kleiner Untersuchungsrichter damals den Mut gehabt hatte, Jacques Chirac, den Präsidenten der Republik, den vom souveränen Volk gesalbten König, als Zeugen vorzuladen, war er in Frankreich berühmt geworden und galt seither als unbestechlicher Kämpfer für Gerechtigkeit.

Nach Ablauf seiner Amtszeit war Chirac schließlich zu zwei Jahren Gefängnis auf Bewährung und einer Geldstrafe von mehreren Hunderttausend Euro verurteilt worden – wegen der Untersuchung, die Jacques mit seiner Vorladung angestoßen hatte. Bewährung hieß, er musste nicht ins Gefängnis. Und die Geldstrafe beglich seine ehemalige Partei.

Jacques Ricous Prinzip lautete, dass man allen, auch den unmöglichen Spuren nachgehen müsse. Diese Einstellung hatte ihm Erfolg gebracht, dafür wurde er von den einen geachtet, von anderen gefürchtet. Nichts ist unmöglich, solange man es nicht versucht hat, pflegte er zu antworten, wenn jemand eine seiner Anweisungen als fantastisch abtun wollte.

»Hast du mit irgendjemandem darüber geredet? Konnte jemand das gegenchecken?«, fragte Jacques.

»Nein. Ich habe Angst, als Fantast ausgelacht zu werden!«

»Das würde ich aber als Erstes machen. Es liegt ein großer Unterschied zwischen deinem heutigen Fall und meinem damals, als ich den Staatspräsidenten unter anderem wegen der Hinweise eines Corbeau vorgeladen habe«, sagte Jacques, »und zwar liegt er darin, dass ich von dem Corbeau echte Dokumente erhalten hatte, die ein illegales Vorgehen des Staatspräsidenten belegten. Du hast nichts außer dem Video, und das allein belegt noch nicht allzu viel. Denn man hört zu wenig von dem, was der Verteidigungsminister sagt. Warte ein paar Tage. Meine Erfahrung ist, dass ein Corbeau häufig noch nachlegt. Dann hast du vielleicht genügend Futter. Aber eine Frage: Mit wem arbeitest du bei der Police judiciaire zusammen?«

»Da gab's gerade einen Wechsel«, antwortete Michel.

»Kennst du Kommissar Jean Mahon? Der steht mir bei

kriminalpolizeilichen Untersuchungen seit Jahren zur Seite. Jean hat bei Weitem die beste Mannschaft. Soll ich ihn ins Vertrauen ziehen?«

Michel überlegte, schmierte Orangenmarmelade auf seine Tartine und biss hinein.

Jacques gab Gaston ein Zeichen und wies mit dem Finger auf seine leere Tasse. Noch einen Café crème, bitte.

Und wieder zitterte sein Telefon. Margaux.

Er drückte auf den automatischen Kurztext: »Kann ich später zurückrufen?«

Michel schaute hinaus auf die Rue de Belleville, wo eine alte Chinesin auf Krücken versuchte, zwischen den Autos hindurch die andere Straßenseite zu erreichen. Trotz des warmen Maiwetters trug sie einen langen Pelzmantel. Als sie ins Bistro humpelte, nickte sie Jacques leicht zu, der ihren Gruß mit einer sachten Handbewegung beantwortete.

»Das ist Madame Wu«, flüsterte Jacques seinem Kollegen zu, »die chinesische Engelmacherin von Belleville. Sie besorgt dir, wenn nötig, eine Putzhilfe.«

Michel schüttelte seine blonde Mähne. Der große Mann hatte den Rücken gekrümmt, war tief in sich zusammengesunken und schien in Gedanken verloren. Dann atmete er tief durch und richtete sich auf.

»Es wäre mir unangenehm, deinem Kommissar die Sache anzuvertrauen. Das sähe aus, als würde ich sie nicht selbst in den Griff bekommen. Ich muss darüber nachdenken.«

»Spiel mir doch das Texto des Corbeau mit dem Video rüber. Ich will es mal in Ruhe analysieren. Vielleicht fällt mir was ein!«

»Mach ich gleich!«, sagte Michel, nun wieder entspannt, und tippte ein paar Angaben in seinen iPad.

Dann verabredeten die beiden Untersuchungsrichter, in der kommenden Woche miteinander zu telefonieren, falls der Corbeau sich noch einmal gemeldet oder aber einer von ihnen eine Idee hatte. Als Michel Geld auf den Tisch legen wollte, winkte Jacques mit der Bemerkung ab, das sei hier sein Turf, und machte dem Wirt das Bitte-zahlen-Zeichen.

»Kurze Frage«, Gaston deutete mit seinem Arm in Richtung Boulevard de Belleville, »ich geh um eins zum Markt und kaufe Blumen. Pfingstrosen gibt es gerade *en masse,* und ich bekomme sie für fast nichts, wenn der Markt einpackt. Soll ich dir für Margaux einen dicken Strauß mitbringen? Heute ist Freitag, und wenn ihr euch übers Wochenende seht, wird sie sich freuen.«

»Danke, sehr lieb von dir«, antwortete Jacques. »Und du hast recht, Margaux liebt Pfingstrosen. Aber wir wollen das warme Maiwetter ausnutzen und nach Honfleur fahren. Du weißt doch …«

»Euer Lieblingshotel!«

»Ja, aber nicht mehr das *Cheval blanc* am Hafen. Die haben grässlich modernisiert. Wir nehmen seit inzwischen bestimmt drei Jahren ein Zimmer in einem noch luxuriöseren Hotel, gleich um die Ecke. Mit Frühstück auf der eigenen Terrasse! Traumhaft.«

»Aber weiterhin in Honfleur?«

»Einer der schönsten Häfen der Normandie!«

Jacques merkte, dass Gaston einen kurzen Moment nachdachte, und betete, dass der Wirt jetzt nicht wie üblich eine kindische Mahnung einflocht: Passt bloß auf!, oder so.

Von wegen aufpassen! Im letzten Jahr war Margaux bei einem dieser Wochenendausflüge nach Honfleur schwanger geworden. Aber das hatte ein trauriges Ende genommen.

Eine merkwürdige Geschichte

Jean-Marc Real war schlechter Laune, und er ließ es jeden in der Redaktionskonferenz spüren.

»Was Besseres habt ihr nicht zu bieten als Aufmacher für morgen – immerhin die wichtige Samstagsausgabe! – als eine abgehörte Meldung des Polizeifunks? Kein Wunder, dass immer weniger Leute unser Blatt kaufen wollen. Ihr seid eine Bande von Stümpern!«

Zwischen Daumen und Zeigefinger der rechten Hand zwirbelte er eine gelbe Gitane hin und her. Seitdem er nicht mehr paffte, spielte er den Gitanes-Raucher nur noch. Auch eine nicht angezündete Gitane entwickelte Tabakaroma.

»Man müsste der Geschichte nur den richtigen Dreh geben«, schlug Margaux vor.

»Der richtige Dreh, der richtige Dreh! Und was wär das bitte?«, keifte der Chefredakteur der Tageszeitung.

Dabei hatte Margaux in der Redaktion eine besonders herausgehobene Stellung inne, denn sie war eine renommierte Journalistin, die schon so manchen Skandal aufgedeckt hatte. Vor Kurzem hatte sie als Preis für die beste Reportage des Jahres eine Skulptur erhalten – eine Hand, deren Finger einen Federkiel hielten. Und dazu noch einen dicken Scheck. Bei der kleinen Feier in der Redaktion hatte Jean-Marc Real eine ungewohnt emotionale Rede gehalten und gesagt, Margaux sei trotz ihrer jungen Jahre ein Vorbild für viele Journalistinnen und Journalisten. Sie vereine, was selten sei, eine feinsinnige Handschrift mit einem ungewöhnlichen Riecher für Themen.

Jetzt sagte sie: »Wie wäre es mit einer Schlagzeile: Krieg – aber nicht den Palästen, sondern den Paketdiensten oder so? Jeder ist doch genervt wegen der überall haltenden Auslieferer, die den Verkehr behindern. Und dagegen haben die Schwarzvermummten heute Morgen ja wohl protestiert, als sie die Straße blockierten und schließlich die Pakete aus dem Lieferwagen warfen. Haben die Chaoten nicht laut gerufen: ›Kauft in Läden, nicht im Netz!‹? Wahrscheinlich sind's Anarchisten.«

Margaux' Vorschlag entzündete in der Redaktion eine heftige Debatte, die Jean-Marc Real, immer noch schlechter Laune, wenigstens verstummen ließ. Als er nach Ende der Konferenz muffig den Raum verließ, lief ihm Margaux nach und fragte, ob er einen Moment Zeit für sie habe. Er nickte nur kurz und eilte in sein Büro. Margaux folgte ihm, schloss die Tür und zog einen Stuhl vor seinen Schreibtisch. Dann machte sie ein beschwörendes Zeichen.

»Worüber wir jetzt reden, ist geheim, und zwar total geheim«, sagte sie. »Du darfst es niemandem, aber auch wirklich niemanden erzählen, denn es geht darum, ein Menschenleben zu schützen. Aber wenn die Sache mal reif ist …«

»… dann hast du sie exklusiv, oder? Was ist das denn für eine unglaubliche Geschichte, die so geheim bleiben muss, um ein Menschenleben zu schützen?«

»Du versprichst mir, sie niemandem weiterzusagen?«

»Mon dieu, mach's nicht so spannend!« Jean-Marc lehnte sich in seinem Bürostuhl zurück, schaute Margaux ein wenig verzweifelt an und schob kaum hörbar ein »Ich versprech's« nach.

»Ein Mitglied aus der Eigentümerfamilie des Aperitif-Herstellers Lillet ist womöglich vor drei Wochen entführt worden. Aber das wird unter der Decke gehalten.«

Margaux machte eine kurze Pause, weil sie überlegte, wie viel sie von ihrem Geheimnis offenlegen wollte. Dann sagte sie: »Es ist eine merkwürdige Sache. Jean Lillet ist ein Eigenbrötler, der einen sehr aufwendigen Lebensstil führt.«

»Hast du über den nicht einmal eine Reportage geschrieben oder so? Mir kommt das bekannt vor.«

»Ja, aber du fandest meine Story langweilig und hast sie drastisch gekürzt auf die letzte Seite verbannt. Wie dem auch sei: Jetzt ist Jean Lillet vor drei Wochen nicht bei einer wichtigen Gesellschafterversammlung des Familienunternehmens aufgetaucht, in Podensac, wo der Firmensitz liegt. Deshalb hat ihn sein älterer Bruder Raymond, der das Unternehmen führt, als vermisst gemeldet. Das Letzte, was man von ihm weiß, ist, dass er mit einem Flugzeug von Cahors aus gestartet ist. Angeblich wollte er geschäftlich nach Mali. Denn Jean Lillet vertritt die Interessen der Firma in Westafrika und macht damit offenbar ein Riesengeschäft. Er ist also nach Mali abgedüst, und plötzlich hat man nichts mehr von ihm gehört. Dann läuft mit einem Mal bei der Firma Lillet eine kryptische Mail ein: Jean Lillet werde gegen Lösegeld freigelassen. Man werde die Regierung wegen der Zahlungen kontaktieren.«

»Wahnsinn! Und wie kommt es, dass der Fall noch geheim ist?«

»Ein Journalist von *Sud Ouest* aus Bordeaux, der eine der Lillet-Töchter kennt, hat zwar privat aus dem Familienkreis davon erfahren, wurde aber verpflichtet, nicht darüber zu berichten. Dann haben Familie und Polizei die wichtigsten

Leute in Bordeaux unter dem Siegel der Verschwiegenheit informiert und erklärt, es gelte, das Leben des Entführten zu retten. Und sie haben versprochen, sobald Jean Lillet wieder frei sei, werde die Familie offen reden. Bis jetzt halten sich alle daran.«

»Erstaunlich«, warf Jean-Marc ein. »Und dann? Wie geht's weiter?«

»Ich kann's nicht beschwören, deshalb darfst du niemandem, aber auch wirklich niemanden davon erzählen. Ich bin noch ganz am Anfang meiner Recherche. Aber das Puzzle, das ich zusammenzufügen versuche, sieht wahnwitzig aus. Halt dich fest, du wirst es kaum glauben. Es hieß ja, man werde die Regierung wegen des Lösegelds kontaktieren. Da meldet sich vorgestern Lacaze bei Raymond Lillet mit einer Videoschaltung, die zuvor telefonisch angekündigt worden war.«

»Lacaze, der Verteidigungsminister?«

»Ebender.«

»Seit Corona scheint sich jeder an Videogespräche gewöhnt zu haben. Selbst Leute wie der Verteidigungsminister. Schon irre. Und was hat Lacaze zu den Lillets gesagt?««

»Lacaze behauptet nun, über irgendwelche geheimen Kanäle, vielleicht den Geheimdienst, sei die Forderung gekommen, die Regierung solle für die Freilassung von Lillet fünfzig Millionen Dollar zahlen.«

»Wahnsinn! Fünfzig Millionen, so etwas fordern nur islamistische Gruppen in Westafrika.«

»Das ist die Vermutung. Wegen Mali. Jean Lillet ist ja angeblich nach Mali geflogen.«

»Was hat Lacaze jetzt vorgeschlagen?«

»Lacaze sagt, er müsse sich an die Regierungsrichtlinie

halten, Frankreich zahle nie Lösegeld. Das scheint wohl auch zu stimmen. Deshalb sollten die Lillets und einige ihrer reichen Freunde das Geld vorstrecken. So weit der derzeitige Stand.«

»Und woher weißt du das alles? Von deinem Richter?«

»Nein, Ricou weiß es auch nicht. Zu meinen Informanten gehört doch seit eh und je Louis de Mangeville.«

»Monsieur le Sénateur, schau an. Gibt's den noch in deinem Leben?«

Über Jean-Marcs Gesicht zog sich ein breites Grinsen. Denn Margaux und der Senator hatten einst ein Techtelmechtel gehabt, wie der Chefredakteur es gern nannte.

»Ja, aber nicht, was du denkst! Er lädt mich zum Abendessen ein, ich nehme an, damit er mich an all seinen Geheimnissen teilhaben lassen kann. Und das hier könnte wieder einmal ein großer Coup für uns werden.«

»Und woher weiß Monsieur le Sénateur das alles?«

»Er ist nicht nur ein Studienfreund von Raymond Lillet, sondern auch Vorsitzender des Verteidigungsausschusses im Senat. Kennt also Lacaze persönlich. Durch Louis werde ich auf dem Laufenden gehalten. Während ich ihn hinhalte!«

Beide lachten laut auf.

Das Schweigegelübde

Als Jacques am späten Freitagnachmittag in den Wagen von Margaux stieg, um mit ihr für das Wochenende nach Honfleur zu fahren, wollte er ihr gerade in groben Zügen sein Treffen mit Untersuchungsrichter Michel Delabrue schildern, als sein Telefon klingelte.

Seine Gerichtsprotokollantin Martine meldete sich: »Justine hat eben angerufen und den neuen Termin mit Betonmarie durchgegeben, weil es heute Morgen ja nicht geklappt hat. Montag früh um neun Uhr bittet sie dich zu sich. Und es scheint ernst zu sein, meint Justine. Es geht um irgendeine heikle Geschichte, für die angeblich viel Fingerspitzengefühl notwendig ist. Deshalb solltest du das übernehmen.«

»Fingerspitzengefühl? Was ist das bloß?«, fragte Jacques.

»Und gerade du!« Martine kicherte.

Beide verabschiedeten sich lachend ins Wochenende. Jacques stellte sein Mobilgerät auf stumm.

»Ich bin jetzt im Wochenende. Basta!«

»Verzeih«, sagte Margaux, »aber ich erwarte noch einen Anruf aus der Redaktion. Dann mach ich auch aus. Übrigens hat mich Jean-Marc gefragt, ob ihr inzwischen weitergekommen seid in deinem Fall mit den beiden verrückten Mordbuben von der DGSE?«

»Ach, was die beiden Knallköppe vom Geheimdienst angeht, so geht's langsam voran. Du weißt, wie sie aufgeflogen sind? Sie hatten sich in einem gestohlenen Wagen vor dem Haus einer Unternehmerin auf die Lauer gelegt. Weil dieses Auto am Abend zuvor von zwei schlampig gekleideten Frauen abgestellt worden war, kam das einer Nachbarin merkwürdig vor. Sie hat die Polizei gerufen, und die hat die beiden kontrolliert.«

»Stimmt es, dass sie mit Klebeband falsche Kennzeichen angebracht hatten?«

»Ja, abenteuerlich! Das ist natürlich sofort aufgefallen. Echte Dilettanten. Der Fall wäre nie in meine Hände gelangt, wenn sie sich nicht als Mitarbeiter des *service action* in der DGSE ausgegeben hätten.«

»Das war doch nur ein Vorwand, oder?«

»Nee, das ist ja das Irre. Sie haben tatsächlich mit dem *service action* in Cercottes zu tun …«

»Cercottes? Was ist das?«

»Kleiner Ort bei Orléans mit einem Ausbildungslager für Fallschirmspringer. Dort liegt auch die Einsatzzentrale des *service action*. Da sind die beiden aber nur zum Wachdienst eingeteilt. Wenn du so willst, bessere Nachtwächter. Ich habe Kommissar Jean Mahon und seine Leute von der Police judiciaire drangesetzt, und die haben vorgestern etwas Interessantes herausbekommen. Der Mordauftrag wurde tatsächlich erteilt. Für angeblich fünfzigtausend Euro sollte die Unternehmerin umgebracht werden. Nur wissen wir noch nicht, warum – und wer der wahre Auftraggeber ist. Derjenige, der die beiden Trottel losgeschickt hat, ist Jean Mahon vor ein paar Tagen ins Netz gegangen. Auch ein Typ, der mal Agent beim Geheimdienst war, und zwar war seine Aufgabe, als Ausbilder andere Agenten im Fälschen von Ausweisen und Dokumenten zu schulen. Wir nennen ihn deswegen ›den Fälscher‹.«

»Gott, was die alles können.«

»Besagter Typ ist allerdings seit zwei Jahren in Elternurlaub, hat sich zur Reserve für Noteinsätze gemeldet und daneben einen privaten Sicherheitsdienst gegründet. Er gibt zu, den Auftrag weitergegeben zu haben, hält seinen Auftraggeber aber geheim. Jean hat seine Leute drangesetzt, um das Umfeld des Fälschers zu durchforsten. Du weißt schon, Telefone, Handys etc., alles wird gecheckt. Bis hin zu den Freundinnen und so. Aber wie gesagt, ein Routinefall.«

Der Wochenendtrubel hatte noch nicht eingesetzt, als sie Paris verließen. Doch der Fluss der Wochenendfahrer in die Normandie schwoll langsam an.

Jacques überlegte kurz, dann schaute er Margaux verschmitzt an, tätschelte ihr den Oberschenkel und sagte: »Ich habe heute einen sehr viel aufregenderen Fall mitbekommen. Den hätte ich gern.«

»Erzähl! Und warum hast du ihn nicht?«

Er schilderte, warum Untersuchungsrichter Michel Delabrue mit ihm morgens bei Gaston im *Aux Folies* einen Grand crème getrunken und eine Tartine gegessen hatte.

Margaux begann, detaillierte Fragen zu stellen, und Jacques bemerkte, wie sich ihre Tonlage veränderte. Die Entspanntheit, mit der sie ihn über den Fall der beiden Dummköpfe ausgefragt hatte, war einer Klarheit gewichen, die ihm plötzlich ins Gedächtnis rief, dass seine Freundin ja eine erfolgreiche Journalistin war. Sie interessierte sich aus beruflichen Gründen für solche Fälle in der Hoffnung, einen Coup landen zu können.

Als Jacques ihr gerade von dem Drogenfund im Sportflieger auf dem Flugplatz von Cahors erzählte, ertönte das besondere Klingelzeichen, das Margaux für ihre Redaktion eingestellt hatte: die Schreibmaschinengeräusche aus der Komposition *The Typewriter* von Leroy Anderson, berühmt geworden durch jene Szene mit Jerry Lewis, als er in dem Film *Der Ladenhüter* auf einer gedachten Schreibmaschine tippt.

Jacques musste immer lachen, wenn er das Tippel-di-tippel-di-tipp-tschick! hörte, und bat sie: »Das musst du mir auch einrichten – für deine Anrufe!«

»Warte einen Moment!« Margaux, die ihre Freisprechanlage grundsätzlich ausstellte, wenn sie nicht allein im Wagen fuhr, steckte sich die Airpods in die Ohren, um die Hände frei zu haben. »Okay, ich höre.«

Während Jean-Marc redete, gab Margaux nur ab und zu dumpfe Brummgeräusche von sich. Sie schaute konzentriert auf die Straße, war aber mit den Gedanken weit weg. Einmal warf sie ein paar kurze Wortfetzen ein: »Nichts Neues also.«

Schließlich schüttelte sie den Kopf, als wache sie auf, lachte und verabschiedete sich laut: »Dir auch schönes Wochenende. Wir fahren gerade nach Honfleur!« Kurze Pause, in der Jean-Marc wohl eine anzügliche Bemerkung machte, dann schaute sie zu Jacques, lächelte und warf ihrem Chef nur noch ein »Quatschkopf« zu. Dann nahm sie die Airpods wieder aus den Ohren.

»Von wegen Flugplatz und Cahors …«, Margaux schüttelte nachdenklich den Kopf, »ich finde es seltsam, dass Lacaze die Beobachtung des Flugverkehrs in Cahors einstellen ließ. Dahinter muss doch etwas stecken!«

»Halt, halt!«, warnte Jacques und wurde dabei laut. So plötzlich, dass Margaux ihn erschrocken anschaute und sagte: »Was ist? Ich habe dir doch nichts getan!«

»Was ich dir erzählt habe, darfst du auf keinen Fall verwenden. Du darfst es gar nicht wissen!«

»Jetzt werd doch nicht gleich so aggressiv! Hast du deine schlechte Freitagabend-Laune?«, wehrte sich Margaux. »Schließlich hast du mir das doch frei weg von der Leber erzählt.«

Etwas später lehnte sich Jacques an die Beifahrertür und schloss die Augen. Er stellte sich schlafend, denn inzwischen war er tatsächlich muffig und wollte einem weiteren Gespräch mit Margaux ausweichen.

Nun kann man sich eine schlechte Laune auch einreden.

Jacques ärgerte sich über sich selbst. Er war nachlässig gewesen und hatte Margaux von Michels Fall mit dem Heroinschmuggler und dem Flugplatz in Cahors erzählt, ohne ihr vorher ein Schweigegelübde abzunehmen. Eigentlich hatte er die Geschichte nur vage andeuten wollen, doch dann hatte Margaux immer weiter gebohrt, und er hatte den wirklich fantastischen Teil von Michels Schilderung über die Meldung des Corbeau und das Video mit dem Befehl von Verteidigungsminister Lacaze, die Kontrollen der Starts der Drogenflugzeuge einzustellen, doch ausgeplaudert.

Und er hatte ein bisschen angegeben.

Das Schweigegelübde gehörte zu ihren Ritualen: Wenn er Margaux im Vertrauen von einem Fall erzählen wollte, den sie als Journalistin nicht verwerten durfte, verpflichtete er sie vorher zu Stillschweigen. Dann versprach sie, nicht an der Sache zu arbeiten, nicht zu recherchieren oder gar darüber zu schreiben. Bisher hatte sie sich auch immer gewissenhaft daran gehalten, selbst wenn es ihr manchmal schwergefallen war, bis Jacques sie von dem Versprechen entband.

Nach all den Jahren, die sie sich nun kannten, müsste er doch wissen, dass Margaux ähnlich tickte wie er.

Noch eine halbe Stunde bis Honfleur. Von Paris aus dauerte es mindestens zwei Stunden. Schneller ging's wirklich nicht, ganz egal, ob andere von nur anderthalb Stunden redeten.

Lacaze ging Jacques nicht aus dem Kopf. Was spielte der Verteidigungsminister hier für eine Rolle? Und dann döste er tatsächlich ein.

Bienvenue de retour

Als Margaux hart bremsen musste, flog Jacques in den Sicherheitsgurt und stieß einen Schreckenslaut aus. Sie fluchte, weil der Lieferwagen eines Fischhändlers ihr bei der Einfahrt zum Vieux Bassin, dem alten Fischereihafen von Honfleur, die Vorfahrt genommen und gleich darauf gebremst hatte.

»Pardon«, sagte Margaux mit einem schnellen Seitenblick auf Jacques, der den Kopf schüttelte. Macht nichts. Macht gar nichts. Er gähnte und sagte sich: Man kann sich schlechte Laune auch wieder ausreden. Was für ein Quatsch. Er hatte sich richtig kindisch aufgeführt. Entspann dich! Ist doch nichts passiert.

»Da sind wir ja schon. Schön, dass du über den alten Hafen fährst«, bemerkte er betont heiter und legte, als Zeichen der Versöhnung, seine linke Hand kurz auf Margaux' Oberschenkel. »Ich liebe den Blick auf das alte viereckige Becken und die vielen Holzboote, denen man ansieht, dass die Fischer seit Jahrzehnten mit ihnen rausfahren. Und schon habe ich das Gefühl, ein paar Hundert Jahre früher zu leben.«

»Wenn dazwischen nicht die kleinen modernen Segeljachten lägen!«, meinte Margaux, erleichtert über seinen Stimmungswandel.

Der glühend rote Wolkenhimmel wirkte fast, als loderte ein gewaltiges Feuer über den Dächern der siebenstöckigen alten Fachwerkhäuser, die mit ihren Markisen in allen Farben der Palette – rot, neongrün, braun, hell und dunkel, grell und knallig – das Leben auf dem Quai Sainte Catherine noch bunter machten.

Margaux parkte vor dem Hotel *Les Maisons de Léa,* das vor einigen Jahren mit großem Aufwand und viel Kunstfertigkeit aus einem ehemaligen Salzspeicher und drei Fachwerkhäusern aus dem 16.Jahrhundert zusammengefügt worden war. Ihr Stammzimmer, die große Suite, lag unter dem Dach, geschmackvoll und modern hergerichtet mit einer Retrobadewanne im Schlafzimmer unter einem schrägen Dachfenster. Dass die Suite sich über die verschiedenen Häuser hinwegzog, bezeugten die Wände. Zu einem Haus gehörte die unverputzte rote Backsteinwand hinter dem breiten Doppelbett, zum nächsten die daran anschließende Mauer aus hellem Sandstein.

Auf dem Tisch stand in einem silbernen Kübel eine eisgekühlte Flasche Champagner neben dem handgeschriebenen Willkommensgruß von »Léa« und einem Strauß roter Pfingstrosen. Jacques deutete Margaux mit einer Handbewegung die Frage an: Sollen wir? Sie lüpfte die Augenlider und schüttelte den Kopf so, als überlasse sie ihm die Entscheidung. Er lockerte den Korken, goss zwei Kelche voll und trug sie auf die Terrasse, wo zwei bequeme Sessel standen.

»Wie hat der Portier doch eben wieder einmal gesagt?«, fragte Jacques mit einem Schmunzeln.

Beide lachten und wiederholten im Chor: »*Bienvenue de retour* – schön, dass Sie wieder da sind.«

Diese Floskel benutzte der Portier immer, wenn sie am ersten Abend vorfuhren. Man hatte sie ihm eingetrichtert, und er leierte die Worte stets so ausdruckslos runter, als bedeuteten sie nichts.

Sie stießen an, lehnten sich entspannt zurück und genossen den Blick über die Stadt.

Mit ihren Ausflügen nach Honfleur flüchteten Margaux und Jacques in die Illusion eines anderen Lebens.

Paris, die Weltmetropole, das waren Lärm, Aufregung, Stress. Die Hatz nach immer Neuem. Und auch die ständige Jagd nach Erfolg.

Als typische Pariserin hätte Margaux sich durchaus bezeichnet, aber wohlbemerkt eine moderne. Weil sie von ihren Eltern zur Arbeit erzogen worden war, hatte sie – wie einst nur die Jungen – die besten Schulen besucht und gelernt, im Konkurrenzkampf mitzuhalten. Erfolgreich. Sie definierte sich ausschließlich über ihre Arbeit als Journalistin. Und für ihre hohen Ansprüche opferte sie Schlaf, freie Tage, Bequemlichkeit. Mit ausgezeichneten Ergebnissen.

Honfleur gehörte seit ihrer Kindheit zu den Ausflugszielen von Margaux, weil ihre Großmutter hier im Pays d'Auge zur Schule gegangen war. Deshalb ließ sie es sich auch nicht nehmen, ihre Ausflüge an die Côte fleurie nach ihren Wünschen zu gestalten.

Margaux und Jacques wurden in ihrem Stammhotel stets als *Monsieur et Madame* begrüßt. Das Paar aus Paris. Der berühmte Richter und die bekannte Journalistin, die immer die Grande Suite buchten, deren Wochenenden stets nach dem gleichen Muster abliefen.

Für den Abend ihrer Ankunft reservierte Margaux immer den gleichen Platz im Restaurant *Tourbillon* unten bei Léa.

Ihr runder Tisch stand am Kamin vor dem aufgeschichteten Brennholz unter dem Porträt eines würdigen alten Mannes. Keiner konnte ihnen sagen, wen es darstellte. Nun hatten viele berühmte Männer in Honfleur gelebt. Der Komponist Eric Satie war hier sogar geboren.

Courbet, Cézanne, Monet, Renoir, Sisley und noch viele andere Künstler hatten in der alten Hafenstadt gewohnt, gemalt oder gedichtet. Immer wieder hatte Margaux auf ihrem iPad Bilder dieser Männer abgerufen und sie mit dem Alten auf der Leinwand über ihnen verglichen. Stets vergeblich. Jacques meinte schließlich, vielleicht habe der Innendekorateur einfach auf dem Flohmarkt an der Porte de Clignancourt ein paar alte Schinken für das Interieur des *Tourbillon* zusammengekauft. Sie machten sich gut als Kontrast zu dem modernen dunkelblauen Teppich mit den großen Kolibris und den Ästen.

Jacques legte die Speisekarte beiseite und fragte: »Roten oder Weißen?«

Sie wolle nur noch ein Glas Weißwein, meinte Margaux, die schon drei Kelche Champagner getrunken hatte, und wählte *Foie gras au Calvados d'Apreval* als Vorspeise, gefolgt von Saint-Jacques-Muscheln mit Kastanien, Trüffeln und schwarzen Trompetenpfifferlingen. Jacques bat um ein Glas Roten und bestellte vorweg kandierten Schweinebauch, dann Hummer Tourbillon mit Vanille du Mexique.

Während sie auf das Essen warteten, legte Jacques sein Handy vor Margaux auf den Tisch und bat sie mit flehendem Unterton, sie möge ihm bitte das Tippel-di-tippel-di-tipp-tschick! für ihre Anrufe einrichten. Aber wirklich nur für Anrufe von dir!

Beide lachten. »Das ist einfach«, sagte Margaux. Zwei Minuten später reichte sie ihm das Telefon, wählte seine Nummer auf ihrem, und schon ertönte das Tippel-di-tippel-di-tipp-tschick.

»Herrlich!« Jacques beugte sich zu Margaux und gab ihr einen Kuss. »Herrlich!«

Da die Portionen nicht allzu üppig ausfielen, ließ Jacques noch das *Plateau de fromage* mit Käsen aus dem Calvados kommen. Livarot, Pont l'Évêque und Camembert. Dazu trank er einen dreißig Jahre alten Calvados aus der Umgebung, dem Pays d'Auge. Er schmeckte aus zwei Gründen besonders edel: Die Äpfel, die auf diesem Boden wuchsen, hatten einen erlesenen Geschmack, und der Cidre, aus dem der Apfelbrand stammte, wurde zweimal gebrannt.

»Hmmm, du schmeckst immer noch nach diesem köstlichen Calva«, flüsterte Margaux, als sie Jacques später im Bett umarmte.

Samstag in Honfleur

Honfleur, ein kleiner Fischerhafen mit gerade siebentausend Einwohnern, sieht auch heute noch fast so aus wie im 17. oder 18.Jahrhundert. Colbert, Finanzminister von Louis XIV. und der Erfinder des Merkantilismus, hatte das große quadratische Hafenbecken um 1680 anlegen lassen. Seitdem hat sich in dem Ort scheinbar nur wenig geändert.

Zu ihrer Wochenendroutine gehörte ein kurzer Blick in die Kirche Sainte-Catherine auf dem Platz vor ihrem Hotel. Sie war eine Besonderheit.

Mitte des 15.Jahrhunderts wollten die Bürger von Honfleur Gott für das Ende des Hundertjährigen Krieges gegen die Engländer danken und ihm zu Ehren eine Kirche errichten, doch sie besaßen nur wenig Geld. So fällten sie Bäume in den umliegenden Wäldern und schufen ein Gotteshaus aus Holz. Weil Schiffszimmerleute aus dem Hafen den Bau des Gebäudes übernahmen, bekam die Kirche zwei Schiffe mit jeweils einem Dach, die wie umgedrehte Schiffsrümpfe aussahen. Durch die bunten Kirchenfenster flutete viel Licht herein. Der Kirchturm, als Fachwerkbau errichtet und mit Holzschindeln gegen das Wetter geschützt, stand aus Sicherheitsgründen ein paar Dutzend Meter von den Zwillings-Kirchenschiffen entfernt, damit ein Feuer, etwa durch einen Blitzeinschlag, nicht von einem Bauwerk auf das andere überspringen konnte.

Jacques vermutete, dass Margaux insgeheim von einer

Hochzeit in dieser Kirche träumte. Aber er hütete sich, das Thema auch nur anzutippen aus Furcht, daraus könnte sich ein langes und ernstes Gespräch über Heiraten, Familie und Kinder entwickeln, zu dem er nicht bereit war. Er litt noch unter seinem ersten Eheversuch.

Jacques, zunächst Richter in Nizza, verdankte seinen ersten Posten in Paris seiner mondänen Frau Jacqueline, von der er schon seit vielen Jahren geschieden war.

Kennengelernt hatten sie sich, weil er einen auffälligen Blick auf sie warf, während sie im Restaurant *La Petite Maison* in Nizza an zwei nebeneinanderliegenden Tischen saßen. Das war der aufmerksamen Chefin Nicole nicht entgangen, die als gute Wirtin die beiden miteinander bekannt machte.

Die in Paris lebende Jacqueline fand an dem Richter solchen Gefallen, dass sie über ihre gesellschaftlichen Beziehungen dafür sorgte, dass er schnell in die Hauptstadt versetzt wurde. Und bald folgte die Heirat.

Aber Jacques war zu bodenständig für eine Frau wie Jacqueline, deren Familie zu den TGB zählte, den »Très Grands Bourgeois«. Sie war die Tochter eines Großindustriellen, der eine Frau aus dem Adel geheiratet hatte. Aber, wie Jacques einmal boshaft bemerkte, aus »napoleonischem Adel«, dem das Prädikat erst im 19. Jahrhundert verliehen worden war.

Mit seinem Gehalt als Untersuchungsrichter konnte Jacques ihr die Wünsche nach ständig neuen Klamotten und Schuhen, die sie immer aggressiver wiederholte, nicht erfüllen, und selbst Geld zu verdienen entsprach nicht ihren Vorstellungen von einem angemessenen Lebensstil. Als Jacqueline bei einer der häufiger werdenden Streitigkeiten eine

Flasche Champagner nach ihm warf und ihn zwar nicht traf, aber mit Schaumperlen bespritzte, rief er lachend: »Schade um das Gesöff, es war ein Dom Pérignon millisimé!«

Sie schrie hysterisch auf, er packte seine Koffer und zog zu Margaux, die er kurz zuvor kennen- und lieben gelernt hatte.

Doch bald merkte Jacques, dass er nach der anstrengenden Ehe mit Jacqueline seine Unabhängigkeit brauchte. So blieb er bei Margaux, die auch ein sehr bewegtes Leben führte, nur so lange wohnen, bis er seine eigene kleine Wohnung in Belleville gefunden hatte.

An der äußeren Mauer des nördlichen Kirchenschiffs von Sainte-Catherine hatten Händler wie zu alten Zeiten Marktstände aufgebaut. Ein kräftiger Mann pries auf einer breiten Platte, die mit einem rot-weiß karierten Stoff bedeckt war, verschiedene Flaschen an. Wein, Calvados und Liköre von Lillet.

Jacques machte sich lustig über die bunten Lillet-Flaschen. Wer trinkt denn noch so was? Margaux lachte laut und packte ihn am Arm. »Komm, lass uns ins *Vieux Honfleur* gehen und einen Fisch essen«, schlug sie vor. »Dabei kann ich dir eine noch wildere Geschichte erzählen als deine von Michels Drogenfall in Cahors. Bei meiner kommt der Flughafen von Cahors übrigens auch vor.«

Das *Vieux Honfleur* gilt als das älteste Restaurant am Hafen und liegt an der ruhigeren Seite des alten Beckens. Von den Tischen am Quai blickt man auf die alte Lieutenance, den gewaltigen ehemaligen Sitz des königlichen Statthalters am alten Stadttor. Auf einer großen Steinplakette wird dort an den Seefahrer Samuel de Champlain erinnert, der zwischen 1603 und 1620 acht Mal von Honfleur nach Akadien und Neufrankreich gesegelt war und die Stadt Quebec gegründet hatte.

Margaux' Schilderung der Entführung Jean Lillets bis hin zum Videoanruf von Verteidigungsminister Lacaze bei der Familie machte Jacques sprachlos.

Auf der sonnenbeschienenen Terrasse des *Vieux Honfleur* fanden sie einen Tisch nahe der Hauswand, die sie vom aufgekommenen Wind schützte. Margaux bestellte Barsch in heller Safransauce, Jacques einen gelben Lachs.

Plötzlich lachte Margaux laut auf: »Dafür gilt natürlich auch das Schweigegelübde!«

»Zu spät!«, erwiderte Jacques schmunzelnd.

»Das Verrückte ist ja, dass ich Jean Lillet einmal kennengelernt habe«, erzählte Margaux. »Lass mich überlegen, das war vor fünf oder sogar sechs Jahren. Ich habe ihn für ein Porträt in seinem Schloss besucht. Kann sogar zehn Jahre her sein. Aber die Story war keins meiner Glanzstücke. Ich habe den Kerl einfach nicht richtig zu fassen bekommen.«

Sie trank einen Schluck Wein und fuhr fort: »Er macht sein Geld wohl im Handel mit Westafrika. Deswegen mietet er ab und zu ein Flugzeug, mit dem er hin- und herpendelt. Und das steht meist auf diesem Flugplatz von Cahors, denn er lebt nur eine Stunde entfernt, im Château Les Milandes, das früher Josephine Baker gehört hat. Traumhaft! Er ist ziemlich verrückt. Als ich bei ihm war, lief er immer wie ein Targi herum.«

»Ein Targi … bitte schön, was ist das?«

»Ein Berber. Ein Tuareg. Er hatte mich für zwei Tage auf sein Schloss gebeten, und ich kam abends rechtzeitig zum Dîner an. Als er mich in Targi-Festtracht mit riesiger roter

Mütze unter einem Turban empfing, bekam ich fast einen Lachanfall. Und dann hatte er auch noch ein langes Schwert in einer roten Scheide umgeschnallt. Ich habe gedacht, der ist plemplem. Das Essen fand in einem großen Saal statt, dessen Wände mit grauen, getrockneten Lehmziegeln verputzt waren, der Boden war dick mit Sand bedeckt. Natürlich Sand aus der Sahara, wie er mir erklärte. Bedient wurde ich von zwei sehr attraktiven Berberfrauen. Gereicht wurde neben gebratenen Tauben irgend so ein fades Brot, und zu trinken – du glaubst es nicht – goss er Kamelmilch ein, die er mit Wasser verdünnte.«

»Igitt, wo hatte er die denn her?«

»Angeblich besorgte er sich die tiefgefroren.«

»Und wie schmeckt die?«

»Na ja, ein bisschen ranzig und salzig!«

Margaux schüttelte sich bei der Erinnerung an das Getränk.

»Weil er sich als Nachfahre eines Königs von Mali ausgibt, ließ er sich den Becher Kamelmilch immer von einem seiner beiden Berber-Leibwächter reichen. Die Bewacher waren in sehr feine Djellabas mit Mustern in Gelb, Rot, Grün oder Schwarz gehüllt und hatten um den Kopf grüne Tagelmust. Das sind die ewig langen Tücher, die sie sich um den Mund und dann um den ganzen Kopf wickeln. Im Gürtel trug jeder ein etwa fünfzig Zentimeter langes Berberschwert.«

»Das klingt ziemlich verrückt.«

»Ist er ja auch. Aber eben reich, so kann er sich's erlauben. Jean Lillet schwärmte von Mali, besonders von Timbuktu, von der mittelalterlichen Architektur und der Lehmbauweise.«

»Ich habe mal auf Arte einen Film über diese unglaublich schöne Wüstenstadt gesehen«, sagte Jacques. »Und davon geträumt, einmal nach Timbuktu zu reisen. Aber da kommst du ja überhaupt nicht hin. Höchstens mit einer Kamelkarawane.«

»Lillet behauptete sogar, er besäße rund hundert Kamele, die wie vor fünfhundert Jahren Salzplatten aus Taoudenni herbeischaffen. Das Salzbergwerk liegt mitten in der Wüste, siebenhundert Kilometer nördlich von Timbuktu. Eine Karawane braucht zwanzig Tage für die Strecke, eine Straße gibt es nicht. Und dann hat er angeblich auch mehrere Hunderttausend Dollar gespendet für die Renovierung der berühmten alten Bibliothek von Timbuktu, die von Islamisten beschädigt worden war. Er scheint irgendwelche arabischen Dialekte zu beherrschen, die man da spricht. Auf jeden Fall hat er mir in einem Singsang, von dem ich kein Wort verstand, ein Gedicht vorgetragen, angeblich von Ibn Battuta. Das ist ein berühmter Schriftsteller aus dem 14. Jahrhundert.«

»Ibn Battuta kenn ich. Wer kennt den nicht! Eine Art arabischer Marco Polo.«

»Bravo! Ich hatte zuvor noch nie von ihm gehört. Du weißt dann sicher auch, wer Mansa Musa ist oder vielmehr war? Er ist das große Vorbild von Jean Lillet.«

»Mansa Musa? Keine Ahnung. Auch so ein Dichter oder vielleicht ein Kameltreiber?«

»Mansa Musa herrschte in der ersten Hälfte des 14. Jahrhunderts in Mali. Mali war damals ein riesiges Reich mit den größten Goldvorkommen. Deshalb galt Mansa Musa als der reichste Fürst in der ganzen bekannten Welt. Angeblich pilgerte König Mansa Musa in Begleitung von mehreren

Tausend Leuten und Dutzenden Kamelen, beladen mit Tonnen von Gold, nach Mekka. Und dieses Mali ist heute pleite und eines der ärmsten Länder der Welt …«

»Und auch eines der rückständigsten. Angeblich werden dort noch ganze Familien als Sklaven gehalten. Wenn ein Sklavenehepaar ein Kind bekommt, ist es auch Sklave.«

»*T'en es sûr,* Jacques, Sklaven?«

»Ja, ich bin sicher. Wir hatten hier mal einen Fall, da haben malinesische Diplomaten ihr Personal aus Bamako mitgebracht und in Paris wie Sklaven gehalten.«

»Ich glaube, man sagt nicht ›malinesisch‹, sondern ›malisch‹«, korrigierte ihn Margaux.

»Klingt komisch. Wie auch immer. Die haben ihr Personal brutal gezüchtigt, und das fiel erst auf, als der fünfjährige Sohn des Sklavenehepaars an einem ganz normalen Wochentag auf einem Spielplatz gesehen wurde, mit blauen Flecken im Gesicht, die er von Prügeln hatte. Die Schulbehörden haben sich dann darum gekümmert, kurzum: Es kam zum Prozess wegen Sklavenhalterei! Die malischen Diplomaten – richtig so?«

Jacques schaute Margaux grinsend an, sie nickte schmunzelnd.

»… die haben sich ganz schnell aus dem Staub gemacht und ihr Personal zurückgelassen.«

»Wahnsinn! Lillet träumte davon, in Mali wie Mansa Musa zu leben. Angeberisch sagte er zu mir, er könnte den Lillet-Likör ein wenig dem dortigen Geschmack anpassen und ihm in ganz Westafrika zu einem Bombenerfolg verhelfen. Ich glaube, er hat sich deshalb von der Familie die exklusiven Vertriebsrechte für Afrika geben lassen. Jean-Marc hielt meine Geschichte über Lillet für zu verrückt, deshalb hat er sie zusammengestrichen und auf die letzte Seite verbannt, wo die leichte Muse tanzt.«

»Ich vermute, du kannst darüber erst schreiben, wenn die Entführung aufgeklärt ist?«

»Ja, auch für mich gilt das Schweigegelübde.«

Den Nachmittag verbrachten Margaux und Jacques mit einem langen Spaziergang bis zum Strand an der Mündung der Seine, die hier in den Ärmelkanal fließt. Immer wieder kamen sie auf die Entführung von Jean Lillet und den Drogenfall von Michel zurück. Seltsam, dass Lacaze in beiden eine Rolle spielte.

Am Abend überlegten sie, ob sie ins Kino gehen sollten, doch in dem einzigen Filmtheater von Honfleur lief nur, was sie Schrott nannten. Sich aber extra ins Auto zu setzen und zwanzig Minuten nach Deauville zu fahren, dazu hatten sie auch keine Lust.

»Lass uns früh Schluss machen«, schlug Margaux vor. »Tut uns auch mal gut.«

Wer ist Michel?

Sonntag früh strahlte Jacques beim Frühstück in der wärmenden Sonne auf der kleinen holzgetäfelten Terrasse allerbeste Laune aus. Margaux tauchte ihr lauwarmes Croissant in die große Tasse mit Café crème und fragte ihn kauend: »Woher kennst du eigentlich Michel Delabrue?«

Er schaute sie verblüfft an, zog beide Augenbrauen hoch und holte tief Luft.

»Eijeijei. Ach Gott, das ist ewig her. Wir haben zusammen in Montpellier studiert. Wie das so ist, haben wir uns angefreundet, vielleicht, weil wir beide aus dem Süden kommen oder weil wir beide neben dem Studium in demselben Bistro gekellnert haben. Außerdem wohnten wir im selben Studentenheim. Und dann hat er mir immer von Prades vorgeschwärmt, das ist der Ort, aus dem er stammt. Liegt am Fuß der Pyrenäen. Wirklich ein schöner Ort.«

»Warst du mal dort?«

»Ja, mehrmals. Er hat mich zuerst damit gelockt, er habe eine so wunderschöne, liebe Schwester. Also bin ich an einem Wochenende mit ihm in seinem 2CV hingefahren.«

»Und war sie so wunderschön?«

»Du kennst doch Michel: ein Urvieh. Seine Schwester war damals achtzehn und einen halben Kopf größer als ich!«

»Du Armer! Warst du enttäuscht?«

»Überhaupt nicht. Denn es war wirklich spannend. Sein

Großvater war Bürgermeister von Prades, er eröffnete das jährliche Pau-Casals-Festival, sein Vater war Präsident des Rugby-Clubs, in dem Michel spielte. Bei ihnen zu Hause wurde katalanisch gesprochen. Und die Familie war mit Pau Casals befreundet …«

»Der Cellist? Du meinst Pablo!«

»Casals war Katalane. Nach der Besetzung Barcelonas durch die faschistischen Truppen Francos, das wird so 1939 gewesen sein, war er über die Pyrenäen nach Prades geflohen. Die Franquisten nannten ihn Pablo. Aber er bestand bis zu seinem Tod darauf, katalanisch Pau genannt zu werden. – Prades ist ein richtig schöner alter Ort. Würde dir auch gefallen.«

»Wann fahren wir hin?«, fragte Margaux scherzhaft. »Ich wundere mich, dass du mit solch einem Muskelprotz befreundet bist.«

»Ach, weißt du, er mag gewaltig wirken, hat aber eine sensible Seele. Deshalb haben wir auch einiges zusammen durchgemacht. In dem Bistro, wo wir uns als Studenten ein bisschen Geld verdienten, bekamen wir für die Spätschicht besonders guten Lohn. Essen und Trinken frei. Das ist für immer hungrige Studenten fast noch wichtiger. Irgendwann hat Michel aber angefangen, mehr zu trinken als zu essen … Er wollte einen Liebeskummer ersäufen. Am Anfang habe ich auch kräftig mitgesoffen. Ich fand, das gehört sich für einen unkonventionellen jungen Menschen. Manchen Abend sind wir eher ins Heim getorkelt als gegangen. An einem Freitagabend haben wir dann ein paar Flaschen Armagnac mitgenommen und einfach weitergetrunken. Es war ein herrlicher Sommer, wir mussten am Wochenende nicht arbeiten, sind in die Felder und haben eine Flasche nach der anderen geleert. Am Samstag hatte ich eine Kommilitonin zu mir zum Abendessen eingeladen. Aber ich habe die Verabredung versoffen. Am Sonntag früh waren wir immer noch sternhagelblau und sind in irgendeinem Obstgarten auf die Bäume gestiegen, haben laut gegrölt, bis der Bauer kam.«

«Ach du lieber Gott, wie barbarisch. Hat er euch angezeigt oder die Polente gerufen?

»Wir sind so schnell wie möglich verduftet. Wir hatten Angst, er würde uns vom Baum schießen. Der war mit der Schrotflinte unterwegs.«

»Warst du Alkoholiker?«

Jacques schwieg einen Moment und schien in sich hineinzuhorchen. Er nahm einen Schluck Café crème und stellte die Tasse wieder ab.

»Mir war dieser Alkoholausflug eine Lehre, ich habe dann erst einmal ein paar Wochen gar nichts mehr getrunken.«

»Und deine Freundin? Hat die sich gefreut?«

»Das war damit vorbei. Aber sie hatte wahrscheinlich die gleiche Vermutung wie du, ich sei vielleicht Alkoholiker, und hat mir deshalb – sicher ganz bewusst – zum Abschied ein Buch von einem aus Galizien stammenden Autor geschenkt. Joseph Roth, *Die Legende vom heiligen Trinker*. War heilsam. War wirklich heilsam. So wollte ich dann doch nicht enden. Roth selbst hat sich in Paris, wohin er ins Exil vor den Nazis geflohen war, totgesoffen. Es gibt in der Rue de Tournon an einem der ersten Häuser, vom Senat aus gesehen links, eine Marmorplakette, über dem *Café Tournon*. Dort hat er bis zu seinem Tod gelebt. Und das Buch vom Trinker ist posthum erschienen. Die Bistrowirtin hatte es Seite für Seite aufbewahrt, wenn er bei ihr im Café schrieb, dabei einen Pernod nach dem anderen trank und dann sein Manuskript liegen ließ!«

»Und wie lange habt ihr euch enthalten? Habt ihr weiter die Abendschicht im Bistro gemacht?«

»Der Wirt hat uns rausgeschmissen, schließlich hatten wir ihm einige Flaschen geklaut. Und außerdem hat Michel nicht aufgehört.«

»Zu trinken?«

»Der wurde richtiger Alkoholiker und ist erst einmal durch das Jahrgangsexamen geflogen. Im Studentenheim haben wir uns alle um ihn gekümmert. Erst ein kluger katholischer Priester aus Prades konnte den Weg zu seiner Seele öffnen. Über die Anonymen Alkoholiker hat Michel den Weg rausgefunden.«

»Tja, die Großen haben eben manchmal die empfindlichsten Nerven. Von wegen Literatur: Kennst du das Buch von John Steinbeck, *Von Mäusen und Menschen*?«

»Ja, kenn ich. Aber ist der Riesenkerl darin nicht ein Schwachsinniger? Damit kannst du Michel überhaupt nicht vergleichen. Er ist wirklich ein hervorragender Jurist, ein sensibler Richter.«

»Deshalb sucht er auch deinen Rat in dieser verflixten Geschichte. Ich verstehe. Und trinkt er seitdem wirklich nicht mehr? Wir haben ihn auch nie abends getroffen.«

»Unsere Zeit in Montpellier ist ja bald zwanzig Jahre her. Noch länger. Seitdem rührt er keinen Tropfen mehr an. Er wurde später mein Nachfolger in Nizza und ist jetzt auch schon gute fünf Jahre in Paris.«

Plötzlich schepperte Margaux' Mobiltelefon so laut wie ein alter Bakelitapparat mit Wählscheibe und Schnur. Jacques seufzte und trank den letzten Schluck aus seiner Kaffeetasse.

»Hast du das Scheißding nicht ausgeschaltet?«

»Hab ich vergessen. Pardon!« Mit rotem Kopf suchte sie in ihrer Handtasche nach dem Lärm, der nicht aufhörte.

»Warum musst du das Ding auch immer so laut stellen?« Jacques fluchte, denn um ihre Illusion in aller Freiheit auszuleben, gehörte es zu ihren Wochenendregeln, die Außenwelt abzuschalten.

Er stand schnell von seinem Sessel auf der Frühstücksterrasse auf und rief Margaux zu: »Ich bestell noch einen Café crème. Willst du auch noch einen?«

Sie hatte das Gerät schon am Ohr, murmelte etwas hinein, schaute ihn kurz an und hob den Daumen. Bitte noch einen Crème.

Jacques war eingefallen, dass auch er sein Telefon nicht ausgestellt hatte, und bevor es jetzt klingelte und Margaux ihn ihrerseits rüffeln konnte, eilte er ins Schlafzimmer, hob sein Handy vom Nachtisch, schaltete es auf Flugmodus und sah, dass er ebenfalls einen Anruf erhalten hatte. Aber weder er noch Margaux hatten das Läuten gehört.

Oh, sagte er zu sich, Gott sei Dank! Denn auf dem Bildschirm stand: »Eine Mitteilung von Jil«.

Mit dem Zeigefinger schob er die Nachricht schnell nach links und drückte auf »Entfernen«. Das war gerade noch einmal gut gegangen. Er schaute nach draußen. Margaux drehte ihm den Rücken zu und stand am Ende der Terrasse in der typischen Haltung moderner Menschen, das Telefon mit der rechten Hand flach ans Ohr gedrückt.

Automatisch bestellte er noch zwei große Tassen Café crème und dachte an sein Abenteuer mit Jil in ihrem Riad *Sultan* in Marrakesch. Vor seinem geistigen Auge trat sie auf ihn zu, etwa 35 Jahre alt, enge Jeans und ein schmales T-Shirt, unter dem sich die Brüste abzeichneten. Die langen schwarzen Haare zum Pferdeschwanz gebunden. Jil betrieb ihren Riad als Hotel und arbeitete insgeheim für die französische Drogenfahndung. In ihrem Riad hatte er ein paar Tage verbracht – in offizieller Mission.

Das war zwar schon eine Weile her, aber ab und zu kam sie nach Paris und meldete sich bei ihm. Ihm wurde warm bei diesem Gedanken. Doch das brauchte Margaux ja nicht zu wissen.

Das Zimmermädchen brachte zwei dampfende Café crème, stellte sie auf den Terrassentisch und räumte die leeren Tassen ab.

»Café ist da!«, rief er Margaux zu, die immer noch am Telefon hing. Sie drehte sich um, nickte ihm zu, lachte in das Gerät hinein, verabschiedete sich mit einem fröhlichen »Ich dich auch«, und stieß dann vernehmlich die Luft aus, als wollte sie sich von dem Gespräch entspannen.

Ich dich auch! Das konnte alles bedeuten, überlegte Jacques, eine Antwort auf »Ich vermisse dich«, »Ich küsse dich«, »Ich liebe dich«. Ihm fiel nichts Unverfängliches ein. »Ich grüße dich«? Das war zu banal. Na gut, »Ich halt dich auf dem Laufenden« – »Ich dich auch«. Aber dann strahlte man nicht so fröhlich.

Die kurze Träumerei, ausgelöst durch die Nachricht von Jils Anruf, hatte bei Jacques das schlechte Gewissen wachgerufen, darum fragte er Margaux auch nicht, wer angerufen hatte, obwohl es ihn brennend interessierte. Von wegen »Ich dich auch«!

Rückfahrt

»Woher kennst du eigentlich die Geschichte von Lacaze und seinem Anruf bei den Lillets?«, fragte Jacques beiläufig auf der Rückfahrt, nicht ahnend, auf wen er stoßen würde.

»Vom Vorsitzenden des Verteidigungsausschusses im Senat«, erwiderte Margaux scheinbar gelöst, obwohl sie innerlich angespannt war. Sie ahnte, was Jacques nun fragen würde.

»Ist das nicht dein alter Freund Louis de Mangeville?«

»Der ist als Quelle immer noch gut anzuzapfen.«

Jacques lag auf der Zunge zu fragen, ob Margaux den Senator noch häufig treffe, aber er dachte an den Anruf von Jil und hielt sich zurück. Margaux hatte über einige Jahre hinweg eine ab und zu aufflammende Liebelei mit dem Senator gepflegt, was Jacques manchmal erleichterte, wenn er seine Arme um Amadée aus Martinique legte oder um Karen, die Staatsanwältin aus Leipzig. Ganz zu schweigen von Lyse, der Wüstenkönigin, in die er restlos verliebt gewesen war. Aber er war trotzdem nicht gegen Eifersucht gefeit.

Allerdings hatte Marie-Claire, die Frau des Senators, mit Hinweis auf die beiden kleinen Kinder des Ehepaars, der Affäre des Senators mit der bekannten Journalistin aus Paris schließlich einen Riegel vorgeschoben, bevor das Techtelmechtel allzu ernst werden konnte.

Ab Rouen wurde der Verkehr immer dichter, die nach Paris zurückkehrenden Wochenendausflügler zahlreicher. Margaux ging vom Gas und seufzte. Ein entspanntes Seufzen.

Sie hatten den warmen und sonnigen Tag wie gewohnt verbracht. Nach dem ausgiebigen Frühstück lasen sie in der Sonne auf der Terrasse das *Journal du dimanche,* lästerten über die Gesellschaftskolumne und wunderten sich, dass der junge Präsident plötzlich in den Umfragen sechs Punkte nach oben geschossen war, während sein neu ernannter Premierminister um fünf Punkte sank. So ist das Leben, meinte Jacques lakonisch. Er wusste, was es heißt, von der Presse mal nach oben und anschließend wieder nach unten geschrieben zu werden.

Auf einen Bummel durch die alten Gassen folgten eine Siesta und dann noch ein Abschiedskaffee in der Sonne auf den Stühlen vor dem Hotel mit Blick auf den Marktplatz.

Um diese Zeit verblasste die Illusion vom anderen Leben langsam. Es war immer das Gleiche. Als ob die innere Uhr anzeigte, es fehle ein wenig Stress, das Adrenalin im Körper sei inzwischen stark abgesunken. Nimm eine Prise von der Droge Paris.

Margaux räusperte sich. »Es war übrigens auch Louis, der heute früh angerufen hat«, sagte sie und achtete weiter auf den Verkehr. Jacques warf ihr einen Blick zu, überlegte, ob er dazu eine Bemerkung machen sollte, aber hielt es doch für klüger zu schweigen.

»Die Geschichte mit Lillet und Lacaze geht nämlich weiter«, fuhr sie fort.

»Sprich! Wie hat Mangeville eigentlich davon erfahren, wenn das Verschwinden von Lillet so ultrageheim ist?«

»Louis ist seit Studentenzeiten mit Raymond Lillet, dem Stammhalter des Unternehmens, eng befreundet.«

»Wahrscheinlich waren sie zusammen in der gleichen Promotion in der ENA,« giftete Jacques. Aus der ENA, der zentralen Eliteschule des französischen Staates, die jedes Jahr nur hundert Studenten aufnahm, war die Führungsschicht des Landes hervorgegangen, bevor Präsident Macron sie schloss und durch eine einfache Verwaltungshochschule ersetzte.

»Nee, so weit haben die beiden es nicht gebracht. Sie haben Jura in der Rue d'Assas studiert.« Dort lag die berühmte Rechtsfakultät der Sorbonne.

»Ich habe es gerade mal nach Montpellier geschafft«, tat Jacques bescheiden, obwohl seine Alma Mater auch aus dem 12.Jahrhundert stammte. Und dort hatte immerhin der Weissager Nostradamus studiert und gelehrt.

Jacques war als Einzelkind im Süden Frankreichs aufgewachsen, in der Gegend, wo sich einst die Hugenotten vor der Verfolgung durch die katholischen Fürsten in Höhlen versteckten und noch früher die Katharer von den Katholiken ermordet worden waren. Beides Gründe, weshalb man im Süden bei Wahlen auch Jahrhunderte später immer noch gegen die Macht in Paris stimmte. Seine längst verstorbenen Eltern – kritische Geister – waren beide Lehrer gewesen.

»Louis hat mir mal erzählt, dass Lillet zu den größten Spendern der Républicains gehört.«

»Kein Wunder also, dass er Lacaze misstraut, weil der stets den harten Sozialisten raushängen lässt!«

»Ja, und er ist in dem Videogespräch mit Raymond Lillet wohl auch ziemlich ruppig aufgetreten«, sagte Margaux. »Deshalb bat Lillet seinen Freund Louis um eine Einschätzung der Sache, weil der doch Vorsitzender des Verteidigungsausschusses im Senat ist und daher gute Beziehungen zum Militär hat. Bis dahin kennst du die Geschichte in etwa.«

»Und ist jetzt was Neues passiert? Ist Lillet wieder frei? Gibt's ein Lebenszeichen?«

»Das Neue ist Folgendes: Gestern Abend waren Raymond Lillet und Louis bei Françoise Bettencourt in ihrer Villa in Neuilly zum Dîner eingeladen.«

»Die reichste Frau Frankreichs! Ihr gehört L'Oréal. Die ist Milliarden schwer. Kennst du sie eigentlich?«

»Noch nicht. Ich sollte mal ein Porträt von ihr schreiben, aber das war zur Zeit der ganzen Erbstreitigkeiten in der Familie Bettencourt, deshalb hat sie damals abgesagt.«

»Und was war so wichtig bei dem Dîner, dass Mangeville dich anruft?«, fragte Jacques.

»Ich konnt's kaum glauben! Es waren wohl ein gutes Dutzend Gäste da, darunter so einige vom hohen Geldadel – Milliardäre wie Arnault, Pinault, Carmignac. Keiner wusste vom Verschwinden des jungen Lillet. Als sich alle verabschiedeten, nahm die Gastgeberin Louis und Lillet zur Seite und bat, sie möchten noch einen Moment bleiben, sie wolle mit ihnen etwas Wichtiges besprechen. Sie bugsierte sie in einen kleinen Salon und erzählte dann, Lacaze habe sie am Vormittag angerufen, in einer zuvor von seinem Büro angekündigten Videoschaltung. Zuerst habe er sie gefragt, ob sie wisse, dass Jean Lillet verschwunden sei. Ist ja klar, dass Françoise erst einmal mit einer Antwort zögerte. Zwar hatte Raymond Lillet sie eingeweiht, sie ist mit ihm verschwägert. Doch sollte sie jetzt mit Lacaze darüber reden? Aber schließlich sagte sie sich, er ist immerhin der Verteidigungsminister, und gab zu, dass sie von der Entführung wusste. Aber das sei doch ultrageheim?«

Margaux fluchte, weil sich ein Wagen vor ihr in die Spur drängte, dann sprach sie weiter.

»Dann bat Lacaze sie um absolute Verschwiegenheit, es ginge schließlich um das Leben von Jean Lillet, und sie stehe der Familie Lillet doch sehr nahe. Und er ersuchte Françoise Bettencourt um Unterstützung. Wegen der geforderten fünfzig Millionen, die der Staat offiziell nicht übernehmen könne. Und dann hat er auf die Tränendrüse gedrückt: Er habe mit seinem Kabinett einen anderen Weg ausgetüftelt und wolle jetzt einige Freunde der Familie Lillet, die dazu in der Lage waren, um eine Beteiligung von jeweils zehn bis fünfzehn Millionen Euro bitten, die auf ein Konto in Mali zu überweisen wären.«

»Abstrus. Mali? Warum in aller Gottes Namen nach Mali? Die korrupte Regierung dort konnte sich doch nur an der Macht halten, solange französische Truppen die Terroristen aus der Wüste in Schach hielten! Und jetzt sind Putins Söldner von der Gruppe Wagner in Bamako.«

»Bamako! Du bist gut«, sagte Margaux und strahlte Jacques an. »Die Hauptstadt von Mali! Ich hatte eben noch Timbuktu im Kopf.«

Jacques sah die Rückleuchten des direkt vor ihnen fahrenden Wagens plötzlich hell aufblinken und rief erschrocken: »Pass auf!«

Margaux hatte selbst schon reagiert und war so fest auf die Bremse getreten, dass beide in ihre Gurte gedrückt wurden. Die Reifen quietschten, aber der Wagen kam noch rechtzeitig zum Stehen. Stau, das fehlte jetzt noch. Und im Osten von Paris zog eine schwarze Wolkenfront auf.

»Und was hat die Bettencourt zu dem Konto in Mali gesagt?«

»Erst einmal gar nichts. Raymond Lillet hat daraufhin zugegeben, dass auch er von Lacaze um einen Beitrag gebeten worden war. Was verständlich sei. Er sagte, die Familie könne es schaffen, immerhin sechs oder sieben Millionen Euro zusammenzukratzen. Lacaze hatte ihm genau wie Françoise Bettencourt versprochen: Wenn Jean Lillet wieder frei sei, werde von einem Schwarzgeldkonto des Geheimdienstes in einem westafrikanischen Land das Geld zu hundert Prozent zurückgezahlt. Françoise Bettencourt hat also Louis und Raymond Lillet um Rat gefragt. Wie sollte sie sich verhalten?«

Jacques gingen zu viele Gedanken auf einmal durch den Kopf. Sieben Millionen, zehn Millionen? Fünfzehn Millionen? Wie viele verschiedene Zahlungen, bis fünfzig Millionen zusammenkamen? Und von wem noch? Na schön, dass der Geheimdienst, der dem Verteidigungsminister unterstand, über schwarze Konten verfügte, verwunderte ihn nicht. Schließlich hatte der Geheimdienst in den Sechzigerjahren auf Weisung von General de Gaulle die Ölfirma Elf gegründet und später die Politik in Frankreich mit Millionen geschmiert. Abgesehen von zahlreichen afrikanischen Potentaten, die Ölkonzessionen zu vergeben hatten.

»Françoise Bettencourt war erst einmal beeindruckt, dass der Verteidigungsminister persönlich mit ihr sprach«, erklärte Margaux. »Das sah wohl ziemlich pompös aus, er hinter seinem Schreibtisch mit Trikolore im Hintergrund, das ganze Gedöns. Das hat sie fast weich werden lassen.«

»Fünfzehn Millionen machen der doch nichts aus. Die

hat sie wahrscheinlich auf irgendeinem Konto von L'Oréal in Westafrika liegen«, bemerkte Jacques missmutig.

»Aber immerhin hat sie in der Videokonferenz ziemlich gut reagiert und die Naive gespielt. So viel Geld habe sie nicht immer flüssig. Allerdings war Lacaze irrsinnig gut informiert, er hat ihr ein Konto bei der Privatbank Gold Genève genannt, auf dem sie über 35 Millionen *in cash* liegen habe.«

»Gold Genève, eine üble Privatbank! Die kenne ich. Mit der hatte ich auch mal zu tun. Die vergeben sogar Mordaufträge. Weißt du noch, die Verrückte, die mir einmal nachts im Treppenhaus auflauerte, mich mit dem Sashimimesser umbringen wollte und hinterher behauptete, ich hätte versucht, sie zu vergewaltigen? Dahinter steckten die Bankiers von Gold Genève. Schwarzgeldwäscher und so.«

»Oh, ich erinnere mich. Na gut. Du kannst dir vorstellen, dass Françoise Bettencourt baff war. Deshalb bat sie Lacaze, sich Anfang der Woche wieder zu melden, damit sie die genauen Details mit ihm durchgehen könne. Außerdem wüsste sie gern, wer noch bereit sei, sich für Jean Lillet zu engagieren.«

»Das wäre tatsächlich interessant zu erfahren. Hat er wenigstens Raymond Lillet genannt?«

»Nee, nee, Lacaze war verschlossen wie 'ne Auster. Das könne er nicht sagen, alles laufe unter dem Siegel größter Verschwiegenheit. Sie solle auch Raymond Lillet gegenüber bloß nichts erwähnen, wenn er am Abend zum Essen komme. Das gefährde seinen Plan und damit das Leben von Jean. Jean Lillet.«

»Selbst von dem Abendessen wusste er! Der hat seine Agenten gründlich arbeiten lassen, wenn er das alles weiß.«

Jacques dachte einen Augenblick nach. Was für ein irrer Vorgang! Ein raffinierter Kerl, dieser Lacaze. Wahrscheinlich würde er nach gelungener Befreiung von Jean Lillet bei den Geldgebern Millionen für seinen nächsten Wahlkampf einsammeln. Ob er für das Amt des Präsidenten kandidieren wollte? Danach gelüstete es doch jeden, der es einmal bis zum Minister geschafft hatte. Präsident Giscard d'Estaing war Finanzminister gewesen, Präsident Mitterrand Innen- und Justizminister, Präsident Chirac Landwirtschafts- und sogar Premierminister, Präsident Sarkozy hatte es zum Innenminister gebracht, und Macron war vom Wirtschaftsminister ins Präsidentenamt aufgestiegen. Leider waren Wahlkämpfe sehr teuer. Das wusste auch Lacaze.

»Und was hat Mangeville ihr geraten?«

»Nichts. Er war platt. Darum hat er sie hingehalten, er müsse sich Gedanken machen und werde sich Montag wieder melden. Also morgen. Dann hat er mich gefragt.«

»Und was hast du geraten?«

»Nichts.« Margaux schaute kurz zu Jacques. »Ich habe ihm gesagt, wir seien gerade in Honfleur, und ich würde es mit dir bekakeln.«

Für einen Moment schwiegen beide.

Die schwarzen Wolken hingen inzwischen über ihnen, heftige Windstöße kündigten Regen an. Die Blechlawine zwang Margaux, immer langsamer zu fahren, manchmal ging es nur in Schrittgeschwindigkeit voran. Heute würden sie wohl drei Stunden für die Rückfahrt benötigen. Mindestens! Im Hochsommer dauerte es manchmal sogar vier oder mehr.

Margaux wartete auf eine Antwort von Jacques, der scheinbar unbeteiligt vor sich hin sinnierte.

In Corona-Zeiten hatten sich alle an Videokonferenzen gewöhnt. So war es nichts Ungewöhnliches, wenn Lacaze diese Technik auch für ultrageheime Unterhaltungen nutzte. Allerdings würde er, Jacques, bei solch heiklen Gesprächen davor zurückschrecken. Aus Angst, jemand könnte ihn abhören. Obwohl – Abhören, das betraf eher das Telefon. Bei einer Videokonferenz war das also Zuschauen? Vielleicht war er einfach zu altmodisch. Inzwischen waren Videoschaltungen vermutlich genauso ab»hör«sicher wie Telefone. Es fanden ja sogar Regierungskonferenzen per Video statt! Und ein Verteidigungsminister dürfte erst recht über völlig sichere Kommunikationswege verfügen. Bei dem überprüften die Abwehrspezialisten doch bestimmt jeden Tag sämtliche Geräte und Leitungen.

Da fiel ihm das Gespräch mit Michel beim Frühstück im *Aux Folies* Freitag früh ein, und er sah vor seinem geistigen Auge wieder den Videoanruf von Lacaze bei der Gendarmerie am Flughafen von Cahors vor sich, als er den Befehl gab, die Beobachtung von Starts und Landungen einzustellen. Ein Befehl! Um solch eine wenig nachvollziehbare Anordnung glaubwürdig durchzusetzen, half ein autoritärer Videoauftritt weit mehr als ein Telefonanruf, eine Mail oder gar ein Blatt Papier.

»Hast du eine Idee?«, fragte Margaux, die das lange Schweigen nervös machte. Ein Regenschauer prasselte auf den Wagen nieder, der Scheibenwischer hatte alle Mühe, die Sicht einigermaßen frei zu halten. Margaux fuhr immer langsamer.

Jacques sah sie an und räusperte sich.

»Schwierig, das ist auch für mich ein Rätsel. Was sind die Fakten? Jean Lillet ist verschwunden. Wir wissen nicht, wohin. Verteidigungsminister Lacaze erhält die Information, es würden fünfzig Millionen Lösegeld gefordert. Wir wissen nicht, von wem. Es geht um Geld, das der Staat nicht bezahlen darf. Lacaze versucht, das Lösegeld mithilfe einiger Milliardäre einzutreiben. Warum tut er das? Das Geld werde später aus schwarzen Kassen des Geheimdienstes zurückgezahlt. Raymond Lillet sagt sechs oder sieben Millionen zu, Bettencourt wird um fünfzehn Millionen gebeten, aber sie hält Lacaze hin. Wer wird noch angesprochen? Überhaupt, warum nimmt man das Geld nicht gleich aus der Schwarzgeldkasse? Das alles wissen wir nicht.«

Das Telefon in seiner Jackentasche vibrierte. Er hatte es stumm geschaltet und tat deshalb, als merkte er es nicht. Vielleicht war es noch einmal Jil?

»Nehmen wir mal an, Lillet wäre seiner Geschäfte wegen nach Afrika geflogen und dort entführt worden. Nehmen wir weiter an, das waren irgendwelche islamistischen Rebellen. Vielleicht in Mali, wegen des Kontos? Wir wissen, dass sich Rebellen in den letzten Jahren für Lösegeld immer an den Staat gewendet haben. Also ist der Auftritt von Lacaze logisch. Was ich nicht weiß und was Mangeville herausfinden müsste, ist, ob das Einsammeln von Privatgeldern für das Lösegeld ein übliches Verfahren ist. Würde mich wundern.«

Margaux warf ein: »Das müsste er als Vorsitzender des Verteidigungsausschusses im Senat doch wissen. Es würde mich auch wundern, wenn solche Sachen dort nicht besprochen würden.«

»Kann sein, kann auch nicht sein. Jetzt bringe ich deinen und meinen Fall mal zusammen: Einerseits verbietet Lacaze per Videokonferenz die weitere Beobachtung des Geschehens am Flughafen Cahors, von dem Jean Lillet abgeflogen ist. Andererseits hat Lacaze von Lillet und Bettencourt per Videoschaltung Millionen erbeten. Ich kann mir gut vorstellen, dass beides zusammenhängt. Nur wie?«

»Und was rätst du, was soll Louis jetzt Françoise Bettencourt vorschlagen?«, wollte Margaux wissen.

»Wenn ich das wüsste …«

»Nimm doch mal an, es handele sich um einen deiner Fälle. Was würdest du dann machen?«

»Wahrscheinlich würde ich mich mit Jean Mahon besprechen. Und vermutlich würden wir Françoise Bettencourt raten, das nächste Gespräch vor heimlichen Zeugen zu führen. Oder, noch besser, sie sollte versuchen, es aufzuzeichnen. Sie sollte sich auch das Konto nennen lassen, aber erst einmal nichts überweisen. Denn so kann man über die Bank in Mali recherchieren. Wahrscheinlich würde Jean seine beste Informatikerin Fabienne für die Aufzeichnung des Videogesprächs mit Lacaze bei Bettencourt einschleusen, als Kammerzofe verkleidet oder so. Und dann könnte man weitersehen.«

»Bist du einverstanden, wenn ich das an Louis weitergebe? Und du musst dann, wenn's so weit ist, Fabienne herbeischaffen!«

Betonmarie

Justine, die charmante Assistentin von Betonmarie, strahlte Jacques an, als er kurz vor neun das Vorzimmer der Chefin betrat.

»Wie üblich einen Kaffee?«

Zu ihrem ständigen Flirt gehörte seine scherzhafte Antwort: »Wie üblich mit einem Schuss Whisky!«

Wie üblich kam in diesem Moment Kommissar Jean Mahon zur Tür herein und protestierte lachend: »Whisky gibt es nur nach der Tropenregel!«

»Was heißt ›Tropenregel‹?«, fragte Justine, die an der Kaffeemaschine hantierte. Eine Maschine, die, wie sie gern betonte, Betonmarie von ihrem eigenen Geld gekauft hatte.

»Das heißt: Man darf den Whisky erst nach Sonnenuntergang trinken. Und weil die Sonne in den Tropen immer um sechs Uhr untergeht … den Rest kannst du dir denken.«

Jacques warf lachend ein: »Aber es gibt auch Leute, die sagen: Die Sonne geht immer irgendwo in der ganzen Welt gerade unter. Also kann man die Tropenregel auch anders auslegen. Man darf zu jedem Zeitpunkt seinen Whisky nehmen.«

Justine reichte Jacques den Kaffee mit Milch und scherzte: »Voilà, Monsieur le Juge, Ihr Kaffee mit einem Schuss Whisky.«

Und wie üblich kam just in diesem Augenblick die Gerichtspräsidentin Marie Gastaud aus ihrem Büro, schnappte die letzten Worte von Justine auf und reagierte streng.

»Doch nicht schon um neun Uhr früh einen Whisky!«

»Besser als ein Café calva!«, flüsterte Jacques Justine zu, die sich bemühte, ihr lautes Lachen zu unterdrücken.

»Café calva«, das war ein Café mit einem Glas Calvados, um den Kaffeegeschmack runterzuspülen. Einst bestellten die Altvorderen den Café calva als Frühstück im Bistro am Zinc, dem Tresen.

»Messieurs, darf ich bitten?« Betonmarie drehte sich um und ging mit resolutem Schritt zu ihrem Platz am Konferenztisch in ihrem Büro. Ihre Frisur saß makellos auf dem erhobenen Haupt, ihr Kleid aus Seidentwill von Saint-Laurent – schwarz mit großen roten Quadraten – schloss am Hals mit einem Rüschenkragen ab und ließ sie größer erscheinen.

Marie Gastaud setzte sich wie immer mit dem Rücken zum Fenster an den Konferenztisch. Von ihrer Mutter hatte sie gelernt, dass eine Frau im gewissen Alter dann jünger wirkt, Falten fallen im Gegenlicht weniger auf. Es waren Regeln aus einer anderen Zeit, als Botox noch ein Gift war, das in verdorbenen Fleischkonserven vorkam. Vor bald zweihundert Jahren hatte der Landarzt Justinus Kerner von banalem »Wurstgift« gesprochen. Doch damit es richtig wichtig und wissenschaftlich klang, übersetzte er »Wurst« ins Lateinische, »botulus«, und für das »Gift« bemühte er das Griechische, »toxin«: Botox.

Einen Moment schwieg Betonmarie, dann holte sie tief Luft, als wolle sie einen tiefen Seufzer ausstoßen: »Messieurs, es ist mir sehr unangenehm, aber gestatten Sie mir zunächst eine persönliche Bemerkung. Ich vermute, im Hause wird hinter meinem Rücken viel über den Fall Guillaume gesprochen.«

Du lieber Gott! Jacques erinnerte sich an das Gespräch mit Gaston über den wegen seines unangenehmen Machogehabes geschassten und dann weich gefallenen hohen Beamten Marc Guillaume. Peinliche Sache.

»Sie wissen vermutlich, dass er mein Schwiegersohn und Vater meiner Enkel ist. Was auch immer ihm vorgeworfen wird, nichts davon ist gerichtsverwertbar. Sie täten mir einen großen Gefallen, wenn Sie mäßigend auf das Geschwätz einwirkten.«

Sie gab sich einen Ruck, als erwarte sie keine Antwort, rutschte mit dem Stuhl ein Stück an den Konferenztisch heran und setzte sich aufrecht hin. Ihre zehnjährige Enkelin pflegte sie bei Tisch mit dem Wort »Dressursitz« zu gerader Haltung zu ermahnen.

»Ich habe Sie beide heute früh zu mir gebeten, weil auf meinem Tisch eine sensible Angelegenheit gelandet ist. Der Vorfall ist bei der Staatsanwaltschaft eingegangen, aber es handelt sich weniger um ein schweres Verbrechen als um eine unglückliche Konstellation, was die betroffenen Personen angeht. Dabei geht es um den immer noch sehr populären früheren Umweltminister Nicolas Bulot als Chef der Grünen, General Jean Roche von der DGSE und eine Agentur für Models und Schauspieler, die dem Sohn des Senatspräsidenten Broissia gehört und die er, also der Sohn, auch als Geschäftsführer leitet. Diese Agentur Mondial ist kein großer Betrieb, er hat zwei oder drei Mitarbeiterinnen und vergibt die Aufträge meist persönlich.« Sie räusperte sich.

Dann fuhr sie fort: »General Roche hat nun Anzeige

erstattet, weil er Freitag früh in einer engen Straße durch einen Transporter aufgehalten wurde, mit dem dort angeblich Pakete ausgeliefert wurden. Der General wartete bereits mehr als zwanzig Minuten, als plötzlich ein Dutzend schwarz gekleideter junger Leute auftauchte, Verrückte, die alle Pakete aus dem Lieferwagen auf die Straße warfen und Parolen schrien. Roche konnte über einen direkten Draht zum Präfekten für einen schnellen Einsatz der Sondertruppe der Polizei sorgen, und einige der Randalierer wurden gefasst.«

»Ist das nicht ein bisschen banal für eine Anzeige?« Jean Mahon schüttelte den Kopf.

»Warten Sie, Kommissar, denn jetzt wird es interessant. Die jungen Leute sagten aus, Bulot selbst habe diesen Einsatz bei der Agentur bestellt. Und das ließe sich auch nachweisen, denn der Chef der Grünen habe den Auftrag in einem Videotelefonat direkt an den Agenturchef durchgegeben. Angeblich unter Zeugen.«

»Wenn es stimmt, dass Bulot diesen Auftrag wirklich veranlasst hat«, sagte Jacques, »dann macht er sich lächerlich und verliert ganz schön an Glaubwürdigkeit. Eigentlich will er doch mit Blick auf die nächste Präsidentschaftswahl und eine mögliche Kandidatur alles tun, um seriös zu wirken, oder?«

»Genau deshalb hat mich der Justizminister gebeten, den Fall in die Hände eines Richters zu geben, der als kritisch der Politik gegenüber bekannt ist. ›Wäre das nicht ein Fall für Jacques Ricou?‹, hat er mich persönlich gefragt.«

Vor Staunen riss Jacques die Augen weit auf und prustete laut. Dann deutete er mit einem kurzen Blick zu Jean Mahon die Frage an, ob er jetzt vergackeiert wurde.

»Dabei hat Ihr Minister sich wahrscheinlich ins Fäustchen gelacht«, grummelte Jacques. »Der kann mich doch gar nicht ausstehen. Ich kann mich vage erinnern, dass er vor noch nicht so langer Zeit meine Amtsenthebung im Sinn hatte.« Er schaute Betonmarie spöttisch an. »Und jetzt will er mich für sein politisches Spiel benutzen und seinem Gegner Bulot schaden.«

»Ach, Monsieur le Juge, gehen Sie da nicht ein wenig zu weit? Das ist doch wirklich nur eine Lappalie.«

»Eben, deswegen!« Jacques erhob die Stimme mehr, als er beabsichtigt hatte. »Juristisch ist es eine Lappalie, aber öffentlich wird es ordentlich Lärm machen. Ich sehe schon die Schlagzeilen: ›Bulot lässt den Straßenkampf üben. Der erbarmungslose Ricou soll ihn jagen‹. Wir wissen doch, was die Freunde des Ministers oder des Präsidenten in den Gazetten schreiben werden. Und wenn ich damit beauftragt bin, wirkt die Sache umso glaubwürdiger.«

Marie Gastaud überlegte einen Moment, welches Register sie jetzt ziehen sollte, autoritär oder leise ironisch. Beide Methoden beherrschte sie perfekt, entschied sich dann aber für die sanfte Variante, da sie die Launen des Untersuchungsrichters Jacques Ricou recht gut einschätzen konnte.

»Nehmen Sie es mit Humor, Monsieur Ricou. Statten Sie, begleitet von Kommissar Mahon und einigen seiner Leute, der Agentur einen Besuch ab. Solch ein Gastspiel der Ordnungsmacht wirkt erst einmal einschüchternd. Ich kann mir nicht vorstellen, dass es wirklich einen Videoauftritt von Bulot gegeben hat. So einfältig ist er nicht. Und wenn alles gut geht, lässt sich das Ganze vielleicht als Lausbubenstreich der Schauspieler abtun. Dann sind alle zufrieden, der General, der Präsident des Senats und der Justizminister.«

»Der Präsident des Senats? Weil sein Sohn noch mal davongekommen ist?«

»Noch Fragen?« Marie Gastaud erhob sich und verabschiedete sich ohne Handschlag. Seit Corona hatte sich diese Geste überlebt. »Heute ist Montag. Wenn möglich hätte ich gern am Donnerstag einen Bericht. Schaffen Sie das, Messieurs?«

Der Kommissar warf Jacques einen Blick zu und sagte: »Von mir aus sollte das klappen.«

»Dann werde ich es wohl schaffen.« Jacques stand ebenfalls auf und fügte betont ironisch hinzu: »Madame la Présidente.«

»Und was machen wir jetzt?« Jean Mahon schaute Jacques fragend an, als sie vor dem Aufzug in der zweiunddreißigsten Etage standen.

»Komm, wir gehen rüber ins *Henri IV,* setzen uns *à la terrasse* und schauen in die Sonne.«

Beide lachten, aber es klang ein wenig verzweifelt. Auf dem Pont Neuf war das *Henri IV* ihr Lieblingsbistro gewesen. Damals, als sie noch im Palais de la justice auf der Île de la cité arbeiteten.

»Für eine Tartine wäre es eh zu früh«, meinte Jacques.

»Bis wir dort sind, ist Midi, Zeit zum Mittagessen.«

Sie litten immer noch unter dem Umzug vom ehrwürdigen Palais de la justice auf der Île de la Cité nach Clichy, in den riesigen, modernen Glaskasten namens Cité judiciaire, der direkt am Périphérique lag, der lauten, ständig verstopften Stadtautobahn.

Das alte Palais de la justice mit seinen dunklen Gängen und zum Teil finsteren Büros war schon seit Jahrzehnten aus allen Nähten geplatzt, weswegen Dutzende von Abteilungen über die ganze Stadt verteilt arbeiteten, bis der neue Glaspalast nach jahrelanger Planung endlich fertig war.

Jetzt hatten alle in der Cité judiciaire Platz und helles Licht, aber der Charme der Jahrhunderte war verloren. Das galt für die Hüter der Gerechtigkeit und auch für die Police judiciaire, deren Adresse 36, Quai des Orfèvres durch viele Filme und Kriminalromane legendär wurde. Kommissar Maigret ging bei dem Eingang unter der 36 in sein Büro, genau wie früher Kommissar Jean Mahon, der über die Gänge des Palais in wenigen Minuten den Untersuchungsrichter Jacques Ricou aufsuchen konnte. Abends nach sechs kam Jacques dann gern bei Jean Mahon auf einen kleinen Whisky vorbei. Niemals früher – wegen der Tropenregel!

Jetzt saßen die Kriminalbeamten in einem neuen, zehnstöckigen Gebäude in der Rue du Bastion, gleich neben dem 38 Etagen hohen Justizpalast. Aber von Jacques' Büro in der dreißigsten Etage des riesigen Glasgebäudes bis zu Jean Mahon in »le Bastion«, wie die Kriminaler ihren Büroklotz nannten, war es ein langer Weg über Aufzüge und ungemütliche Gänge. Immerhin hatte ein sensibler Beamter der Stadtplanung darauf geachtet, dass die Hausnummer der neuen Adresse identisch war mit dem alten Eingang am Quai des Orfèvres: 36, rue du Bastion.

»Lass uns rüberlaufen ins *Coupoles*. Da können wir wenigsten gemütlich *à la terrasse* sitzen.«

»In der Sonne!«

»Das ist der Vorteil in diesem neuen Glaskasten. Man weiß wenigstens, wie draußen das Wetter ist.«

»Das willst du aber auch nicht immer wissen.«

»Wenn's schifft.«

»Genau. Wenn's schifft.«

Als sie die wenigen Meter zum Bistro *Les 2 Coupoles* in der Rue Fragonard liefen, fragte Jacques ganz beiläufig: »Hast du mal wieder was von Jil gehört?«

Ihm ging ihr Anruf nicht aus dem Kopf. Sie hatte keine Nachricht hinterlassen. Vielleicht hatte sie sich bei Jean Mahon gemeldet?

Denn als Jacques seinerzeit wegen eines Verhörs nach Marrakesch fliegen musste, war es Jean gewesen, der ihm empfahl, sich bei Jil einzuquartieren, sie sei eine wichtige Mitarbeiterin der französischen Drogenfahndung. Der Nachschub kam seit einiger Zeit über Westafrika, durch die Wüste nach Marokko und dann weiter nach Spanien und Frankreich.

Und als Tarnung betrieb Jil in der Altstadt, ganz in der Nähe des umtriebigen Platzes Djemaa el Fna, ihr kleines, edel eingerichtetes Riad als Hotel.

»Nee, wie kommst du denn da drauf?« Jean zögerte einen Moment und fügte mit einem leichten Glucksen hinzu: »Unglaublich gute Frau, nicht? Geht dir wohl nicht aus dem Sinn?«

»Nur so, ich weiß auch nicht, weshalb sie mir eingefallen ist.«

Jacques und Kommissar Jean Mahon hatten keine Geheimnisse voreinander. Wie enge Freunde besprachen sie alle Fährnisse des Lebens. Sie hatten sich nicht bei Gericht, sondern beim Skifahren in Meribel kennengelernt. Und weil Jacques' damalige Frau Jacqueline sich mit Jeans Frau Isabelle anfreundete – beide hatten den gleichen Hang zu Shopping, Botox und Bling-Bling, wie man Chichi seit einiger Zeit in Paris nannte –, verstanden sich auch die Männer gut.

Sie rasten die Pisten runter, während Jacqueline und Isabelle sich fürs Après aufbrezelten. Jacqueline war längst wieder verheiratet, doch die beiden Frauen gingen immer noch gemeinsam auf Streifzüge, weshalb Kommissar Jean Mahon und Untersuchungsrichter Jacques Ricou, wenn sie am frühen Abend bei Gaston im *Aux Folies* einen oder auch zwei Absacker tranken, nicht nur über ihre Fälle redeten.

Als sie bei dem Bistro angelangt und sich an einen Tisch in der ruhigen Rue Fragonard gesetzt hatten, wollte Jacques dem Kommissar von den verschiedenen Videos des Verteidigungsministers berichten.

»Ich muss dir eine merkwürdige Geschichte erzählen, die ich von Michel Delabrue erfahren habe«, setzte er an.

»Gleich. Lass mich dir eben nur das Neueste von unseren Frauen und ihrem Kack-Verein erzählen. Und dann noch das Neueste in unserem kleinen Fall mit den Mordagenten!«

Beide lachten.

Denn das, was Jean Mahon als Kack-Verein bezeichnete, war eine äußerst exklusive Veranstaltung und nannte sich *Club des Croqueurs de Chocolat*. Der Club hatte nur vierzig Mitglieder, mehr nahm er nicht auf. Darunter war anfangs auch die inzwischen verstorbene Modemacherin Sonia Rykiel, was dem snobistischen Verein einen besonderen Stand in der Pariser Gesellschaft verlieh.

Jacques' frühere Frau Jacqueline hatte den Club mitgegründet und dort auch ihren neuen Mann gefunden, der – glücklicherweise – wohlhabend war. Schließlich hatte sie auch ihre Freundin Isabelle, Jean Mahons Frau, überredet, an den exklusiven Einladungen des Clubs der Schokoladenknusperer teilzunehmen. Exklusiv, dieses Modewort, nutzten auch sie als ihren Code für den Zugang in die bessere Welt. Exklusiv schloss den Plebs aus.

»Diesmal hat ihr Club beschlossen, eine Reise nach Ghana und in die Elfenbeinküste zur Kakao-Ernte zu unternehmen. Sie sind jetzt schon zehn Tage unterwegs!«

»Und warum nach Afrika?«

»Von der Elfenbeinküste, aus Ghana und Nigeria kommt mehr als sechzig Prozent der weltweiten Kakao-Produktion!«

»Ich dachte, Kakao hätten die Azteken erfunden?«

Eine junge Kellnerin trat an ihren Tisch und blickte sie fragend an. Sie erkundigten sich nach dem Tagesgericht. Blanquette de veau! Zweimal. Und zwei Glas Chablis.

Die Kellnerin strahlte sie an, und als sie ging, schauten ihr beide nach.

»Findest du nicht, dass sie eine erotische Ausstrahlung wie Tracy hat?« Jacques schaute Jean Mahon lächelnd an.

»Du hast ja heute merkwürdige Einfälle. Zuerst kommt dir Jil in den Sinn. Und jetzt Tracy!«

»Wie sieht es denn mit dir und Tracy aus? Hast du jemals wieder von ihr gehört?«

Die kanadische Polizistin Tracy hatte Jean einst für einen kurzen Augenblick den Kopf verdreht. Das war eine komplizierte Geschichte, die selbst in ihren freundschaftlichen Gesprächen eigentlich tabu war. Doch in der Sonne im Bistro mit einem Glas Weißwein brach die Erinnerung bei beiden wieder auf, und sie vergaßen bei ihren Träumereien von Jil und Tracy, dass Jacques seinem Freund, dem Kommissar, eigentlich eine merkwürdige Geschichte erzählen wollte, die mit Video-Gesprächen des Verteidigungsministers Lacaze zu tun hatte und die er von Michel Delabrue, aber auch von Margaux erfahren hatte. Und Jean wiederum vergaß, Jacques das Neueste von den Ermittlungen seiner Leute im Fall der Geheimdienst-Deppen mitzuteilen. Äußerst spannende Fakten.

Die Raser

Ihr Twingo hatte schon zwanzig Jahre auf dem Buckel. Seine Karosserie hatte sie nie gepflegt, das Blech war verbeult, der einst hellgrüne Lack wirkte stumpf und verkratzt.

Aber es kommt auf das Innenleben an, fand seine sportliche Besitzerin, die den Wagen auf fünfundneunzig PS getunt und tiefergelegt hatte. Die extrabreiten Reifen hielten den Wagen gut in engen Kurven, die sie meist anschnitt.

Ein Auto, pflegte sie zu scherzen, braucht vier Räder, einen Motor und eine Lenkung. Aber da sie von ihrem Vater die Sucht nach starken Motoren geerbt hatte, stimmte diese Behauptung naturlich nur halb.

Der kleine Renault wirkte äußerlich vielleicht so einfach, wie sie vorgab, doch wenn es sein musste, konnte sie ihn auf gerader Strecke bis auf zweihundertdreißig Stundenkilometer hochpeitschen. Innen hatte sie die Streben mit kaum sichtbaren Carbonträgern so verstärkt, dass sie sich damit auch ungestraft hätte überschlagen können.

Auf Google Maps wurde die Strecke von der Gänsefarm im Vallée de la Vézère im Périgord noir, wo sie mit ihrem Vater Stopfleber und Confit herstellte, bis nach Cercottes mit knapp vier Stunden angegeben. Sie schaffte es in drei, da sie sich auf der Autobahn nie an die vorgegebene Beschränkung auf hundertdreißig hielt. Falls sie von einem Polizeiradar fotografiert wurde, landete die Anzeige im *Centre d'action* in Cercottes, denn wenn sie mit dem Wagen zum Einsatz fuhr, schraubte sie ein besonderes Nummernschild an, zu dem sie auch die passenden Papiere besaß, hergestellt in der Dokumentenabteilung des *service action*.

Die letzten Kilometer vor der Ausfahrt Orléans Nord, die nach Cercottes führte, zogen sich auf der Autobahn schnurgerade dahin. Jetzt die Zylinder noch mal durchpusten, dachte sie und gab Vollgas, als sie im Rückspiegel ein Motorrad mit enormem Tempo heranrasen sah. Mal sehen, ob ich den stehen lassen kann.

Lastwagen auf der rechten Spur zwangen sie nach links, doch sie hob den Fuß nicht einen Millimeter vom Gaspedal. Der Tacho stieg auf hundertneunzig, über zweihundert, für einen Augenblick schien das Motorrad nicht nachzukommen.

Kurz vor ihr wechselte ein Lieferwagen – ohne in den Rückspiegel zu schauen oder zu blinken – auf die linke Spur. Sie drückte das Gaspedal mit aller Kraft bis auf den Boden durch, jetzt fuhr der Twingo zweihundertdreißig und schrammte an dem Transporter vorbei, der den folgenden Motorradfahrer für einen Moment abblockte. Sie warf einen längeren Blick in ihren Rückspiegel und konnte ihn nicht mehr sehen.

Als sie wieder nach vorne schaute, sah sie das große Schild über der Autobahn. Ausfahrt Orléans Nord in dreihundert Metern.

Ein Pfeil wies nach rechts.

Merde alors! Ach du Scheiße, zuckte ihr durch den Kopf. Mehr nicht. Blitzschnell reagierte die Fahrerin, schätzte die Lücke zwischen zwei Lastwagen auf der rechten Spur ein, riss das Steuer rum, schoss mit gut einhundertachtzig Stundenkilometern zwischen den Kolossen hindurch, lenkte mit einem Ruck wieder gerade auf die Ausfahrtspur und stieg gleichzeitig mit voller Kraft auf die Bremse, um bei der Abfahrt nicht aus der Rechtskurve geschleudert zu werden.

Ihr blieben keine hundert Meter.

Der Bruchteil einer Sekunde bei einhundertachtzig Stundenkilometern.

Sie musste mit aller Gewalt auf das Pedal drücken, um das Break-by-wire-System von Brembo so zu aktivieren, dass der Twingo trotz des enormen Bremsmanövers nicht schleuderte.

Sie hatte gelernt, beim Runterbremsen aus höchstem Tempo so stark aufs Pedal zu treten, dass sie dabei fast im Fahrzeug stand. Der Bremsdruck presste sie in den Sechspunkt-Sicherheitsgurt und erhöhte ihr Gewicht um das Dreifache, was wiederum die Kraft auf dem Pedal wie eine Servounterstützung vervielfachte.

Das hatte sie bei Übungen auf einer Prüfstrecke des Bremsenherstellers Brembo gelernt. Denn dessen Break-by-wire-System wird auch in Rennwagen eingebaut.

Mit hundert fuhr sie in die Kurve und bremste jetzt nur noch sanft. Brembo hielt sie in der Spur.

Sie war so auf das Bremsmanöver konzentriert, dass sie nicht wahrnahm, wie hinter ihr das Motorrad heranbrauste.

*

Seine Stimme drang sogar durch die geschlossene Tür der Garage bis in die Küche. Er lachte schallend, er redete laut, er übertönte alle.

Meine Stimme ist eine angeborene Tröte, verteidigte er sich, wenn er wieder einmal dröhnend protzte. Außerdem entspricht sie meinem Körpervolumen, dann trommelte er sich mit kräftigen Pratzen wie Tarzan auf die breite Brust.

Seine Frau mochte es überhaupt nicht, wenn er vor anderen Männern lauthals mit seiner Braut angab und nicht sie, sondern sein Motorrad meinte, zumal er seine Bräute in den letzten Jahren immer wieder gewechselt hatte. Die letzte Braut sei die schönste, erklärte er einem Kumpel aus seinem Montageteam, der die schönste Braut noch nicht kannte und schnell noch vorbeischaute, bevor der Angeber mittags die Maschine anwarf.

Diese letzte war eine BMW S 1000 XR, die er im März 2020 während der Corona-Krise billig auf der Bugatti-Rennstrecke in Le Mans geschossen hatte, weil die Motorrad-Weltmeisterschaft verschoben werden musste.

Gestern Abend hatte er einen Anruf erhalten und entgegen seinen Gewohnheiten nur kurz und sogar ziemlich zurückhaltend geantwortet.

»Ja. – Wann? Ich kann morgen rüberkommen. – Klappt. Fahr am Nachmittag ein. – Wie lang dauert der Einsatz?«

Die meisten Aufträge bekam er als kleiner Unternehmer mit dem Ruf, verlässlich und präzise wie ein Germane zu arbeiten, bei Werften oder Raffinerien hier in Saint-Nazaire. Schon vor Jahren hatte er ein tüchtiges Team um sich geschart. Sechs Leuten zahlte er feste Honorare, kräftigen und verlässlichen Männern, die einander blind vertrauten und ihre Montagen schnell und sicher erledigten. Mit einem Festpreis verdienten sie mehr als bei einer Abrechnung nach Stundenlohn.

Immer wieder holte er für sein Montageteam auch Auslandsaufträge ein, die ein paar Tage dauerten. Manchmal ging es sogar bis nach Dubai oder Dakar. Da klingelte es doppelt und dreifach im Beutel.

Ganz selten ging er allein auf Montage. Was da wohl zu montieren war? Seine Frau unterdrückte ihre Zweifel, ob es vielleicht um eine andere Braut als das Motorrad ging.

»Wo musst du diesmal hin?«

Sie schaute nicht hoch und packte seine Wäsche in die beiden Satteltaschen.

»Nicht weit. Der Auftraggeber sitzt wieder einmal bei Orléans, mal sehen, wo die mich diesmal hinschicken. Aber angeblich nicht weit. Eventuell nach Paris.«

»Kommst du am Wochenende wieder? Wir wollten Louise und Jean mit den Kindern zum Grillen einladen.«

»Der Auftrag sollte spätestens am Freitag erledigt sein. Lad sie auf jeden Fall ein. Und besorg das Fleisch bei Rondelli, der hat die beste *Côte de boeuf* vom Salers-Rind.«

»Willst du nicht lieber die T-Bones?«

»Frag Titi, was er gerade empfiehlt.«

Als er Titi erwähnte, schaute seine Frau lächelnd auf.

»Ist das nicht irre, wie Titi abgenommen hat?«

»Ich versteh nur nicht, warum. Er ist schließlich Metzger.«

»Dreißig Kilo weniger!«

»Ich hab schon gedacht, er wäre krank.«

»Wegen der Geschwulst am Hals? Gut, dass er sich die auch hat wegoperieren lassen.«

»Und er hält das Gewicht schon seit einem halben Jahr.«

»Irre. Er behauptet, er mache jetzt Sport!« Sie schaute ihren Mann an, als wollte sie ihn ermuntern, es Titi nachzumachen.

»Ja, seine Kinder haben ihn wohl bearbeitet! Und vergiss bloß die Merguez nicht. Auch die würzt Rondelli am besten. Für mich mindestens vier Stück!«

Er liebte die feurige Lammbratwurst aus Marokko.

Als er in Saint-Nazaire losfuhr, empfahl ihm sein Smartphone die Strecke über Tours und Orléans, zehn Minuten schneller und fünfzehn Kilometer kürzer als die über Le Mans. Drei Stunden neunundfünfzig Minuten hatte der Routenplaner für normale Menschen bis Cercottes ausgerechnet. Aber das galt nicht für ihn auf seiner neuen Braut. Er würde sich auf dem Motorrad auch nie als normalen Menschen bezeichnen.

Die letzten Kilometer vor der Ausfahrt nach Orléans Nord, wo es nach Cercottes ging, zogen sich auf der Autobahn schnurgerade dahin. Bis hierher hatte er es in drei Stunden drei Minuten geschafft. Jetzt die Zylinder noch mal gut durchpusten, dachte er, winkelte die Beine an, beugte sich wie ein Jockey über den Hals seines Vollbluts und gab Gas.

Er sah einen klapprigen Twingo, der sich scheinbar Mühe gab, ein paar Laster zu überholen.

Dich putz ich weg!

Doch der kleine Renault schien Chili geschluckt zu haben.

Er drehte auf. Seine S 1000 XR schaffte es locker in sechs Sekunden von hundert auf zweihundert. Aber zweihundert hatte der Twingo zu seinem Erstaunen auch gleich drauf. Er näherte sich dem Renault für sein Gefühl viel zu langsam, da scherte ein Lieferwagen auf die linke Spur. Der verrückte Twingo-Fahrer bremste nicht, sondern zog leicht nach links und quetschte sich gerade noch an dem Transporter vorbei.

Aber er musste runterbremsen. Dann versuchte er verzweifelt, den Arsch im Kasten vor ihm zu überholen, doch der blieb weiter links, während Lastwagen auf der rechten Spur dahindümpelten.

Da gab es nur eine Lösung! Die Lücke zwischen zwei Lastern nutzen und auf die Standspur ausweichen. Und dann wieder aufdrehen. Bis zur Ausfahrt in zwei Kilometern. Als sich die Standspur in die Ausfahrt weitete, ging er leicht runter auf hundertachtzig.

Da schoss der Twingo wie eine Rakete wenige Meter vor ihm zwischen zwei Lastern auf die Ausfahrtspur und setzte zur Vollbremsung an.

Das geht schief, schoss ihm durch den Kopf.

Bremsen! Bremsen! Bremsen!

Solch eine schwere Maschine kann man doch nicht wie einen Wagen runterbremsen. Oder komm ich an dem vorbei? Der Twingo schien fast zu stehen, obwohl er wahrscheinlich noch hundertvierzig draufhatte.

Wie in Zeitlupe sah er sich auf die Schrottkarre prallen.

Nur noch acht Meter!

Nach links konnte er nicht ausweichen, da bildeten die langsamen Lastwagen eine Mauer.

Er presste seine starken Pranken um die Griffe des Lenkers, sein gesamter Oberkörper versteifte sich, um die schlingernde BMW zu halten. Er schwitzte wie auf Montage in der Wüste.

Rechts?

Auf der weißen Linie am Twingo vorbeibalancieren?

Das wäre todesmutig!

Die Vollbremsung ließ den kleinen Grünen fast schleudern. Auch nur der geringste Kontakt bei dieser Geschwindigkeit mit dem Wagen, dann würde er sich mit seiner Braut im Graben überschlagen und sich beim Aufprall gegen die Bäume im angrenzenden Waldstück die Knochen brechen.

Sein Hinterrad schien wegzurutschen, aber er durfte die Bremse nicht lockern.

Noch fünf Meter bis zum Twingo. In lebensgefährlichen Momenten wurde er ganz still und konzentriert. Er hatte keine Angst, er hatte nie Angst! Auch nicht in jenen seltenen Augenblicken, wenn er dem Feind mit der Waffe gegenüberstand und die Frage war, wer von beiden davonkam. Nur einmal hatte ihn ein Streifschuss verletzt. Er hatte immer schneller als der andere reagiert, sich fallen lassen, gezielt und geschossen, getroffen und getötet.

Zur Not könnte er von seiner Braut springen, wenn sie gegen das Auto prallte, sich auf das Dach des Twingo werfen und an der Antenne festklammern.

Doch da zog der Wagen vor ihm plötzlich wieder leicht an und driftete durch die Kurve. Er kam knapp rechts an ihm vorbei.

Da spielt jemand wohl James Bond. Aber 007 fuhr einen Aston-Martin DB 5 und keine Gammelgurke.

Er überlegte, ob er ganz nah ranfahren sollte … und was dann? Auf das Dach hauen? Kindisch!

Unter seiner Lederkluft fühlte es sich an wie in einem Saunabad. Er hatte seine Klamotten durchgeschwitzt. Im Gesicht rannen ihm Wassertropfen in die Brille und das Mundtuch.

An der Mautstation wenige Hundert Meter weiter preschte er durch die Gasse, die für Abonnenten mit Sendegerät vorgesehen war, und ließ den Twingo weit hinter sich. Nein, sagte er sich, der ist es nicht wert, dass ich ihn wahrnehme. Dem zeige ich nicht einmal den Mittelfinger oder schlage in die Armbeuge. Idiot! Lebensmüder Idiot!

Jil

Als Margaux am Nachmittag anrief und ihm sagte, am Abend sei sie mit ihrem Informanten verabredet, die Sache ginge weiter, wusste Jacques nicht, ob er ein wenig eifersüchtig werden sollte.

Sie hatte bewusst ausgelassen, dass es sich bei dem Informanten um Senator Louis de Mangeville handelte. Und Jacques war sich nicht ganz sicher, ob die Beziehung zwischen den beiden wirklich so abgekühlt war, wie Margaux ihm versichert hatte. Er erinnerte sich, dass er Jean Mahon einmal gebeten hatte, über seine »Freunde« von den *Renseignements généraux*, dem Inlandsgeheimdienst, den Senator an einem Wochenende im Burgund auszuspionieren. Ein Wochenende, das der Politiker mit Margaux verbrachte, wie sich herausstellte. Aber das war schon ein paar Jahre her.

Andererseits hatte Jil am Wochenende mehrmals versucht, ihn zu erreichen. Er war versucht gewesen, sie zurückzurufen, hatte dann aber doch Hemmungen.

Schließlich hatten Margaux und er sich nun doch gut zusammengerauft, nachdem es jahrelang nur »mal so, mal so« gelaufen war.

Im vergangenen Jahr war sie sogar schwanger geworden. Eine bewusste Entscheidung, die sie allerdings getroffen hatte, ohne ihn zu fragen. Sie wollte ein Kind von ihm. Und er hatte sich in sein Schicksal gefügt, wenn auch mit einigem Grummeln im Bauch. Doch dann war sie bei einer waghalsigen Recherche, die mit einem seiner Fälle zusammenhing, in die Hände eines verrückten kanadischen Professors gefallen, der sie in seiner Psychoklinik in einem Schloss in der Normandie mit einer angeblichen Wahrheitsdroge fast zu Tode gefoltert hatte.

Aber das waren eben ihre Prioritäten: Für eine journalistische Aufklärung setzte sie zur Not auch ihre Gesundheit aufs Spiel. In diesem Fall überstand ihre Schwangerschaft den dritten Monat nicht.

Ja, Jacques musste zugeben, er war ein wenig erleichtert gewesen. Als Vater konnte er sich nicht vorstellen.

Er hätte es niemandem gegenüber je zugegeben, aber insgeheim schüttelte es ihn, wenn er an einen Alltag mit Frau und Kind in einer gemeinsamen Wohnung dachte. Schon allein die Vorstellung, morgens vom Geschrei eines Kindes wach zu werden, und Margaux stürzte aus dem Bett … nein, das wollte er sich nicht weiter ausmalen. Zwar hatte ihm sein Freund Jérôme, den er den »Hausarzt von Belleville« nannte, eine große Wohnung oben am Park mit herrlichem Blick über ganz Paris vermittelt, doch die hatte er, nachdem er nun doch nicht Vater wurde, an seinen Studienfreund Michel Delabrue weitergegeben.

Jacques holte tief Luft, suchte in der Anrufliste auf seinem Mobilgerät die Nummer von Jil heraus und drückte auf ihren Namen. Schon nach dem dritten Ton meldete sie sich.

»Jacques, Chéri, schön, dass du dich meldest.«

»Ich habe von dir geträumt.«

»Schön?«

»Von einem wunderbaren Augenblick in deinem Riad *Sultan!*«

»Nur leider zu spät.« Sie lachte leise.

»Es ist nie zu spät.«

Oder hätte er besser sagen sollen, lieber zu spät als gar nicht? Beides blöd. Deshalb schob er schnell die Frage nach, ob sie nach Paris komme.

»Ich war kurz in Paris! Ich habe auch mehrmals versucht, dich zu erreichen, aber du warst verschollen.«

»Verflixt. Ich hätte dich gern umarmt. Wie kam's, dass du nur so kurz hier vorbeigeschneit bist? Konntest du mich nicht vorwarnen?«

»In allen Einzelheiten kann ich es dir am Telefon nicht erklären. Man weiß nie, wer da seine großen Lauscher aufstellt. Darum sage ich einfach, ich war wegen Nachschubfragen für meinen Riad unterwegs. Du erinnerst dich noch an Ali?«

»Aber natürlich. Ali Baba!«

So hatte sich der spindeldürre marokkanische Journalist genannt, als Jil ihn Jacques in dem vornehmen Restaurant *Comptoir* in Marrakesch vorstellte. Ali Baba war nicht nur Jils Informant in Sachen Drogenhandel, sondern kannte sich in fast allen schrägen Geschäften in Marokko ... ach was, in ganz Westafrika aus.

Jacques musste damals in Marrakesch einen Zeugen in einem Pariser Mordfall vernehmen, doch der Fall weitete sich aus zu einem enormen Bestechungsskandal beim Bau des TGV-Schnellzugs von Tanger nach Casablanca.

»Ali glaubt, eine verrückte Geschichte um Drogen, Schwarzgeld und Politik aufgespürt zu haben, deren Spur durch Mali führt. Sie ist aber so kompliziert, dass er sie auch mir nicht am Telefon erzählen wollte. Aber er beschwor mich zu kommen. Er brauche die Hilfe einer bourgeoisen Frau.«

Jacques lachte.

»Du bist alles, nur keine bourgeoise Frau!«

»In Alis Augen wahrscheinlich doch. Er meinte wohl, ich wirke vertrauenswürdig. Und du weißt ja, wie er ist. Was er anfasst, hat immer Hand und Fuß. Ich vertraue ihm blind. Das weißt du ja auch. Deshalb bin ich heute früh in Bamako gelandet.«

»Bamako? In Mali? Wie ist das Wetter?«

»Warm, es fängt schon an, zu heiß zu werden.«

»Dann kann man ohne Bettdecke schlafen?«

»Und ohne Pyjama!«

»Ich beneide dich! Und warum warst du in Paris, wenn du von Marokko nach Mali geflogen bist?«

»Das Absurde ist doch, dass man für viele Ziele in Westafrika immer erst einmal nach Paris fliegen und dort umsteigen muss. Ich habe also einen Flug von Marrakesch nach Charles de Gaulle genommen und am Flughafen übernachtet. Leider allein. Du siehst: zu spät.«

»Verdammt, wirklich zu spät. Zu dumm.«

Vor seinem geistigen Auge erlebte er noch einmal die Szene, als sie ihn zu seinem Zimmer im Riad *Sultan* führte und er seinen Arm um sie legte, um sie für einen leichten Kuss an sich zu ziehen. An ihrer Hüfte hatte er eine kleine Pistole gespürt. Ob sie die immer trage? Ja klar. Und sie habe ihr schon gute Dienste geleistet. Aber die Pistole hatte sie dann abgelegt. Und es war so warm, dass man ohne Pyjama oder Bettdecke schlafen konnte.

»Und dann bin ich in Paris in einen Direktflug nach Bamako gestiegen. Einen Flug Marrakesch-Bamako gibt es nicht.«

»Verrückt! Und weißt du schon, wann du zurückfliegst?«

»Vielleicht in einer Woche, mal sehen. Hast du dann vielleicht frei?«

Jacques sah Jil genau vor sich, wie sie bei ihrem Nachsatz ironisch lächelte. Er ging nicht darauf ein.

»Kommst du wieder über Charles de Gaulle?«

»Das hängt ganz davon ab, was Ali mir erzählen wird. Ich habe ihn noch nicht gesehen, weil er gerade zur Recherche im Land unterwegs ist, irgendwo bei Timbuktu. Und du kannst dir vorstellen, dass man in Mali nicht besonders leicht reist.«

»Und wie kann ich mehr erfahren von deiner wilden Geschichte?«

»Es wird am sichersten sein, wenn du die Freunde von Jean Mahon fragst. Die werden es als Erste von mir hören.«

»Doch nicht etwa per Telefon?«

»Ach, Jacques! Du weißt doch, die haben ihre eigenen sicheren Kanäle.«

Mit den »Freunden von Jean Mahon« meinte sie die französische Drogenfahndung und den Geheimdienst.

Sie versuchten ein wenig über das Telefon zu turteln, aber die Entfernung von Paris nach Bamako ließ die sinnlichen Gefühle wieder zerbröseln. Unvermittelt rief sie: »Ich umarme dich, ich muss los!«, und das Gespräch war vorbei.

Jacques seufzte. Ein schales Gefühl blieb zurück.

Hätte ich doch vorher anrufen sollen? Aber am Wochenende war ich in Honfleur, da ging es also nicht. Und gestern Abend ist sie schon nach Bamako geflogen.

Er ließ seinen Blick zum Fenster hinausfliegen und versank in einem Tagtraum. In seinem alten Büro auf der Île de la Cité hatte er aus dem hoch gelegenen Fenster nur den

Himmel gesehen. Und ziemlich dunkel war das Büro auch gewesen, aber belebt von der Geschichte des alten Palais.

Jetzt lag ganz Paris vor ihm. Die riesige Fensterfront seines großen Zimmers in der dreißigsten Etage ging nach Osten. Deshalb hatte er seinen Schreibtisch mit dem Rücken zur Tür stellen lassen, sodass die Stadt sich vor seinen Augen ausbreitete: Rechts pikste in der Ferne, noch ein ganzes Stück hinter dem Triumphbogen, der Eiffelturm aus dem Häusermeer hervor, links kniete die Kirche Sacré-Cœur auf dem Hügel von Montmartre. Bei klarem Wetter konnte er weit im Osten den Hügel von Belleville erahnen. Dort hatte Jil zweimal in den letzten Jahren bei ihm geschlafen. Aber ihr letzter Besuch lag schon eine ganze Weile zurück. Anderthalb Jahre? Eher zweieinhalb. Doch in seiner Erinnerung erlebte Jacques ihre Umarmung, als wäre es gestern gewesen.

Martine klopfte, öffnete die Tür zu ihrem Büro einen kleinen Spalt und steckte den Kopf herein: »Hast du dein Telefon umgestellt?«

»Nee. Wieso?« Jacques fuhr herum. »Is was?«

»Ich habe versucht, Jean Mahon zu dir durchzustellen, aber du bist nicht rangegangen.«

»Ich ruf ihn selber an. Bringst du mir 'n Kaffee?«

Wach und ernüchtert setzte Jacques sich auf, griff nach dem Telefon und drückte die Kurzwahltaste für den Kommissar, der schon beim ersten Ton abhob.

»Mensch, wir sind zwei Trottel! Wir haben heute Mittag im Bistro vor lauter Geschwätz über die holde Weiblichkeit vergessen, dass ich dir doch von der neuesten Entwicklung in unserem Fall mit den bekloppten Möchtegernmördern von der DGSE berichten muss. Denn da gibt's jetzt weiteren Handlungsbedarf ...«

»Scheißwort: Handlungsbedarf!«

»Wie auch immer. Wir müssen was tun. Und von dir brauche ich ein paar Unterschriften.«

»Wozu?«

»Wirst du gleich sehen. Hast du die Geschichte präsent? Da sind zum einen die beiden Knallköppe von der DGSE. Und ihr Auftraggeber war der Typ, den wir letzte Woche festgenommen haben, der Fälscher. Okay?«

»Der Fälscher war doch auch bei der DGSE? Aber beurlaubt, wenn ich mich recht erinnere, und inzwischen Chef einer eigenen Sicherheitsfirma.«

»So ist es. Er hat zunächst geschwiegen, als ihn meine Leute letzte Woche verhaftet haben. Aber ein paar Nächte in der Zelle haben ihn gesprächig werden lassen. Du glaubst es kaum: Er gehört einer Freimaurerloge namens ›Athanor‹ an. Und jetzt stellt sich heraus, dass es da eine lange Befehlskette gibt. Unten die beiden Knallköppe. Die erhalten vom Fälscher den echten Mordauftrag. Der Fälscher wiederum hat vom Chef der ›Athanor‹ siebzigtausend Euro für den Mordauftrag erhalten. Ein gewisser Claude Linge, der sich spezialisiert hat auf Beratung von ›Unternehmern in Schwierigkeiten‹, wie er selbst sagt. Und dieser Claude Linge hat schon einmal zehntausend Euro gezahlt, damit der Fälscher der Unternehmerin im Vorbeigehen die Handtasche mit ihrem Computer entreißt. Hat er gemacht, aber in dem Computer hat der eigentliche Auftraggeber wohl nicht gefunden, was er suchte. Also hat Claude Linge den Mord angeordnet.«

Er holte einen Moment Atem und fuhr fort: »Nachdem

der Fälscher erschöpfend ausgesagt hatte, haben wir Claude Linge gesucht und gestern festgenommen. Jetzt stellte sich heraus, die Loge ›Athanor‹ ist nichts anderes als eine kriminelle Zelle. Von ihr gingen bereits eine ganze Reihe von Auftragstaten aus. Gleichzeitig mit dem Mord an der Unternehmerin sollte auch ein Gewerkschafter der CGT umgebracht werden, der in einer Plastikfabrik ein wenig zu viel Unruhe gestiftet hatte. Durch die Festnahme der Knallköppe ist er noch einmal davongekommen.«

»Das klingt fast wie etwas aus der Satirezeitung *Canard enchainé!*«

Martine stellte ihm den Kaffee auf den Tisch. Jacques dankte mit einem Nicken und einem Lächeln.

»Hätte da auch stehen können. Denn was die dort drucken, stimmt ja immer. Ist nur so verrückt, dass man glaubt, es wäre Satire! Morgen früh werden wir uns Claude Linge noch einmal ausführlich vornehmen. Wir haben sein Handy und seinen Laptop. Die werden uns bestimmt auch etwas erzählen.«

»Da bekommen wir ja einiges zu tun. Jean, habt ihr schon die Leute von der Plastikfirma am Haken, die den Gewerkschafter entsorgen wollten?«

»Da schicke ich morgen acht Leute zur Durchsuchung hin. Ich würde mitgehen, wenn wir uns nicht um diese merkwürdige Geschichte mit der Agentur Mondial, Bulot und dem General der DGSE kümmern müssten.«

»Überall der Geheimdienst. Als lebten wir in Moskau!«

»Pass auf, ich brauche jetzt ein paar Haftbefehle. Martine habe ich schon alle Details durchgegeben. Sie wird sie dir noch zur Unterschrift vorlegen. Bitte unterschreib sie, bevor du gehst.«

Der Kommissar machte eine kurze Pause, dann wechselte er das Thema: »Wie sieht es denn heute mit einem Schluck nach Sonnenuntergang aus?«

»Gute Idee, aber dann später in Belleville im Stammbistro? Deine Frau ist doch noch auf Kakao-Reise, oder? Ich habe heute Abend eine Verabredung mit Michel Delabrue im *Aux Folies*. Ich weiß nicht, ob du den Kollegen kennst. Er hat aber eine interessante Geschichte zu erzählen, die auch dich interessieren könnte.«

»Kommt Margaux auch?«

»Nein, wir sind unter uns. Unter Männern.«

Planung beim Confit

»Es gibt nichts Besseres als ein köstliches Mahl, dessen Düfte uns in fröhliche Erinnerungen hüllen. Das entspannt und löst jeglichen Zorn in Luft auf«, sagte H, hob das Glas Weißwein und neigte es zuerst in Richtung Georgina, dann zu dem immer noch muffigen Georges.

H hatte den beiden Agenten alpha Arbeitsnamen gegeben und sich dabei heimlich einen Scherz erlaubt. Musste auch mal sein. Die Frau, die mit dem Twingo aus dem Périgord angereist war, nannte er Georgina und den Motorradfahrer aus Saint-Nazaire dazu passend Georges.

Auf den Tellern vor ihnen lagen je zwei dicke Scheiben Foie gras, ein Klecks Birnensenf und eine leicht getoastete Brioche.

»Ich habe das Beste von dem mitgebracht, was wir in unserer Ferme herstellen«, sagte Georgina stolz, »und da ist es doch logisch, dass ich einen dazu passenden Juraçon und einen Cahors spendiere!«

Der Juraçon aus der seltenen Rebsorte Petit Manseng vermählte sich feiner mit der Foie gras als der sonst übliche Sauternes, und der kräftige rote Cahors passte besser zum schmalzigen Confit de canard als ein im Barriquefass gereifter Bordeaux.

Georginas Cahors war ein Verschnitt aus den Rebsorten Malbec und Tannat. Der Tannat machte zwar nur zwanzig Prozent aus, aber er musste besonders lange in der Flasche reifen. Deshalb hatte Georgina eine Bouteille des gerühmten Jahrganges 1998 mitgebracht, eine Flasche, die im Wagen auch noch kräftig geschüttelt worden war. Macht nix, sagte sie, denn früher wurden Fässer mit Cahors wochenlang als Ballast in Segelschiffen mitgeschickt, damit der vom Seegang meist sanft gerüttelte Wein richtig alterte.

Verschwitzt und noch rasend vor Adrenalin war Georges mit seiner neuesten Braut in der Einsatzzentrale der DGSE in Cercottes vorgefahren, hatte das Motorrad demonstrativ vor dem Eingang zum Bürogebäude abgestellt und sich im Vorzimmer von H gemeldet. Der ließ ihn erst warten und ihn dann, ohne ihn empfangen zu haben, von einem Adjutanten in seine Unterkunft bringen.

Georges hob gerade seine Satteltaschen vom Motorrad, da fuhr Georgina mit dem Twingo vor. Als sie ausstieg, ging Georges, sein Gepäck noch im Arm, auf sie zu und brüllte:

»Du hättest mich umbringen können mit deinem bescheuerten Bremsmanöver, schaust du nie in den Rückspiegel? Oder hattest du den Auftrag, mich mit deiner Gammelgurke umzunieten?«

Sie lachte laut, war sich keiner Schuld bewusst. Denn sie ahnte nicht, dass er der Motorradfahrer gewesen war, der auf der geraden Strecke vor der Autobahnausfahrt versucht hatte, sie einzuholen. Sein gefährliches Bremsmanöver in der Kurve der Ausfahrt hatte sie tatsächlich nicht wahrgenommen, so sehr war sie mit ihrem eigenen Manöver beschäftigt gewesen.

»Tickst du noch richtig? Bist du eigentlich hier der neue Postbote?« Georgina, die glaubte, sie habe es nur mit einem der üblichen testosterongetriebenen Machos zu tun, von denen sich so einige in Cercottes herumtrieben, wollte ihn bewusst reizen.

Doch bevor der Streit ausarten konnte, trat der Adjutant, ein kräftiger junger Fallschirmspringer, dazwischen, schob Georges in Richtung Unterkunft und sagte zu Georgina, die noch nicht wusste, dass sie so heißen würde, sie möge sich sofort bei H melden. Er erwarte sie.

Sie ahnte, warum, denn sie kannten sich gut aus früheren Zeiten. Er war vor Jahren ihr Ausbilder in Cercottes gewesen. Sie erinnerte sich gern daran.

Als H vor zwei Tagen angerufen und sich ohne Namen gemeldet hatte, erkannte sie ihn an der Stimme, verriet es ihm aber nicht. »Oui, Monsieur. – Ich verstehe. Montag Abend bin ich spätestens da. – Ja, ich weiß schon, wo. Ja, wenn Sie wollen, auch ein bisschen früher. – Ja, rechtzeitig zum Abendessen.«

Ohne anzuklopfen, betrat sie sein Büro und stellte den Korb mit Foie gras, Confit und Wein auf seinen Schreibtisch.

H stand hurtig auf. »Wie schön, dich zu sehen!«, sagte er und überlegte kurz, ob er ihr eine Bise geben sollte, hielt sich dann aber zurück und nahm eine eher dienstliche Haltung ein. Aber sie ging unverkrampft auf ihn zu, packte ihn fest an beiden muskulösen Oberarmen und sagte: »Immer noch straff wie ehedem!«

»Und du siehst immer noch so verdammt sportlich aus!«

Sie lachten und gaben sich eine Bise.

»Du bist jetzt also H. Ganz schön Karriere gemacht.«

»Und du heißt für diesen Auftrag wieder Georgina.«

Sie lachte laut und fröhlich.

Unter diesem Tarnnamen hatte er sie einst kennengelernt.

Und wenn er sie jetzt wieder Georgina nannte, lief er nicht Gefahr, sich zu verplappern.

»Sind das alles Köstlichkeiten aus deiner Herstellung?«

H hob die eine und andere Delikatesse aus dem Korb, begutachtete sie und schlug vor, alles seinem Koch anzuvertrauen, damit dieser für den Abend ein Festessen zubereiten und den Weißwein kühl stellen könne. Das Dîner würde in seinem privaten Speisezimmer serviert.

»Einer, den wir Georges nennen werden, ist dann auch noch dabei.«

»Doch nicht etwa der Verrückte, der mich eben angeblafft hat?«

»Ich weiß jetzt nicht, wen du meinst. Er ist mit dem Motorrad gekommen. Ein Motorrad braucht ihr auch für den Auftrag. Allerdings nicht sein privates.«

»Da bin ich ja mal gespannt.«

Der Auftrag war schnell geschildert. Der Präsident persönlich hat Pierre Zyram, den Chef des *service action,* in der *piscine* angerufen und den Befehl zu einer *action homo* gegeben.

Der Präsident persönlich? Ja, der Präsident der Republik persönlich in einem Videogespräch.

Dann muss es ein wirklich wichtiger Staatsauftrag sein. Der Präsident persönlich! Georges nickte beeindruckt, Georgina schwieg.

Das Ziel sollte bewusst so getroffen werden, als handele es sich um einen Profiauftrag. »Habt ihr von dem Fall Daniel Forestier gehört? Kanntet ihr ihn persönlich? – Nee? Der war ein älteres Semester, aber auch ein Alpha.«

Offenbar ein Profimord. An der Schweizer Grenze. Hat es

aber kaum in die Presse geschafft. Forestier war nach außen hin Bistrowirt in einem kleinen Kaff.

Fünf Schüsse. Einer in den Kopf, einer in das Herz, drei in die Brust. Wir wissen bisher nicht, was dahintersteckt. Aber wir werden es noch rauskriegen. Es würde passen, das Muster zu übernehmen. Dann wirkt es nach außen so, als wäre es der gleiche Täter. Und das gleiche Motiv!

»Wir sind ja auch Profis, oder etwa nicht?«, bemerkte Georges lachend.

Ein Diener trug das Confit de canard im Speisesaal von H auf. Ganz, wie es dem Chef einer größeren Einheit gebührte, waren Agenten der unteren Ränge zum Küchendienst für sein Wohlergehen eingeteilt.

Das Gericht verbreitete einen köstlichen Duft im Raum, und Georgina warf einen schnellen Blick auf die Entenschenkel. Sie waren perfekt zubereitet. Die Haut schimmerte dunkelbraun und war kross gebraten. H goss den Cahors ein, zuerst ihr, dann Georges und sich selbst.

»Und die Aufteilung der Arbeit ist ja klar. Georges fährt das Motorrad, Georgina führt den Auftrag aus. Du kannst dir eine Waffe aussuchen und sie morgen früh auf dem Schießstand einschießen. Ich denke, eine Glock wäre das Beste. Vermutlich wurde auch Forestier mit einer Glock erschossen.«

»Wahrscheinlich eine 17?«

Georgina löste ein zartes Stück Fleisch von der knusprigen Haut, steckte sie in den Mund und schloss für einen Moment genießerisch die Augen.

»Ja, es scheint so«, antwortete H. »Wie bist du denn in Übung? Oder rostet man bei der Herstellung von Foie gras eher ein bisschen ein?«

»Oder setzt Fett an!« Georges lachte spöttisch.

»Seh ich so aus? Ich mache jeden Tag eine Stunde Waldlauf. Dann gehe ich einen Nachmittag die Woche in unseren Schießverein und übe. Ich suche mir immer eine Zeit aus, zu der niemand oder fast niemand da ist. Und dann mache ich immer beides: Pistole und Gewehr auf das bewegte Ziel. Ich halte mich an das Motto eines Alpha: zu jeder Sekunde auf den Punkt genau vorbereitet.«

»Welche Waffen? Kennst du die Glock?«

»Natürlich!«

Georgina hob sich kurz von ihrem Stuhl, griff sich an den Rücken und zog aus einem dünnen Lederhalfter eine Glock 19.

»Eine 19, wenn ich richtig sehe?«, fragte H.

»Ja, die ist mir lieber, weil sie ein bisschen kleiner ist als die 17. Und fast so präzise trifft. Vielleicht nicht auf hundert Meter Entfernung, aber auf dreißig, vierzig ist sie genauso exakt.«

»Was wissen wir über das Ziel? Hat jemand schon vorgearbeitet?«

»Ihr fahrt morgen nach Paris. In einer unserer verdeckten Wohnungen trefft ihr den, der das Ziel ausgekundschaftet hat. Er kennt dessen Tagesablauf, hat Videoaufnahmen von ihm, die er euch vorspielt, und so weiter. Er stellt euch ein gestohlenes Motorrad, eine BMW S 1000, genau so eine, wie du sie fährst, Georges. Damit du dich wohlfühlst. – Und du, Georgina, suchst dir morgen früh aus unserer Grabbelkiste eine anonymisierte Glock aus. Wenn du sie eingeschossen hast, kannst du sie mitnehmen. Kommst du auch mit einer 17 zurecht?«

»Kein Problem. Genauso gut!«

»Heute ist Montag. Ihr schaut euch das Material morgen am Dienstag an, und wenn ihr fit seid, könnt ihr den Auftrag schon Mittwoch erledigen. Wenn ihr noch einen Probelauf braucht, dann macht den am Mittwoch und erledigt die Aufgabe spätestens am Donnerstag. Je schneller, desto lieber. Der Präsident hat es dringend gemacht. Das Ziel fährt auch Motorrad. Die Idee ist, ihn an einer Ampel in einer sehr belebten Ecke zu treffen. Ich brauche euch die Einzelheiten nicht vorzukauen. Das bekakelt ihr dann zu dritt in Paris.«

Während H redete, aßen Georgina und Georges weiter, als wären sie am Gespräch überhaupt nicht beteiligt. Doch sie hörten hoch konzentriert zu. Ihnen entging kein Wort, keine Feinheit, kein Detail. Und beide hatten den Eindruck, es sei wohl kein aufregender Auftrag.

Georges sah Georgina kurz an und drückte das linke Auge zu. Als wollte er ihr sagen: Das packen wir doch mit links! Seine Wut war längst verflogen und der Bewunderung gewichen, dass eine so attraktive Frau eine scheinbare Gammelgurke, wie er den alten Wagen von Georgina weiterhin bezeichnete, so rasant fahren konnte. Und den Twingo im Moment der Gefahr sicher im Griff hatte. Im Geiste zog er seinen Hut.

H richtete sich auf, nahm das Besteck wieder in die Hände und schaute die beiden an.

»Noch Fragen?«

Beide schüttelten den Kopf.

H legte das Messer noch einmal ab und griff nach dem Rotweinglas, hob es leicht an und nickte ihnen zu. Sie verstanden sein Zeichen und tranken ebenfalls.

»Ich nehme noch eine zweite Keule Confit, Georgina. Es schmeckt zu gut. Wird mir dann heute Abend zwar ein wenig im Magen liegen, aber es gibt nichts, bei dem ein Schluck Armagnac nicht helfen könnte. Ich habe noch eine fast volle Flasche Bas Armagnac aus dem Jahr 1979 im Schrank.«

»Ist das nicht dein Geburtsjahrgang? Dann hast du den wahrscheinlich zu deinem vierzigsten Geburtstag als Geschenk bekommen, oder?«

H errötete leicht, als Georges sich mit einem leichten Grinsen an Georgina wandte: »Was man hier nicht so alles erfährt. Aber mit der Aussicht auf den Armagnac greife ich auch noch einmal zu. Es schmeckt einfach zu köstlich. Und ist der Koch von H nicht grandios? Er hat selbst die Kartoffelscheiben im Entenfett gebraten.«

Nachdem H die alte Flasche Armagnac geholt und zwei Gläser eingegossen hatte – Georgina winkte ab –, nippte Georges vorsichtig, machte ein anerkennendes Geräusch und leerte das Glas mit drei kleinen Schlucken. Dann sprang er plötzlich auf und verabschiedete sich mit einer Verbeugung vor Georgina mit Dank für das Festmahl. Bis morgen.

Er ahnte, dass H und Georgina jetzt gern allein wären. Zu zweit allein.

Ein Desaster

Beide Türen des Kleiderschranks waren weit geöffnet, und Nadine Zyram überlegte laut, welchen Anzug ihr Mann für das Dîner im *Plaza Athénée* anziehen sollte.

Der starke Pierre Zyram hockte in sich zusammengesunken auf einem Korbstuhl im Schlafzimmer und fühlte sich klein und elend. Er hasste es, wenn seine Frau bestimmte, was er anziehen sollte, und ihn behandelte, als wäre er ein kleines Kind.

»Wie wäre es denn mit der Uniform?«, fragte er provozierend. »Dann könnte ich wenigstens meine Ordensschnalle anlegen. Die wirkt doch immer sehr imposant.«

Sie seufzte tief, schüttelte den Kopf über so viel Unverständnis und zog schließlich eine dunkelblaue Anzugjacke vom Kleiderbügel.

»Da fehlt ja die Hose, wo könnte die denn wieder sein? – Zieh das mal an, mal sehen, ob er dir noch passt. – Ja, geht gut. – Und was für ein Hemd dazu? Das hellblaue ist gut, dazu die Krawatte von Hermès, die ich dir zum Geburtstag geschenkt habe. Und die guten Schuhe, die wir bei Church in der Rue du Dragon gekauft haben.«

»Die braunen? Die sind bequem.«

»Nein, nie im Leben! Kein Engländer würde je nach sechs Uhr abends braune Schuhe tragen. Natürlich die schwarzen.«

Die waren weniger bequem.

»Na, aber so siehst du wenigstens einigermaßen passabel aus.«

Eine für den Abend angemietete schwarze Mercedes-Limousine wartete in der zweiten Reihe neben den geparkten Autos vor ihrem alten Appartementhaus. Ein Fahrer in dunklem Anzug stand neben dem Wagen und hielt die hintere Tür auf, um Nadine auf dem Chefplatz einsteigen zu lassen. Schließlich hatte sie den Wagen auf Kosten der Bank für den Abend angemietet. Darüber ärgerte sich Colonel Pierre Zyram insgeheim immer wieder, aber er durfte die Frage, ob mit seinen längeren Beinen nicht besser er dort säße, nicht anschneiden. Dann würde es beim Aussteigen eher so aussehen, als wäre er der Chef.

Schmerzlich erinnerte er sich an Nadines Wutanfall, als er nur eine kleine, wie er fand, klitzekleine Anmerkung in dieser Richtung gemacht hatte, als sie sich wieder einmal auf den Chefplatz gesetzt hatte. Sie war ausgerastet. Hätte er einen vernünftigen Beruf ergriffen, stünden ihm ein Wagen mit Fahrer zur Verfügung und eine Kreditkarte, um Restaurantbesuche bezahlen zu können. Jetzt müsse sie ihn durchfüttern.

Das war bösartig.

Er hatte ihr damals nicht geantwortet, weil er den Ehestreit vor dem Fahrer in der gemieteten Limousine nicht zuspitzen wollte.

Nadine und er gingen häufig aus, meist um ihre reichen Kunden zu pflegen. Es waren Millionäre, die in der Mehrzahl aus arabischen oder afrikanischen Ländern stammten und bei ihrer Bankfiliale im 16. Arrondissement, wo die Wohlhabenden lebten, über gefüllte Konten und große

Depots verfügten. Um dabei einen gewissen Status zur Schau zu stellen, machte es sich besser, mit einem Fahrer vorzufahren.

Nadine hatte sich angewöhnt, ihren Mann auf der Fahrt zu ihrer Verabredung auf die Gäste vorzubereiten. Und da sie heute im Restaurant von Alain Ducasse im *Plaza Athénée* verabredet waren, musste es sich um ganz besonders bedeutende Kunden handeln. Denn bisher waren sie zu seinem Glück noch nie in einem Dreisterne-Lokal eingekehrt. Solche Abende waren ihm zu anstrengend. Und außerdem wurde man da, ehrlich gesagt, wegen der kleinen Edelportionen, so wohlschmeckend sie auch sein mochten, nie satt.

Der Colonel aß zwar gern gut, doch zog er eine entspanntere Atmosphäre vor. Lieber speiste er im *Grand Colbert* als im *Grand Véfour,* lieber im *Allard,* einem Bistro von Alain Ducasse, als im *l'Ambroisie,* lieber bei *La Gauloise* als im *Arpège*.

Allerdings hatte Nadine in diesem Fall eine gute Ausrede für die Wahl des Restaurants. Ihre Kunden hatten eine Suite im *Plaza Athénée* gemietet. Da wohnen wir immer, wenn wir in Paris übernachten, hatten sie Nadine erklärt.

»Pass auf, das ist heute extrem wichtig. Wir treffen Riad Salame und seine Frau. Ich glaube, er ist jetzt seit siebzehn Jahren Zentralbankchef des Libanon, und *Le Monde* hat letztens geschrieben, er sei vierhundert Millionen Dollar schwer. Ein paar Dutzend dieser Millionen hat er hier in Paris geparkt. Oder versteckt.«

»Bei dir in der Bank?«

»Ja, bei mir. Heute früh hat er mich mit seiner Frau aufgesucht, weil er sein Depot mindestens verdoppeln will. Aber noch wichtiger, er will alles auf den Namen seiner

Frau umschreiben. Das soll aber niemand wissen. Ich vermute, es hängt mit Untersuchungen gegen ihn und die libanesische Zentralbank in der Schweiz zusammen – Verdacht auf Geldwäsche. Klar?«

»Klar. Riad Salame. Wie nennst du ihn? Riad? Oder Monsieur Salame? Monsieur le Président? Und wie heißt sie?«

»Er ist ein ganz lockerer Typ. In Beirut fährt er angeblich ohne Chauffeur ins Büro, und er hat mir erzählt, dass die Leute an den roten Ampeln Fotos von ihm am Steuer machen.«

»Also Riad? Und seine Frau? Wie heißt die?«

»Malika. Malika Salame. Ich werde dich als Colonel Zyram, meinen Mann, vorstellen. Und du solltest ein wenig zurückhaltend sein und erst einmal ganz würdevoll den Colonel geben. Sprich sie mit Monsieur und Madame Salame an. Du weißt nie, ob sie sich nur nach außen locker geben, aber in Wirklichkeit doch großen Wert auf Respekt legen. Du hast die Namen drauf? Riad und Malika Salame.«

»Klar. Riad und Malika Salame.«

Der Abend fing mühselig an und endete im Desaster.

Sie waren für halb neun verabredet. Aber Nadine rechnete damit, dass die Salames mindestens eine Viertelstunde später zu ihnen stießen. So war das doch, wenn man im Hotel des Restaurants wohnte.

Aber eine Viertelstunde später kamen sie nicht. Auch nach einer halben Stunde waren sie noch nicht erschienen. Pierre Zyram wurde ungeduldig. Er schlug vor, ein Kellner solle in der Suite anrufen, doch davon hielt ihn Nadine ab.

Sie hatten schon drei Glas Champagner getrunken und die Speisekarte hoch und runter diskutiert, als Riad Salame, offenbar sehr schlechter Laune, eiligen Schritts durch den Saal stürmte. Aber als er an ihren Tisch trat, strahlte er orientalische Freundlichkeit aus, gab Nadine einen Handkuss und wandte sich dann Pierre zu, um seine Freude auszudrücken, ihn kennenzulernen. »Verzeihen Sie, ich hatte noch ein wichtiges Gespräch. Sie wissen, an der Wall Street ist mitten am Tag.«

Dann setzte er sich geschmeidig. Seine Frau erwähnte er mit keinem Wort.

Dem hinzugetretenen Kellner gab er seine Bestellung auf, ohne in die Karte zu schauen. Nadine und Pierre schlossen sich ihm an. Als der Kellner fragte, ob er das vierte Gedeck abräumen solle, flatterte Salame nebenbei leicht mit den Fingern der linken Hand als Zeichen, der Kellner möge alles liegen lassen. »Und bringen Sie das Gleiche auch für meine Frau. Sie kommt gleich.«

Mit wolkigen Worten schwärmte der Zentralbankchef aus Beirut von Paris, der Stadt der Liebe, der *Ville Lumière,* Stadt des Lichts, wobei er ausgiebig darüber philosophierte, ob der Begriff »lumière« nur Licht im Sinne von Beleuchtung bedeutet, da Paris ja schon im 17. Jahrhundert auf Anordnung von Minister Colbert und dem von ihm ernannten Polizeichef zumindest in den dunkelsten Ecken mit Laternen und Fackeln beleuchtet worden war, um der Kriminalität Herr zu werden. Aber gleichzeitig sei doch das intellektuelle Paris verantwortlich dafür, dass das Licht der Erkenntnis die Dunkelheit des Mittelalters vertrieben habe. Noch ehe in Paris nachts die Laternen angezündet wurden, hätten die französischen Denker und Philosophen vom

Siècle des Lumières gesprochen, vom Zeitalter der Erleuchtung, der Aufklärung.

Pierre Zyram hörte verblüfft zu. Riad Salame entpuppte sich als charmanter und höchst gebildeter Mann.

Als Madame Salame zehn Minuten später unsicheren Schritts auf hohen Absätzen vom Maître d'hotel an den Tisch geführt wurde, stand Pierre Zyram auf und versuchte ihr – Riad imitierend – einen Handkuss zu geben, wobei er sich allerdings ein wenig tollpatschig anstellte. Seine Frau Nadine quittierte das mit einem Stoßseufzer und nach oben verdrehten Augen.

Riad Salame ignorierte seine Gattin.

Der Colonel schob der jungen, attraktiven Frau den Stuhl unter, während Riad ihr die kalte Schulter zeigte. Ja, dachte Pierre, hier traf dieser Ausdruck wirklich zu, die Kälte, die Riad seiner Frau gegenüber ausstrahlte, war fast körperlich zu spüren. Der Libanese drehte ihr und Pierre den Rücken zu, er wandte sich ausschließlich Nadine zu und konzentrierte sich auf ein Finanzgespräch mit der Bankverwalterin seiner Gelder.

Jetzt zeig, dass du ein guter Unterhalter sein kannst!

»Madame«, Pierre legte seine Hand kurz auf ihren Arm, »ich bin ein großer Freund Ihres Heimatlandes, seit ich dort vor einigen Jahren im Einsatz war.«

Er glaubte auf ihrer geröteten linken Wange einen Handabdruck zu erkennen, der mit Puder und Rouge notdürftig verdeckt war.

Als er einst dem Geheimdienst noch im Außeneinsatz diente, war er ein paar Monate lang in Beirut stationiert gewesen, um herauszufinden, welche Gruppe im Libanon einen Bombenanschlag auf vier französische Blauhelmsoldaten verübt hatte. Sie waren mit Verletzungen davongekommen.

Als der Hauptgang serviert wurde, versuchte Nadine, alle vier in das Gespräch einzubeziehen. Sie lobten die eben als Vorspeise verzehrten wilden San-Remo-Gamberoni wegen ihres köstlichen Geschmacks, aber mäkelten an dem Butt, der den Fischern angeblich in der Keltischen See irgendwo zwischen dem französischen Brest und dem irischen Cork ins Netz gegangen war und auf dem Fleisch von Krabben gebettet lag, wilden Krabben, die vor der felsigen Küste der Bretagne in der Reuse gefangen worden waren.

Es war ein Geplauder nur zu dritt, Riad aß schweigend vor sich hin. Malika hatte Rotwein bestellt, da Weißwein bei ihr zu Migräne führte. Zumindest sagte sie das, und Riad machte eine kommentierende Kopfbewegung, die vielleicht ausdrücken sollte, dass sie Unsinn redete. Dann legte er die Gabel beiseite, wandte sich wieder Nadine zu, die er laut bei ihrem Vornamen nannte, und sie vertieften sich erneut in Euro, Bitcoin und Steuern.

Colonel Zyram begann zu schwätzen, sie nannte ihn Pierre, er ging zu Malika über, der Kellner kam mit einer zweiten Flasche Rotwein, sie trank mehr als er, und er wurde unvorsichtig, als sie mehr über seinen Einsatz im Libanon wissen wollte. »Was haben Sie denn untersucht, als Sie im Libanon waren?«

Sie fragte offen, ob er bei der Geheimpolizei sei. Nein, nur militärische Erkundungen. Sie berührte seine Hand mit ihren langen Fingernägeln, die offensichtlich von einer Maniküre im Hotel frisch gepflegt worden waren.

Riad richtete sich auf, schaute Pierre und Malika an und sagte zu Nadine: »Na, dann werden wir die beiden Turteltäubchen mal trennen. Die Schöne und das Biest. Oder die Schöne und der Colonel. Kleine Mädchen darf man eben nicht allein lassen. Besonders, wenn sie auch noch einen Hang zum Glase haben.«

Er stand brüsk auf. »Wir gehen!«

Malika musste sich beim Aufstehen am Tisch festhalten.

Ihr Mann trat einen Schritt auf sie zu, und mit einer kurzen, wischenden Handbewegung gab er ihr eine Ohrfeige.

»Putain!«

Ohne Nadine oder ihren Mann zu beachten, drehte Riad Salame sich um und stürmte aus dem Saal.

Nadine zahlte schweigend. In der Limousine sprachen sie kein Wort, aber Pierre hörte Nadine mehrmals laut seufzen. Damit drückte sie sicher Kritik an ihm aus. Sie schaute stur vor sich hin und hielt die Lippen zusammengepresst.

Er kannte das Zeichen für einen bevorstehenden Tobsuchtsanfall, atmete tief durch und fühlte sich, als hätte sie ihn bei einem Seitensprung erwischt. Hatte sie Gott sei Dank nie.

Sie fuhren schweigend im engen Gitterkäfig in die dritte Etage, wo sie wohnten. Pierre öffnete die drei Schlösser am Eingang zu ihrem Appartement, schob den schweren Türflügel auf und überließ ihr den Vortritt.

Du musst das jetzt möglichst gelassen über dich ergehen lassen, sagte er sich.

Sie ließ sich auf das Sofa fallen und stierte vor sich hin. Jetzt könntest du in die Küche gehen und dir einen ordentlichen Cognac eingießen, überlegte er. Aber dann schreit sie nach dir. Also gehst du besser ins Wohnzimmer und setzt dich in den Sessel ihr gegenüber. Murmelst etwas, damit sie weiß, du nimmst sie wahr.

Trink bloß nicht gleich einen Schluck. Der Cognac wird sowieso besser, wenn die Handflächen das Glas erwärmt haben.

Er sei eine Null. Damit würde sie ihren Erguss anfangen und auch begründen, weshalb er eine Null war. Er habe zwar seine Offiziersausbildung in Saint-Cyr an der Militärschule der Elite absolviert.

Mit Bravour, aber das durfte er dann nicht einwerfen.

Aber sie habe ihn nur wegen seiner Uniform geheiratet. Als sie ihn damals in Galauniform in der Oper Garnier beim Ball der Grandes Écoles sah. Die dunkle Jacke mit Gold und dann das hellblaue Képi mit dem weißen Federbusch. Und der Säbel! Sie habe sich in Äußerlichkeiten verliebt. Aber aus ihr sei etwas geworden.

Jetzt bloß nicht einwerfen, sie sei lediglich Leiterin einer Bankfiliale im 16. Arrondissement. Was sei das schon. Sie verdiene eben mal tausend Euro oder so mehr als er.

Und er?

Er sei eine Null. Das würde sie mindestens sechs oder sieben Mal wiederholen. Er sei eine Null. Noch nicht einmal zum General sei er befördert geworden, obwohl manche Generäle inzwischen jünger seien als er.

»Du bist eine Null! Was machst du den ganzen Tag? Sitzt in einer Kaserne am Schreibtisch rum. Hast keine Ahnung, wie man mit solchen Leuten wie heute Abend umgeht. Machst dich auch noch an die Frau meines Kunden ran! Die Frau des Zentralbankchefs des Libanon. – Du bist und bleibst eine Null. Verdorben durch den Männerverein, dem du dienst. Nichts schafft ihr, wo immer ihr euch auch herumtreibt. Ihr, die Luschen mit dem atomgetriebenen Flugzeugträger! In Mali führen euch ein paar Beduinen seit Jahren an der Nase rum. In Syrien müsst ihr abziehen, weil der Idiot im Weißen Haus seine Leute zurückholt, ohne die ihr nichts taugt. – Du bist und bleibst eine Null. Die Einzigen, die du vielleicht beeindrucken kannst, sind die paar Kadetten auf dem Kasernenhof. Womit habe ich das verdient?«

Er kennt das. Nach der sechsten oder siebten Wiederholung des Satzes wird sie schweigen. Dann ist erst einmal der Reifen platt.

In der Zwischenzeit hat er seinen Cognac ausgetrunken, sich einen zweiten eingegossen, diesmal einen kräftigeren Schluck, und ihr einen Grand Marnier in einem der kleinen Kristallgläser aus dem 19. Jahrhundert auf den Tisch vor dem Sofa gestellt. Sie trinkt lieber was Süßes.

Er gibt sich ganz ruhig, spricht überhaupt nicht aufgeregt, sondern mit normaler, fester Stimme.

»Ich werde dir jetzt zeigen, dass ich nicht nur mit Kadetten spreche. Du weißt, meine Arbeit ist geheim, deshalb kann ich damit nicht angeben. Deshalb hältst du mich für eine Null.«

Pierre steht auf, holt von seinem Schreibtisch das iPad und setzt sich neben sie auf das Sofa.

Jetzt muss ich erst einmal bestätigen, dass ich ihre Enttäuschung über den chaotischen Abschluss des Abends verstehe.

Währenddessen schlägt er das Cover des iPad zurück, gibt sein kompliziertes Passwort ein.

»Ich werde dir nun den Anfang eines Gesprächs vorspielen, dessen Inhalt geheim ist. Ein Militärgeheimnis, wenn du so willst. Aber ich werde dir zeigen, mit welchen Persönlichkeiten ich es tagsüber so zu tun habe.«

Er tippt auf ein kleines Bild, das einen blau-weiß-roten Gockel darstellt. Sie weiß nicht, wie sie sich verhalten soll. Nimmt das Glas Grand Marnier hoch, nippt daran, nippt noch einmal und hält es zwischen drei Fingern.

»Das, was du jetzt siehst, ist gerade einmal drei Tage alt. Ich habe es Freitag früh heimlich aufgenommen. «

Er fährt mit dem Zeigefinger auf den Gockel, aber nichts rührt sich. Er drückt noch einmal mit der Kuppe des rechten Zeigefingers, dieses Mal fester, dann kommt der Berater des Präsidenten ins Bild.

»Hier Olivier Mazerolle aus dem Élysée. Monsieur Zyram, gleich wird sich der Präsident der Republik an Sie wenden. Wie schon besprochen: Die Videokonferenz ist geheim und wird nirgendwo aufgezeichnet. Bitte, halten Sie Ihr Mobilgerät hoch, und zeigen Sie mir, dass es ausgeschaltet ist. Sind Sie bereit, Monsieur Zyram?«

»Oui, Monsieur Mazerolle.«

Das Bild auf dem Monitor wechselt.

Für wenige Sekunden erscheint ein Bild des Élysée-Palastes.

Umschnitt.

Die Kamera zieht jetzt von der Trikolore auf, die hinter dem Schreibtisch des Präsidenten steht.

Der Präsident schreibt, dreht die Kappe auf seinen Füller und schaut in die Kamera.

»Bonjour, mon Colonel!«

»Bonjour, Monsieur le Président!«

Zyram ist lediglich zu hören.

Nadine setzt sich verblüfft auf, stellt das Glas auf den Tisch und packt ihren Mann mit beiden Händen am Oberarm. Dann lehnt sie den Kopf an seine Schulter, um besser sehen zu können.

»Mon Colonel, Sie waren eben Zeuge der Unterzeichnung eines Dekrets. Dieses Dekret ist geheim, es wird den Élysée-Palast nicht verlassen, sondern ich werde es gleich meinem persönlichen *Chef de l'état-major* anvertrauen, und er wird es in Verwahrung nehmen, in seinem Tresor einschließen, aber selbst nicht lesen.«

Pierre Zyram stellt den iPad auf stumm und lässt das Bild des redenden Präsidenten noch einige Augenblicke weiterlaufen. Dann schaltet er das Gerät aus und schlägt das Cover wieder über den Bildschirm.

»Da hast du den Beleg dafür, dass der Kadett Präsident nicht nur mit mir spricht, sondern sich auch so sehr auf mich verlässt, dass er mich über ein geheimes Dekret ins Vertrauen zieht. Ein Vertrauen, das er offenbar seinem persönlichen *Chef de l'état-major,* einem General, vorenthält.«

Nadine schießen Tränen in die Augen.

Ihr fehlen die Worte, um sich zu entschuldigen.

Aber sie zieht seinen Kopf zu sich und küsst ihn. Sie schmeckt nach bitteren Orangen. Und beide nach Cognac.

Noch auf dem Sofa versöhnt sich Nadine mit ihrem Pierre. Sie ist stolz auf ihn.

Abends im *Aux Folies*

Aufregend wurde es erst, als Margaux gegen halb elf anrief.

»Wo bist du? Kannst du reden?«

»Ich sitze mit Jean und Michel bei Gaston. Was gibt's?«

»Jean ist dabei? Jean Mahon?«

»Ja, welcher Jean sonst?«

»Bleibt ihr noch länger?«

»Wir haben noch nicht vor zu gehen.«

»Ich komme! Und sag Jean, ich brauche ihn unbedingt. Die Geschichte mit Lillet und der Bettencourt wird heiß! *Grand bisou!* Bin in einer Viertelstunde da!«

Jacques schaute verblüfft auf sein verstummtes Mobiltelefon, warf fragend einen Blick in die Runde, hob die Schultern und breitete die Hände flach nach oben aus.

»Margaux kommt. Angeblich ist sie in einer Viertelstunde da, sagt sie. Kann gut sein. Sie war mit einem Informanten im *Chez l'Ami Louis* essen.«

»Ein wunderbares Restaurant!« Jean Mahon schmatzte mehrmals mit feuchten Lippen und fuhr sich mit der Zunge um den Mund. »Ich würde mit der Foie gras anfangen.«

»Da bekommst du gleich drei dicke Scheiben und bist satt!«

»Aber was für Scheiben! Fantastische Qualität. Von einem Hof aus der Vallée de la Vézère im Périgord noir. Ganz kleine Klitsche. Machen auch ein großartiges Confit de canard.«

»Und nach der Foie gras bestellt man am besten das gegrillte Huhn«, schwärmte Jacques.

»Da bekommst du ein ganzes Vieh mit elendiglich vielen Pommes allumettes.«

»Und wenn du die Hälfte der Pommes schnabuliert hast, stellt der Kellner schon eine neue Portion hin.«

»Und überhaupt die Kellner!«

»Unschlagbar. Das sind Herren!«

»Herrlich, ganz traditionell gewandet.«

»Das ist das richtige Wort: Sie sind gewandet.«

Jean und Jacques lachten laut auf. Michel schaute sie fragend an. »Da war ich noch nie. Ist es wirklich so gut?«

»Beste traditionelle französische Küche. Nur eins gibt es zu bedenken. Die Preise sind exorbitant! Das Huhn allein kostet hundert Euro.«

»Ja, aber für zwei!«, verteidigte Jean das Bistro *Chez l'Ami Louis*.

»Ich nehme an, dass wir drei zusammen heute Abend bei Gaston nicht mal für hundert Euro gegessen haben«, meinte Michel nüchtern.

Jacques schüttelte den Kopf. Das könne man doch nicht vergleichen. Und er machte dem Garçon ein Zeichen, die Gläser noch einmal zu füllen.

Jean Mahon wurde als Erster wieder ernst.

»Warum hat Margaux nach mir gefragt?«

»Sie sagt, der Fall Lillet entwickle sich weiter. Wahrscheinlich will sie deine Hilfe. Ich weiß nicht, ob das geht.«

»Mal sehen!«

Als Margaux sich für den Abend abgemeldet hatte und er Jil nur in Bamako erreichen konnte, hatte Jacques sich überlegt, ob es nicht sinnvoll sein könnte, Jean Mahon und Michel Delabrue zusammenzubringen.

Kein Ort eignete sich für ein zwangloses Treffen besser als das Bistro *Aux Folies*. Das gemütliche Lokal war nicht nur seine Stammkneipe, wo er morgens zur Zeitungslektüre einen Café crème mit einem Croissant frühstückte, sondern er nahm auch am Abend gelegentlich einen Absacker. Ab und an auch zwei oder drei Gläser, und das vielleicht mit Jean oder Jérôme, dem Hausarzt von Belleville. Seltener mit Michel.

Hier war man immer umgeben von lärmenden Gästen in entspannter Stimmung. Gaston hielt abends Wache hinter der Theke und hatte immer ein Auge auf das Geschehen im Saal, nahm mit einem Nicken die Zeichen wahr, mit denen seine Kunden bestellten, oder schickte den Garçon, wenn er meinte, es sei notwendig. Falls der Kellner nicht gerade in der lauten Menschenmenge feststeckte.

Der Flipper am Fenster zur Seitenstraße hin klickerte ununterbrochen.

Wenn er meinte, es täte der Stimmung gut, ließ Gaston seine Lieblingsmusik ertönen. »*Allez venez! Milord* …«, bis alle mitsangen. »*Allez chantez! Milord … Ta da da da* …« Die Piaf war in der Rue de Belleville aufgewachsen und als junges Mädchen im *Aux Folies* zum ersten Mal aufgetreten. Das Lied aber hatte der Poet und Sänger Georges Moustaki gedichtet. Für ihn schwärmte Gaston noch mehr als für die Piaf.

Michel hatte zunächst gezögert, seinen Fall vor dem Kommissar, den er noch nicht kannte, in allen Einzelheiten auszubreiten. Doch Jacques war eine kleine List eingefallen.

»Ich erzähle euch beiden jetzt eine fantastisch scheinende Sache, die sich wie ein moderner Krimi anhört.«

An Michel gewandt, fügte er hinzu, Jean kenne diese Geschichte auch noch nicht.

»Wir befassen uns doch tagaus und tagein mit überhaupt nichts anderem als mit modernen Krimis«, meinte Jean lachend. Michel nahm einen Schluck aus seinem Bierglas und schaute beide eher zurückhaltend an.

»Hör erst mal zu. Ich kenne die Fakten von Margaux. Einer der Erben der Likörfirma Lillet – Jean Lillet – lebt auf einem Schloss in der Nähe von Cahors. Er ist vor einigen Wochen vom Flughafen Cahors mit einer gemieteten Maschine in Richtung Westafrika abgeflogen. Angeblich macht er dort Geschäfte. Dann bekommen die Lillets plötzlich die Meldung, Jean sei entführt worden, die Lösegeldforderung werde über die Regierung gestellt. Das ist eine übliche Vorgehensweise der Islamisten. Und nun stellt euch vor, plötzlich meldet sich Verteidigungsminister Lacaze bei Raymond Lillet, dem Firmenchef und älteren Bruder von Jean. Es werde ein Lösegeld von fünfzig Millionen gefordert.«

»Euro?«, fragte Jean Mahon. »Oder Dollar? Bitcoin? Das wäre interessant zu wissen, denn aus der Währung könnte man schon gewisse Schlussfolgerungen ziehen.«

»Weiß ich jetzt nicht. Ich dachte Euro. Oder doch Dollar? Wie auch immer. Um es ganz wichtig zu machen, spricht Lacaze übrigens in einem Videogespräch mit dem Familienoberhaupt der Lillets. Er erklärt, die Regierung habe seit Jahren immer öffentlich verkündet, sie zahle keine Lösegelder. Und dabei bleibe es auch. Aber er werde versuchen, die Summe bei privaten Geldgebern einzusammeln, die später aus einer schwarzen Kasse des Geheimdienstes entschädigt würden.«

»Ein Videogespräch? Gibt's davon eine Aufzeichnung, wie bei mir?«

»Nein. Lass mal, Michel, zu deinem Fall kommen wir gleich. Denn jetzt wird es erst richtig spannend. Lacaze hat am letzten Samstag in der Früh per Videogespräch, das vorher von seinem Büro angekündigt worden war, bei Françoise Bettencourt angerufen. Sie sei doch mit den Lillets eng befreundet. Ja, sei sie nicht sogar Raymond Lillets Trauzeugin gewesen? Er fragt sie, ob Raymond Lillet, der an diesem Abend bei ihr zum Dîner eingeladen sei, ihr schon von der Entführung seines jüngeren Bruders Jean Lillet berichtet habe. Ja, antwortet sie. Dann bittet Lacaze sie um eine Beteiligung am Lösegeld, etwa fünfzehn Millionen Euro. Oder Dollar. Ich weiß, wie gesagt, nicht genau, welche Währung. Der Verteidigungsminister ist bestens über sie persönlich, ihre Beziehung zu den Lillets und sogar über ihre Liquidität informiert und sagt, sie solle das Geld von einem ihrer Konten in Genf, bei einer Bank, die er sogar nennt, auf ein Konto bei einer Bank in Mali überweisen.«

»Und wie hat die Bettencourt reagiert? Fünfzehn Millionen machen der doch nichts aus. Die wird doch auf fünfzig Milliarden«, Michel betonte das Wort Milliarden, »ja, auf fünfzig Milliarden geschätzt. Und hat ihre Mutter nicht Hunderte von Millionen und echte Picassos diesem merkwürdigen Fotografen vererbt, der sie betüterte?«

»Ja, aber die Mutter war ja wohl auch nicht mehr ganz dicht. Von diesem Gespräch Lacaze-Bettencourt gibt es übrigens auch keine Aufzeichnung. Bettencourt hat Lacaze erst einmal hingehalten, hat von dem Gespräch aber vorgestern, also am gleichen Abend noch, Raymond Lillet und Senator Louis de Mangeville berichtet, der ebenfalls zum Dîner eingeladen war.«

Als er den Namen des Senators nannte, schaute Jacques seinen Freund Jean Mahon prüfend an, ob er eine Reaktion zeigte. Nein, tat er nicht. Aber Jean dachte sich seinen Teil.

»Warum der Senator?«, wollte Michel Delabrue wissen.

»Der ist mit Lillet eng befreundet und außerdem Vorsitzender des Verteidigungsausschusses im Senat. Bettencourt fragte die beiden, wie sie sich verhalten solle. Und an dieser Stelle komme ich ein wenig ins Spiel.« Er erwähnte kurz, dass der Senator und Margaux befreundet waren, und sprach dann weiter.

»Mangeville hat Margaux um Rat gebeten, die wiederum mich fragte, ob mir etwas einfällt. Ich habe vorgeschlagen, Bettencourt solle sich beim nächsten Videogespräch mit Lacaze das Konto in Mali nennen lassen, aber dafür sorgen, dass das Gespräch aufgezeichnet wird. Und ich habe dann gleich ganz großspurig behauptet, du, Jean, würdest dafür deine beste Informatikerin abstellen. Fabienne heißt sie doch, oder? Und das will Margaux jetzt mit dir vereinbaren.«

»Oh, das wird schwierig. Wie erklären wir den Einsatz? Ist schließlich kein Fall von uns. Und vergiss nicht, morgen früh brauchen wir Fabienne erst einmal bei unserem Besuch in der Schauspieleragentur Mondial. Wegen der Blockade des Wagens von General Roche.«

Jacques wandte sich an Michel und erklärte ihm, dass sie am kommenden Morgen wegen eines anderen Videogesprächs im Einsatz sein würden. Der ehemalige Umweltminister Bulot habe angeblich einen merkwürdigen Klamauk-Einsatz veranlasst, dem der Chef des Geheimdienstes DGSE zum Opfer gefallen sei.

»Videogespräche, das wird jetzt offenbar Mode. Die Corona-Zeit hatte doch was Gutes«, meinte Michel.

»Meinst du? Ich weiß nicht so recht, ob das wirklich so gut ist.« Jacques schüttelte den Kopf.

»Och, schon. Denk nur daran, wie häufig wir jetzt von zu Hause aus arbeiten können. Da habe ich vieles schneller weggearbeitet als im Büro in der Cité judiciaire, wo dauernd jemand reinschneit.«

»Wenn du ein Urteil schreibst, vielleicht, aber manchmal schaust du bei diesen Videokonferenzen den ganzen Tag auf den Bildschirm und wirst meschugge. Außerdem kannst du so kein Verhör führen.«

An Jean gerichtet, fragte Jacques: »Brauchst du Fabienne morgen unbedingt?«

»Auf jeden Fall brauchen wir sie. Du kommst doch auch mit! Aber warten wir mal ab, wann der Termin bei Bettencourt sein wird.«

Das Bistro hatte sich inzwischen gefüllt, es war kein Tisch mehr frei.

In der Zeit, als Belleville sich von einem Handwerkerdorf zum Künstlerviertel mauserte, standen hier meist junge Leute in schwarzen Klamotten herum und gaben sich existenzialistisch. Inzwischen waren den Künstlern Galeristen gefolgt, dann die Boutiquen und Coiffeure. Und weil die Mieten billig waren, siedelten sich immer mehr chinesische Lokale an. Dieses lebhafte Viertel zog eine bürgerliche Klientel an, die abends nach einem Besuch im Kino, Theater oder in der Oper noch auf ein Glas bei Gaston haltmachte.

An der Theke unterhielt Jacques' Freund Jérôme, der »Hausarzt von Belleville«, ein halbes Dutzend Gäste, die häufig in lautes Gelächter ausbrachen, meist übertönt von Jérômes lautem Bass.

»Michel, jetzt wirst du verstehen, weshalb ich dich angerufen habe. Vielleicht gibt es zwischen deinem Fall und der Entführung von Lillet eine Verbindung. Bei dir hat Lacaze ja auch ein Videogespräch geführt, und zwar mit der Gendarmerie am Flughafen Cahors, von dem Jean Lillet abgeflogen ist. Vielleicht kannst du es Jean mal knapp schildern.«

»Ja, ich will es kurz machen, Monsieur le Commissaire ...«

»Mon dieu. Jean, ich heiße Jean.«

»Merci, Jean. – Michel.«

Der massige Michel schaute den Kommissar erleichtert an.

»Jean, ich verfolge einen Fall von Drogenhandel, der über den Flugplatz Cahors läuft. Ein Kurier, der dort mit dem Flugzeug landete, hatte kiloweise Heroin dabei und wurde verhaftet. Die Gendarmerie bekam den Auftrag, den Flugverkehr streng zu kontrollieren, bis – und jetzt kommt's – Lacaze sich persönlich bei der Gendarmerie meldete und den Befehl gab, die Kontrolle aufzuheben. Seitdem floriert der Kurierdienst wieder ungestört. Ich weiß das von einem Corbeau, der auch einen kurzen Video-Ausschnitt von dem Anruf von Lacaze geschickt hat.«

»Du hast einen Videoausschnitt? Spannend!« Jean Mahon schaute Michel neugierig an. »Hast du den etwa dabei?«

Michel zögerte einen Moment und warf Jacques einen Blick zu. Der nickte aufmunternd. Daraufhin holte Michel seinen iPad hervor, stellte ihn an, gab das Passwort ein und suchte kurz. Schließlich rutschte er mit seinem Stuhl näher zu Jean Mahon, bedeutete ihm, er möge auch ein wenig näher kommen, sodass sie mit ihren Körpern den Blick auf den Monitor verdeckten.

»Ich mach's jetzt an. Achtung, es ist nicht länger als zehn, zwölf Sekunden.«

Alle drei beugten sich über den Bildschirm.

Als die kurze Szene gelaufen war, schaute Michel den Kommissar fragend an.

»Man müsste mal in den Raum gehen, in dem das Video aufgenommen wurde«, sagte Jean Mahon. »Irgendwie kommt es mir merkwürdig vor. Heute kann man ja mit Videos allerhand Schindluder treiben. Das könnte echt sein, es könnte aber auch genauso gut bearbeitet sein. Du nimmst ein Bild von Lacaze und legst einen anderen Text drunter, der so klingt, als gäbe Lacaze diesen Befehl, das kann man ja alles schon faken. Und der Ausschnitt ist vielleicht ganz bewusst so kurz gewählt, damit man so eine Tüftelei daran nicht erkennt. Als Beweismittel würde ich das nie vorlegen. Damit macht man sich lächerlich.«

»Warum?«, fragte Michel erstaunt.

»Das könnte auch ein Deepfake sein. Mithilfe von künstlicher Intelligenz wird das Bild einer Person verfälscht und mit einer fremden Stimme belegt.«

Michel schüttelte abwehrend den Kopf. »Aber das hört man doch sofort!«

»Ja, aber jemand könnte versuchen, die Stimme zu imitieren. Und wer eine Person sieht, der glaubt auch, sie zu hören. Letztens haben russische Geheimagenten auf diese Weise sogar einen Parlamentsausschuss in den Niederlanden verwirrt. Sie haben den holländischen Abgeordneten ein Gespräch mit Leonid Wolkow, Stabschef von Regimekritiker Nawalny, vorgegaukelt. Die Abgeordneten in Den Haag sahen aber nicht den wirklichen Wolkow, sondern eine computeranimierte Figur mit dem Gesicht von Wolkow. Das fiel hauptsächlich deswegen auf, weil der falsche Wolkow Positionen vertrat, die im Gegensatz zu denen von Nawalny standen. Die Fälscher wollten dem russischen Dissidenten also schaden. Hinter diesem Wolkow-Deepfake steckten vermutlich zwei Komiker, die im staatlichen russischen Fernsehen eine Sendung haben und schon verschiedene kremlkritische Politiker mit Anrufen reingelegt haben.«

»Bon, aber man könnte sich diesen Videoanruf von Lacaze ja von der Gendarmerie in Cahors bestätigen lassen«, meinte Michel. »Außerdem wird das Video doch durch die Fakten bestätigt. Erstens gab es die Festnahme mit dreihundert Kilo Heroin. Zweitens folgte daraufhin das Flugverbot für die Maschinen des Kuriers. Und drittens wurde die Gendarmerie beauftragt, Starts und Landungen auf dem Flughafen Cahors zu beobachten. Und selbst wenn wir das Video mal vergessen – in dem Moment, in dem Lacaze den Befehl gibt, die Beobachtungen aufzuheben, beginnen die Kurierflugzeuge wieder zu fliegen. Und die Gendarmen lassen es zu. Angeblich gelähmt durch einen Befehl. Siehe das Video!«

Michel schaltete das Gerät wieder aus und steckte es in seine Ledertasche.

Jean Mahon wiegte zweifelnd den Kopf. »Diese Tatsachen belegen meiner Meinung nach nicht die Echtheit des Videos. Ich bleibe dabei. Es könnte ein Deepfake sein.« Er war nicht zu überzeugen.

Jacques zeigte sich von den Zweifeln des Kommissars beeindruckt. Keiner der Kommissare, mit denen er bisher zusammengearbeitet hatte, war so gründlich und genau. Dafür wurde Jean Mahon, der kurz vor der Pensionierung stand, von allen gerühmt, schon damals im Palais de la justice und auch jetzt in der Cité. Seine Truppe hatte er über Jahre hinweg mit großer Sorgfalt zusammengestellt. Zu ihm kamen junge, aufstrebende Spezialisten gern. Wer sich bei ihm auszeichnete, hatte später gute Chancen auf Beförderung.

»Was du da angeführt hast, belegt höchstens die Existenz einer Anweisung. Wenn ich damit befasst wäre, würde ich den *Chef d'escadron* der Einheit am Flughafen Cahors vorladen und befragen, warum er die Beobachtung des Flugverkehrs aufgehoben hat.«

»Dann wird er sich auf diesen Befehl berufen, nehme ich an«, sagte Michel. »Und dann haben wir den Beleg.«

»Nein, immer noch nicht«, erklärte jetzt Jacques, der die Bedenken von Jean nachvollziehen konnte. »Es bedeutet lediglich, dass es einen Befehl gab. Du könntest den Kommandanten fragen, ob er einen Beleg für die Existenz des Befehls hat.«

»Das Video! Da sind wir wieder beim Video.«

»Falls es echt ist.« Kommissar Jean Mahon blieb skeptisch. »Wenn der Kommandant das Video erwähnt, kannst du ihn fragen, ob er die Echtheit nachweisen kann. Dann liegt die Beweispflicht bei ihm. Vielleicht hat er ja die Aufzeichnung des ganzen Gesprächs? Denn wenn es echt ist, dann hat dein Corbeau es wohl aus irgendeiner Quelle im Büro des Kommandanten. Vielleicht von einer Sicherheitskamera aufgezeichnet, wie schon vermutet. Und wahrscheinlich kann man das Video dann analysieren, um herauszufinden, ob es ein Deepfake ist.«

»Er wird doch Interesse daran haben, sein Verhalten zu rechtfertigen«, meinte Jacques.

»Mit welcher Abteilung bei der Police judiciaire bearbeitest du denn diesen Fall?«

Jean Mahon rief Gaston zu, er hätte gern noch einen Kaffee. Schließlich müsse er mit dem Wagen nach Hause fahren. Jacques und Michel könnten ja zu Fuß gehen.

»Da bin ich gerade richtig in der Bredouille. Ihr habt doch mitbekommen, dass Duclos und seine Kumpel aufgeflogen sind. Und die hatten den Fall bisher in ihren Händen.«

»Ah! *Putain!*«, rief Kommissar Jean Mahon entsetzt aus. »Oje. Da musst du ja ganz von vorne anfangen. Hoffentlich hatten die da nicht ihre Finger im Spiel, als Drogenkuriere.«

Durch den Hinweis eines aufgeweckten jungen Polizisten, der seine Aufgabe bei der Polizei darin sah, sich für Gerechtigkeit, Sicherheit der Bürger und die gesellschaftliche Ordnung einzusetzen, waren die Machenschaften von Capitaine Duclos und einigen seiner Leute enthüllt worden.

Duclos war schon mit der Absicht zur Polizei gegangen, geschützt von seiner offiziellen Stellung als Polizist krumme Dinger zu drehen. Das war niemandem aufgefallen, da er erfolgreicher als andere Polizisten Drogenkuriere oder Geldwäscher verhaftete, die anschließend zu hohen Strafen verurteilt wurden. In Wirklichkeit schützte der Capitaine nur einen bestimmten Geldwäscher und Drogendealer, der groß im Geschäft war und keine Konkurrenz duldete. Wer aber seine Kreise störte, den verriet der Gangster und lieferte Capitaine Duclos die Beweise gleich mit.

Auf diese Weise verdiente Duclos zweimal, denn der Geldwäscher entlohnte den Polizisten fürstlich. Da konnten schon mal hunderttausend Euro fließen, von denen der Polizist einen Teil an seine Mitverschwörer im Polizeiteam abgab. Doch auch der Präfekt von Paris griff zum Jahresende immer wieder in seinen Extratopf, der ihm vom Verteidigungsminister zur Verfügung gestellt wurde, um besonders erfolgreiche Polizisten mit einem saftigen Bonus zu belohnen. Und so ein Bonus konnte für Duclos schon einmal zehntausend Euro ausmachen. Die er nicht teilen musste.

»Jean, könnte Michel dich denn darum bitten, mit dir und deinen Leuten zusammenzuarbeiten? Vielleicht wäre es dann möglich, den Fall des Drogendealers in Cahors und die Entführung Jean Lillets gemeinsam zu bearbeiten. Was meinst du, Michel?«

»Gern, bevor ich irgendeinen uninteressierten Routinier zugeteilt bekomme. Wie siehst du das, Jean?«

Der Garçon stellte die Tasse Kaffee vor Jean ab und warf Jacques und Michel einen fragenden Blick zu, ob er ihre Gläser nachfüllen solle. Beide nickten abwesend, während sie auf Jeans Reaktion warteten.

»Warum nicht. Wir könnten das morgen einmal in die entsprechenden Kanäle einfließen lassen. Es ist ja auch noch nicht klar, ob der Fall Lillet überhaupt ein Fall für die Justiz wird und dann bei uns landet.«

Michel nickte. »Danke. Das erleichtert mich. Aber ich fürchte, da haben wir eine gewaltige Aufgabe vor uns.«

»Ich kann dich beruhigen, da haben wir schon Schlimmeres gesehen!« Jacques gab sich gelassen. »Übrigens, hat sich der Corbeau noch einmal gemeldet?«

»Nee. Bisher nicht.«

Gaston rief laut nach Jacques, aber seine Stimme ging im allgemeinen Gebrabbel unter. Als Jacques nicht reagierte, schrie der Wirt noch einmal kräftiger, bis alle drei die Köpfe zur Theke hin drehten.

Gaston machte wilde, unverständliche Zeichen, und sie sahen einander nur fragend an. Schließlich schob sich Gaston eilig hinter seinem Tresen hervor, drängte sich durch die Menge zum Eingang, rief Jacques zu, er erhalte Besuch, und bahnte Margaux einen Weg durch die dicht an dicht stehenden Gäste bis zu dem Tisch, an dem die drei Messieurs saßen.

Unterwegs erblickte der Kneipier einen leeren Stuhl, ergriff ihn, bevor jemand protestieren konnte, und stellte ihn neben Jacques, während dieser sich erhob und Margaux mit zwei Wangenküssen begrüßte. Sie verströmte ihr feinstes Parfüm, von dem sie mehr als gewohnt aufgelegt hatte.

»Du riechst gut!«, bemerkte er.

»Merci!« Sie griff nach Jacques' Hand und drückte sie fest.

»Setz dich zu uns. Wir sind äußerst gespannt, denn ich habe Jean und Michel gerade auf meinen letzten Stand der Dinge gebracht.«

Eine Frau, die abends aus den feinen Vierteln von Paris in die moderne Bohème von Belleville kam, zog sich nicht so elegant an wie für eine Einladung von Senator Louis de Mangeville in ein traditionelles Restaurant, in dem die besten Kreise von Paris verkehrten und das sich damit rühmte, Francis Ford Coppola, Bill Clinton und Alice Waters zu seinen Gästen zu zählen. Natürlich hatte auch der inzwischen verstorbene Jacques Chirac, ehemaliger Präsident der Republik und langjähriger Bürgermeister von Paris, die riesigen

Portionen geliebt, die im *Chez l'Ami Louis* auf großen Tellern serviert wurden.

Jacques fand, dass Margaux hinreißend aussah.

»So schick machst du dich nie, wenn wir ausgehen.«

»Wenn du mich ins *L'Ami Louis* oder ins *Pré Catalan* ausführen würdest – jederzeit!«

Margaux begrüßte Jean ohne Bisou und Michel ohne Handschlag, wie es sich seit Corona bei vernünftigen Menschen eingebürgert hatte. Von denen es allerdings immer weniger gab.

Gaston eilte mit einem Glas Champagner herbei und reichte es Margaux mit einem leichten Zwinkern und einem angedeuteten Kratzfuß.

»À votre santé, Madame.«

»Merci, Gaston!«

Sie nahm einen kleinen Schluck.

»Jean und Michel wissen also schon Bescheid. Erzähl, was dein Informant Neues hatte. Du hast angedeutet, die Sache Lacaze-Bettencourt wird heiß?«

»Ja, der Termin für das nächste Gespräch steht jetzt. Der Verteidigungsminister will sich wieder per Video melden. Und dazu brauchen wir deine Hilfe, Jean, bitte. Es wäre einfach großartig, wenn man dieses Gespräch aufzeichnen könnte. Jacques hat mir erzählt, du hast eine fantastische Mitarbeiterin, die Spezialistin für alles Digitale ist. Kannst du die dafür freigeben?«

»Wann?«, fragten Jean und Jacques gleichzeitig, warfen sich einen Blick zu und lachten.

»Um drei Uhr nachmittags.«

»Oh, das wird knapp …« Der Kommissar schaute Jacques ein wenig verzweifelt an. »Fabienne braucht ein paar Stunden, um bei der Bettencourt alles gründlich vorzubereiten. Jacques, du kennst sie. Sie ist Perfektionistin.«

»Und wir haben morgen selber so einen dämlichen Einsatz«, sagte Jacques. »Da braucht Jean den Sachverstand von Fabienne.«

»Nicht morgen um drei. Mittwoch um drei, also übermorgen.«

Einsatz bei der Agentur

Die Sonne schien hell und warm durch das offene Fenster in Jacques' Wohnzimmer. Er wartete auf Margaux, die vor dem Spiegel im Badezimmer mit letzten Strichen und Tupfern, Pinsel und Stift ihre Schönheit verpixelte. Das dauert halt, seufzte Jacques und schaute hinunter auf die kleine Place Fréhel, wo der Besitzer der Bar *Culture rapide* in der Rue Julien Lacroix früher ein paar alte Stühle und Bistrotische vor der unverputzten Backsteinwand eines Hauses an der Kreuzung zur Rue de Belleville aufgestellt hatte, damit sich die Raucher während der Pausen des täglich wechselnden Programms mit einem Drink hinsetzen konnten.

Inzwischen hatten dort engagierte Bürger aus Holzbalken, Brettern und Zeltplanen einen großen Unterstand errichtet; selbst gemalte Schilder priesen kostenlose Suppe für alle an. Täglich wurden dreihundert Teller voll an Obdachlose und bedürftige Bürger, jung wie alt, ausgegeben.

Jacques spendete manchmal einen Hunderter und schämte sich insgeheim, dass es ihm als Richter so gut ging. Und dann war er froh, nach Belleville gezogen zu sein, ins richtige Leben, ganz anders als das im reichen 16. Arrondissement, wo sich seine Ex wohlfühlte.

Über dem Unterstand erhob sich ein gut zehn Meter hohes Wandgemälde von Ben aus Nizza, dem in Frankreich wohl bedeutendsten Vertreter der Fluxus-Bewegung.

Zwei männliche Kunstfiguren im Blaumann versuchten,

eine riesige Schiefertafel, wie Kinder sie früher in der Schule benutzt hatten, an dem Haus hochzuziehen. Auf der Tafel stand in der für Ben charakteristischen Kinderschrift: *Il faut se méfier des mots* – man muss sich vor den Worten hüten. Wohl wahr!

Auf die ebenso hohe Hauswand nebenan hatte Jean LeGac, ein Maler der narrativen Kunst, ganz realistisch einen Detektiv gemalt.

Im Anzug und auf dem Kopf ein Canotier, einen Strohhut, wie man ihn in den Zwanzigerjahren trug, hockte er da und las mit der Lupe einen Zettel, auf dem stand, der junge Detektiv solle die Verfolgung über die Rue Julien Lacroix aufnehmen. Jedes Mal, wenn er den Text las, fühlte Jacques sich angesprochen.

Naturliebhaber hatten auf dem geteerten Platz Badewannen und große Kübel mit Erde gefüllt und darin Bäume und Büsche gepflanzt. Wenn Erntezeit war, kamen Kinder aus der Nachbarschaft und pflückten Stachel- oder Johannisbeeren von den Sträuchern.

»Ich bin so weit! Träumst du?«

Margaux lachte fröhlich und hakte sich bei Jacques ein. Sie war in eine Jeans geschlüpft, die mit einigen anderen Kleidungsstücken für Fälle wie diesen bei Jacques im Kleiderschrank lagen, und hatte die Haare zu einem Pferdeschwanz zurückgebunden. Aus der eleganten Frau des Vorabends hatte sie sich in eine unbeschwerte Journalistin verwandelt.

»Ich habe Hunger und brauche dringend einen Kaffee!«

»Ja, dann mal los! Ich warte schon ewig.«

»Wie viel Zeit hast du?«

»Genug für ein gemütliches Frühstück. Jean holt mich

um zehn im *Aux Folies* ab. Vorher macht der Besuch in der Agentur überhaupt keinen Sinn. Künstler gehen eben spät ins Bett.«

»Wer Theater gespielt hat, steht ja danach auch noch voll unter Adrenalin! Davon musst du erst mal runterkommen.«

Als sie am Bistro ankamen, meinte Jacques, sie solle schon Kaffee und Croissant bestellen, er kaufe nur schnell die Zeitungen. Doch als er von Nicolas' Kiosk zurückkam, saß Margaux immer noch vor einem leeren Tisch.

Jacques machte eine fragende Handbewegung. »Was ist?«

»Es dauert heute ein bisschen länger. Gaston scheint mal auszuschlafen.«

»Wann musst du in der Redaktion sein?«

»Hat Zeit. Die Redaktionskonferenz beginnt erst um halb zwölf. Und ich kann eh noch nichts schreiben. Es sei denn, du legst mir was auf die Pfanne.«

Jacques dachte an die Entwicklung in seinem Fall mit den Knallköppen. Das wäre schon Stoff genug für einen spannenden Artikel, mit dem verhafteten Chef der Freimaurerloge »Athanor« und dem Mordauftrag gegen den CGT-Gewerkschafter in der Plastikfabrik.

»Ist noch ein bisschen früh. Vielleicht habe ich in ein oder zwei Tagen was. Die irre Geschichte von den Möchtegern-DGSE-Mördern, über die du ja schon geschrieben hast, geht offenbar völlig wirr weiter.«

»Eine kleine Andeutung? Wenn ich nur …«

»Nee, nee, lass mal. Du bekommst die Neuigkeiten als Erste. Ich verspreche es hoch und heilig!«

»Wann etwa?«

»Vielleicht schon morgen oder übermorgen.«

»Und was ist mit eurem Besuch in der Künstleragentur

und dem Auftrag von Bulot? Das wäre was für mich – und ist ganz aktuell!«

»Halt! Das fällt unter das Schweigegelübde!«

»Aber wenn ihr heute bei der Agentur eine Durchsuchung vornehmt, ist die Geschichte doch öffentlich.«

»Die Durchsuchung ist öffentlich. Aber nicht der Grund dafür.«

»Dann kann ich aber eine kleine Notiz bringen, dass die Künstler-Agentur Mondial, die dem Sohn von Senatspräsident Broissia gehört, heute von Untersuchungsrichter Jacques Ricou in Begleitung von Kommissar Jean Mahon und einigen Polizisten durchsucht wurde. Das reicht mir schon, und du kannst es mir nicht verbieten!«

»Verbieten kann ich dir sowieso nichts. Aber ich kann dich bitten, meinen Namen rauszulassen. Sonst weiß jeder, woher du die Geschichte hast, und auch deine Kollegen werden gleich vermuten, dass dahinter wieder eine größere Sache steckt. Über den Sohn schließen sie schnell auf den Vater Broissia, und schon entwickelt sich daraus zumindest im Netz eine Untersuchung gegen den Senatspräsidenten. Tu mir den Gefallen, lass es sein. Dafür wirst du die vollständige Geschichte über Bulot erfahren, sobald wir sie hart gemacht haben. Wahrscheinlich müssen wir sowieso noch mit Bulot selbst reden. Dann bekommst du einen markigen Bericht ganz exklusiv, und dein Chefredakteur wird dich wieder einmal loben!«

Jacques beugte sich zu ihr hinüber und gab ihr einen Kuss auf die Wange. Margaux seufzte laut.

»Na gut. Es fällt mir schwer. Aber das Gegengeschäft steht. Ich bekomme die Geschichte mit den Knallköppen, wie du sie nennst, und die Durchsuchung bei Broissia exklusiv.«

»Broissia junior!«

»Klar, der Junior. Abgemacht? Und falls je etwas aus dem merkwürdigen Fall von Michel Delabrue wird, musst du mir den auch geben. Versprochen?«

»Versprochen! Dafür hältst du mich in Sachen Lillet auf dem Laufenden.«

»Na ja, wenn da morgen Jeans Spezialistin ... wie heißt sie noch?«

»Fabienne. Hast du sie eigentlich schon bei der Bettencourt angemeldet?«

»Nein, die Zeit hatte ich ja seit gestern Abend noch nicht. Mich hat irgendein Monster, mit dem ich jetzt auch noch frühstücke, in sein Bett gezerrt. Ich mache das über Mangeville. Soll ich dann dir Bescheid geben oder Jean?«

»Ruf Jean direkt an. Der hat dann vielleicht gleich ein paar passende Fragen dazu oder verbindet dich mit Fabienne.«

Ein Polizeiauto bremste scharf vor dem Bistro, das Blaulicht leuchtete zweimal kurz, und Jacques sprang auf.

»Das ist Jean. Lass uns heute Nachmittag telefonieren! Sehen wir uns am Abend?«

Margaux nickte und warf ihm mit drei Fingern einen Kuss zu, während der Garçon ihr einen frischen Café crème servierte.

Weil Kommissar Jean Mahon auf dem Beifahrerplatz saß, riss Jacques die hintere Tür auf und ließ sich auf die Rückbank fallen. Der Polizist am Steuer gab Gas, noch bevor Jacques sich angeschnallt hatte. Im schwankenden Wagen hatte er Mühe, den Sicherheitsgurt zu finden und einzuhaken.

»Wo fahren wir eigentlich hin?«

»Runter an die Bastille. Die Agentur ist in der Rue de Lappe. Eine kleine Straße …«

»Ach, die Rue de Lappe kenne ich gut«, rief Jacques. »Da habe ich den Maler Michel Faublée kennengelernt, vor einer Ewigkeit. Damals wurden große Flächen frei, weil sich die Möbelschreiner, die das Viertel seit Jahrhunderten geprägt hatten, nicht mehr gegen die Konkurrenz der Fabriken durchsetzen konnten. Ganze Etagen in großen Gebäuden standen plötzlich leer, und auf einmal war viel Platz für wenig Geld zu haben. Michel war einer der ersten Maler, der damals an die Bastille zog. Und Michel war pfiffig. Er schaffte es, jemandem einen Hinterhof abzuschwatzen, wo er sein Atelier und Lager einrichtete und daneben auch noch eine kleine Wohnung ausbaute. Und er hatte das Glück, dass es zur Straße hin ein Schaufenster gab. Da hat seine Frau dann eine Galerie eröffnet – die natürlich Michels Bilder verkaufte. Genial!«

»Ist Faublée der Freund, der jetzt am Boulevard de Belleville wohnt?«

»Da war er auch mal. Denn nach wenigen Jahren waren die Rue de Lappe und das Viertel um die Bastille so hip und teuer geworden, dass er sein Atelier mit Riesengewinn verkaufen konnte. Und was passiert, wenn ein beliebtes Viertel in Mode kommt? Dann ziehen die Künstler eben dorthin weiter, wo es gerade billiger ist. Nächste Station also Belleville, denn da gaben gerade die Schuster ihre Werkstätten auf, weil sie nicht mit den Schuhfabriken konkurrieren konnten.«

Er schwieg einen Moment. »Eigentlich lustig«, sagte er dann. »Die Schreiner haben 1789 mit dem Sturm auf die

Bastille die Französische Revolution ausgelöst. Und die Schuster aus Belleville haben 1871 die Revolution der Pariser Kommune angeführt.«

Jean Mahon schnaufte laut und drehte sich zu Jacques auf dem Rücksitz. »Nur dass die Schreiner für den Sturm auf die Bastille mit einem Ehrensold belohnt wurden, die armen Revolutionäre aus Belleville dagegen wurden als vermeintliche Kommunisten an die Mauer des Friedhofs Père Lachaise gestellt und erschossen! Ich glaube, zehn- oder zwanzigtausend von ihnen. – Da drüben!«

Der Kommissar zeigte mit dem Arm zum linken Fenster des Wagens, als sie am Eingang des legendären Friedhofs Père Lachaise vorbeifuhren, auf dem weltberühmte Künstler nicht nur aus Frankreich lagen – Edith Piaf, Chopin und Molière, Ingres und Delacroix, Oscar Wilde und Jim Morrison.

»An der Mauer der Kommune – *le Mur des Fédérés* – wurden sie erschossen und verscharrt. Aber die liegt im hinteren Teil des Friedhofs.« Jacques rutschte auf die linke Seite der Rückbank und schaute zum Fenster hinaus. Das riesige Bronzetor des Friedhofs stand offen, und eine wohlgeordnete Gruppe asiatischer Touristen folgte einer Führerin, die ihren zusammengefalteten Regenschirm hochhielt.

»So ist das halt: Die Schreiner vollzogen mit dem Sturz der Monarchie einen historisch längst überfälligen Schritt und wurden dafür belohnt, dagegen waren die Schuster mit den sozialen Forderungen ihrer Zeit weit voraus und wurden dafür bestraft. Wer zu früh kommt, den bestraft das Leben.«

Jacques und Jean lachten.

»Und Faublée? Lebt der immer noch in der alten Druckerei? Du hast mich da mal auf eine große Fete mitgenommen. Ich glaube, er wollte damals drei riesengroße Bilder an ein Museum verditschen.«

»Nee, der ist weitergezogen, weil diesmal die Druckerei gewaltig im Wert gestiegen war. Von dem Erlös konnte er sich ein richtig großes Gebäude kaufen, eine ehemalige Bananenreifeanlage in Bezon, gut eine halbe Stunde westlich von unserem neuen Bürowolkenkratzer. Das wollte er dann zu seinem Museum ausbauen. Aber inzwischen erzählt er mir immer wieder, er wolle jetzt alles loswerden und nach Portugal auswandern, der Kunstbetrieb in Paris sei unerträglich verfilzt.«

»Der muss doch jetzt auch über siebzig sein.«

»Ja, sicher. Der geht auf die achtzig zu.«

Die Rue de Lappe war Mitte des 17. Jahrhunderts quer durch die Gärten des Gärtners Girard de Lappe gezogen worden. Noch heute wirkte sie mit den schmalen, höchstens drei Stockwerke hohen Häusern eher dörflich. Straße und Gehwege waren mit alten Steinen stilvoll gepflastert. Und da die Einbahnstraße mit zwei schmalen Gehwegen gerade einmal zehn Meter breit war, hatte die Stadtverwaltung vor einigen Jahren alle paar Meter elegant geformte niedrige Poller in das Trottoir eingelassen, um zu verhindern, dass halb auf dem Randstein parkende Autos die Straße blockierten.

Kurz vor der Place de la Bastille an der Kreuzung zur Rue de la Roquette warteten bereits ein Dutzend Polizisten in zwei »Salatschüsseln«. So nannten sie abfällig ihre Mannschaftswagen, weil man bei schneller Fahrt darin wild hin und her geschleudert wurde.

Der Polizeiwagen hielt kurz, Jean warf Jacques ein schnelles »Ich bin gleich wieder da!« zu, stieg behände aus und gab seinen Leuten Anweisung, zwar freundlich und korrekt, aber dennoch bestimmt aufzutreten. Sie sollten schon vorfahren, er und Jacques würden gleich nach ihnen die Agentur betreten.

Die Rue de Lappe lag wie ausgestorben vor ihnen.

Jacques musste schmunzeln, als sie an Nummer 20 hielten und durch die große Pforte, vor der jetzt zwei Polizisten Wache standen, in den Hof traten, wo sich der Eingang zur Agentur Mondial befand.

Hier hatte Michel Faublées Atelier gelegen.

Dann wies Jacques lächelnd mit den Worten »very important!« auf den kleinen Schriftzug »Worldwide Partners« mitten auf der Glastür hin. Eine Polizistin hielt ihnen die Tür auf. Von dem weiß gestrichenen Büroraum mit modernen Designer-Möbeln gingen drei Türen ab, vor jeder hatte einer von Jeans Leuten Stellung bezogen.

Zwei junge Frauen saßen an Schreibtischen vor ihren Monitoren. Eine telefonierte gerade, beendete aber sichtlich irritiert das Gespräch, die andere fragte äußerst höflich und lächelnd, ob jemand Kaffee wünsche, erhielt aber nur ein abwehrendes Kopfschütteln von Fabienne, der Polizistin, die sich gleich um die Computer der Agentur kümmern würde.

Aus der Tür, die früher zu Michels Bilderlager führte, kam Agenturchef Broissia geschlendert, in Reitstiefeln und begleitet von einem Polizisten.

Jacques trat auf ihn zu und streckte ihm die Hand entgegen: »Bonjour, Monsieur Broissia? Mein Name ist Jacques Ricou, Untersuchungsrichter, ich werde begleitet von Kommissar Jean Mahon und seinen Leuten. Wir haben einen Durchsuchungsbefehl.«

Broissia schüttelte Jacques freundlich die Hand und lachte.

»Wer hat euch denn geschickt? Für welche Agentur arbeitet ihr? Ich lache mich scheckig. Aber ihr seht wirklich echt aus.«

Er wies auf Jacques Ricou. »Und Sie stellen wirklich den unerbittlichen Untersuchungsrichter dar? Gut getroffen. Den Kommissar kann ich leider nicht einordnen.«

Jean Mahon zog seinen Dienstausweis aus der Jacke und streckte ihn Broissia entgegen. Der griff danach, lachte noch einmal kurz auf.

»Perfekte Kopie! Und was spielen wir jetzt?«

»Monsieur Broissia, ich habe den Eindruck, Sie haben unseren Einsatz schon erwartet. Was ja auch nicht verwunderlich ist. Es liegt wegen verschiedener Delikte eine Anzeige gegen Sie vor. Am vergangenen Donnerstagvormittag hat ein Dutzend Schauspieler die Einbahnstraße Rue des Maraîchers für längere Zeit blockiert. Nach Aussage einer Zeugin hat Ihnen der Umweltaktivist Nicolas Bulot in einem Videogespräch einen Auftrag gegeben, der zu dieser Tat geführt hat.«

»Oijoijoi! Das sind ja ganz schön heftige Vorwürfe. Sind Sie wirklich der Richter Ricou? Dann haben Sie doch auch gewiss einen schriftlichen Durchsuchungsbefehl oder so was.«

Jean Mahon gab seinen Leuten das Zeichen, mit der Arbeit anzufangen, dann öffnete er seine schmale lederne Tasche, holte die Papiere hervor und reichte sie dem Agenturchef.

»Meine Leute werden jetzt die Büros der Agentur durchsuchen. Wir werden auch die Computer mitnehmen, um darauf nach Beweisen zu suchen. Sie können uns aber helfen, wenn Sie uns all das, was mit dem Vorgang in der Rue des Maraîchers zusammenhängt, von sich aus übergeben.«

»Sie sind wahnsinnig! Ohne die Computer kann ich meinen Laden dichtmachen! Was wollen Sie wissen? Sie scheinen diese Kinderei ja wirklich sehr ernst zu nehmen. Gibt es dafür einen Grund?«

Jacques sah sich im Raum um und wies dann mit der Rechten auf einen flachen Tisch, um den herum vier leichte, von Marcel Breuer entworfene Bauhaus-Sessel aus Chrom und Lederriemen standen.

»Wollen wir uns vielleicht setzen? Das wäre doch angenehmer.«

Broissia stotterte kurz: Natürlich, natürlich, ob er denn etwas reichen könne. Wenigstens ein Wasser? Und führte Jacques und den Kommissar zu der Sitzecke.

Die junge Frau, die vergebens einen Kaffee angeboten hatte, brachte drei Gläser, goss aus einer Flasche Sprudelwasser ein und schaute ihren Chef fragend an. Noch was? Ohne ihr einen Blick zu gönnen, schüttelte er ernst den Kopf.

»Sie haben mir einen Schreck eingejagt! Verzeihen Sie, dass ich Sie zunächst nicht ernst genommen habe. Unter Agenturen spielen wir uns schon mal Streiche. Und als solchen haben wir hier auch die Aktion in der Rue des Maraîchers eingestuft.«

»Dummerweise haben Sie aber den Wagen von General Roche blockiert«, sagte Jacques, »und der hat die Polizei gerufen. Wie ist es denn zu dieser Aktion gekommen?«

»Lassen Sie mich überlegen. Heute ist Dienstag. Der

Klamauk lief am letzten Freitag ab. Also ist der Anruf des ehemaligen Umweltministers Bulot wahrscheinlich zwei Wochen her.«

»Woher wussten Sie, dass es Bulot war und nicht jemand, der sich als Bulot ausgab?«

»Den kennt doch jeder. Ich weiß nicht, wie häufig ich den schon im Fernsehen gesehen habe. Und er meldete sich ja per Videocall.«

»Waren Sie gleich dran, oder hat eine Ihrer Mitarbeiterinnen das Gespräch angenommen?«

»Nein, nein, ich war schon selbst dran. Er hatte den Zeitpunkt für den Anruf per Mail angekündigt.«

»Wie kommt es, dass Bulot sich gerade an Ihre Agentur gewendet hat? Haben Sie dafür eine Erklärung?«

»Habe ich, aber es ist mir unangenehm, darüber zu reden. Können wir das ganz im Vertrauen und privat lassen?«

»Versuchen können wir's.«

»Er war oder ist noch mehr als befreundet mit einer jungen Schauspielerin, die wir vertreten. Aber ich finde, an der Schwelle zum Schlafzimmer sollte unsere Neugier enden, Privatsache muss Privatsache bleiben. Schließlich gilt er offiziell ja als verheiratet.«

Jacques nickte. »Trotzdem brauchen wir Angaben zu dieser jungen Dame. Wir werden die Sache diskret behandeln. Was wollte Bulot von Ihnen?«

»Er beschrieb ziemlich genau die gewünschte Aktion. Zu einem bestimmten Zeitpunkt werde ein Paketlieferant in der Rue des Maraîchers zwischen der Rue des Grands Champs und der Rue de Volga mitten auf der Straße parken und einen Dienstwagen blockieren.«

»Haben Sie auch den Lieferwagen gestellt?«

»Nein. Gute Frage übrigens. Den muss Bulot anderswo organisiert haben. Vielleicht bekommen Sie das ja über den Halter des Wagens raus.«

»Der war am Abend zuvor gestohlen worden. Hat er gleich beim ersten Gespräch das Datum für die Aktion genannt?«

»Nein, das kam später per SMS.«

»Bleiben wir bei Ihren Leuten. Welche präzise Anordnung erhielten Sie für deren Einsatz?«

»Die Rue de Volga verjüngt sich oben auf der linken Seite zu einer engen Gasse zwischen den Häusern. Dort sollte sich ein Dutzend sportlicher junger Leute in schwarzer Montur verbergen und erst auf mein Kommando hin in die Rue de Maraîchers laufen, den Lieferwagen aufreißen, die Pakete mit großem Getöse auf die Straße und auf das blockierte Auto werfen und irgendwas schreien wie ›Kauft beim Einzelhändler, nicht bei Amazon!‹ oder so.«

»Waren Sie demnach mit vor Ort?«

»Nein, nein! Es war alles generalstabsmäßig geplant. Ein Mitarbeiter Bulots würde anrufen, um mir das Go für mein Kommando an die Akteure zu geben. So war's auch. Die Order gab ich dann wiederum an den Anführer unserer Schauspieltruppe durch.«

»Wovon hing denn der Einsatzbefehl ab?«

»Na ja, ob die offizielle Limousine dieses Generals inzwischen von dem Paketauslieferer blockiert wurde. Die Straße ist ja so eng, dass man an einem Lieferwagen nicht vorbeikommt.«

»Und wie sollte es dann weitergehen?«

»Die Aufgabe war, den Wagen so lange wie möglich aufzuhalten. Wenn es ging, mindestens eine halbe Stunde. Der

Sturm auf die Pakete durch die Schauspieler war als Höhepunkt der Aktion gedacht. Und wenn ich mich richtig erinnere, hat das ja auch mehr als geklappt.«

Jean Mahon, der das Gespräch in Kurzschrift, die er schon als junger Polizist gelernt hatte, protokollierte, sah auf und fragte: »Welchen Wagen sollten Ihre Leute so lange wie möglich aufhalten?«

»Na, wie ich schon sagte, die Dienstlimousine, in der Ihr General saß.«

»Und warum?«

»Keine Ahnung.«

»Hat Bulot Ihnen keine Erklärung geliefert, weshalb der Wagen des Generals für eine halbe Stunde blockiert werden sollte?«

»Wir wussten ja nicht, dass da ein General spazieren gefahren wurde. Ich habe Bulot zwar gefragt, was die ganze Sache sollte, aber er hat nur ein wenig rumgeredet und dann behauptet, es handle sich in der Karosse um jemanden, der mit ganz gefährlichen Dingen zu tun habe, wie mit Atom oder so. Ich ging davon aus, mit der Atomenergie, mit Atomkraftwerken oder so ... Mir war das aber auch ziemlich egal, wer da in dem Auto saß. Allein die Idee mit diesem Protest gegen Amazon gefiel mir. Und nicht nur mir. Ich war ja nicht der Einzige, der das direkt mitbekam. Als Bulot mich anrief, veranstalteten wir gerade ein Casting für junge Leute, Männlein wie Weiblein, die haben gehört, wie ich mit Bulot sprach, und mich hinterher gelöchert. Da habe ich es ihnen erzählt, und es gab ein gigantisches Gegacker. Innerhalb einer Viertelstunde hatten wir das Dutzend Akteure für die Szene auch schon gebucht. Die fingen dann an, rumzublödeln und sich die irrsten Details auszudenken. Einer schlug vor, wir könnten das alles ja auch noch filmen. Das habe ich dann aber doch verhindert.«

»Weshalb?« Jacques schmunzelte. »Hätte doch einen lustigen Film abgegeben.«

Der Agenturchef schaute den Untersuchungsrichter ein wenig irritiert an und lächelte.

»Eben deshalb! Ich wollte die Agentur Mondial nicht mit diesem Humbug identifizieren.«

Der Kommissar legte seinen Stift auf den Papierblock.

»Ich habe jetzt einige ganz präzise Detailfragen: Eine junge Frau hat nach dem Einsatz zu Protokoll gegeben, sie hätte mitbekommen, wie Sie mit Bulot sprachen …«

»Ja, wie gesagt haben das viele, die an dem Casting teilgenommen haben.«

»Gibt es eine Aufzeichnung?«

»Nein, das machen wir nie.«

»Haben Sie sonst einen Beleg, der den Auftrag bestätigt?«

»Es gibt einen Mailwechsel, in dem ich den Einsatz bestätigt und einen Kostenrahmen mitgeteilt habe. Dafür bekam ich ein kurzes Okay. Als die Geschichte gelaufen war, kam ein Smiley. Mehr nicht.«

»Hat Bulot selbst sich nicht mehr gemeldet?«

»Nein. Hat er nicht.«

»Können Sie uns eine Liste aller Akteure ausdrucken?«

»Muss das sein?«

»Ja. Es muss sein. Wir können auch sämtliche Computer der Agentur mitnehmen, darin finden wir alles, was wir wissen wollen.«

»Wir haben alle Geräte an einer externen Festplatte angeschlossen. Wahrscheinlich wird es reichen, wenn Sie die mitnehmen. Dann haben Sie alles, was Sie wissen wollen, und wir können trotzdem weiterarbeiten.«

Dann rief Broissia die junge Frau, die das Wasser gebracht hatte.

»Michou, kannst du mal die Liste aller Schauspieler ausdrucken, die am Freitag bei der Bulot-Aktion gebucht waren?«

»Bitte mit Kontaktangaben!«

Von der Tür aus, die einst zu Michel Faublées Atelier führte, winkte Fabienne dem Kommissar zu, er solle mal kommen.

Jean Mahon entschuldigte sich, legte seinen Stift weg und eilte hinüber zu Fabienne.

»Viel haben wir nicht gefunden. Einen Aktenordner mit der Aufschrift ›Bulot‹. Wir könnten natürlich eine ganze Reihe von Unterlagen mitnehmen, um sie im Büro auszuwerten. Aber ist es das wert? Und sollen wir die Computer abbauen?«

»Muss vielleicht nicht sein. Broissia sagt, alle Geräte seien an einer externen Festplatte angeschlossen. Check mal, ob das stimmt. Wenn ja, dann lass dir zeigen, wo die ist, klemm sie ab, und nimm sie mit. Was hältst du davon?«

Fabienne zuckte mit den Schultern.

»Fürs Erste könnte das reichen.«

Der Besuch in der Agentur dauerte dann doch fast drei Stunden. Fabienne hatte die Festplatte abgebaut und in Gewahrsam genommen, die Polizisten ein halbes Dutzend Aktenordner gegen Quittung aus dem Haus getragen, und als Michou die Liste der Teilnehmer an der Aktion des vergangenen Freitags ihrem Chef gab, flüsterte sie ihm etwas zu.

»Wir haben einen Beweis für das Videogespräch«, meinte Broissia daraufhin aufgeregt. »Michou hat von ihrem Platz aus mit ihrem Handy ein Bild gemacht. Zeig mal!«

Michou holte ihr Handy, suchte die Aufnahme. Im Anschnitt zeigte das Foto den Agenturchef, der zum Bildschirm schaute, auf dem Bulot gut zu sehen war.

»Bulot ist prächtig zu erkennen, Sie, Monsieur Broissia, auch«, sagte Jean Mahon und reichte das Telefon weiter an Fabienne. »Wir werden das Gerät leider als Beweismittel mitnehmen müssen. Und ich muss auch Sie um Ihr Handy bitten, Monsieur Broissia. Sie haben darauf den Einsatzbefehl erhalten. Insofern werden wir sicherlich einige Hinweise auf den direkten Auftraggeber finden.«

»Mon dieu, das geht nicht!« Broissia trat zwei Schritte zurück, drehte sich zu seinem Schreibtisch, auf dem sein Handy lag, nahm es und steckte es geschwind in seine linke Hosentasche. »Ohne mein Handy kann ich die Agentur schließen. Dann kann mich kein Mensch mehr erreichen.«

Fabienne, begleitet von zwei Polizisten, trat mit flach nach oben geöffneter rechter Hand auf den Agenturchef zu und bat ihn mit einem freundlichen Lächeln, ihr das Telefon zu geben.

»Machen Sie sich keine Sorgen. Sie stellen das Gerät jetzt ab, dann laufen alle Gespräche auf Ihre Mailbox, und die können Sie von jedem beliebigen anderen Telefon aus abhören.«

Einen Moment zögerte Broissia, doch als einer der beiden Polizisten sich ein wenig drohender auf ihn zubewegte, holte er mit einem tiefen Seufzer das Handy wieder aus der Hosentasche und legte es auf Fabiennes Hand.

»Voilà, Madame.«

»Ich brauche leider Ihren Code.« Fabienne sah ihn freundlich an.

»Das ist mir richtig peinlich. Sechsmal die Null!«

Fabienne stieß einen Seufzer aus, Broissia verzog seinen Mund zu einem schrägen Grinsen. Dann begleitete er Jacques, den Kommissar und dessen Leute zur Tür.

Auf dem Hof hielt er Jacques einen Moment zurück, drehte sich mit ihm ein wenig zur Seite und flüsterte fast: »Monsieur le Juge, ich habe noch einen persönlichen Wunsch. Ihr Ruf als unerbittlicher Richter gegenüber Politikern veranlasst mich, Sie zu bitten … meine Familie, Sie wissen, was ich meine …«

»Ihr Vater?«

»Ja, lassen Sie ihn aus dieser Geschichte raus. Er hat als Senatspräsident damit nichts zu tun. Aber er würde es mir übel nehmen …«

Jacques legte ihm fast väterlich die Hand auf die Schulter.

»Ich verstehe. Machen Sie sich keine Sorgen … sofern er wirklich nichts damit zu tun hat.«

Jacques vermutete, dass der Senatspräsident seinen Sohn als Vermittler von Künstlern für eine gescheiterte Existenz hielt. Die Tradition wollte es, dass Kinder eines Senators es über den Besuch der ENA ebenfalls in hohe Staatsämter schafften. War der Senatspräsident nicht die zweitwichtigste Person im Staate? Immerhin nahm er im Notfall das Amt des Präsidenten ein wie einst Senatspräsident Alain Poher, als General de Gaulle zurückgetreten oder als Georges Pompidou gestorben war. Und Vater Broissia galt als besonders statusbewusst. Den Ärger konnte er dem Sohn ersparen. Falls sich das Ganze wirklich als bloße Kinderei herausstellen sollte.

Als Jacques bei Jean im Auto saß und sie zum Glaspalais der Justiz fuhren, war er einen Augenblick still und in sich gekehrt. Hatte er nicht Margaux die Geschichte mit Broissia und der Durchsuchung versprochen? Würde sie den Senatspräsidenten schonen? Wohl kaum.

Die riesige Fensterfront

»Betonmarie hat sich erkundigt, ob du in der Sache Bulot weitergekommen bist.« Martine stellte Jacques eine Tasse Kaffee auf den Tisch. »Justine hat angerufen.«

Dann wies sie auf das Bild, das neben der Tür an der nackten Wand lehnte.

»Willst du das nicht mal wieder aufhängen? Es sieht bei dir noch ganz nach Umzug aus, obwohl wir jetzt schon seit mehr als zwei Jahren hier sind. Im Palais de la justice hast du immer darauf geschaut, weil es an der Wand gegenüber von deinem Schreibtisch hing. Das gehört doch zu dir!«

»Ach, weißt du, ich bin eben ein typischer Franzose. Bei mir ist nie etwas endgültig abgeschlossen. Auch ein Umzug nicht. Mein Freund Philippe hat sich vor sieben Jahren eine neue Wohnung gekauft und sie eingerichtet. Er hat viel Geld, hat sogar Bilder von Juan Gris und Matisse geerbt. Aber sein Esszimmer, in dem er große Dîners gibt, ist immer noch nicht tapeziert, weil er sich nicht entscheiden kann, ob Seide oder Tapete oder doch nur Farbe!«

Jacques stand auf und stellte den großen Rahmen auf einen niedrigen Aktenschrank. Eine dünne Glasscheibe schützte das Original eines Titelblattes jener Ausgabe von *L'Aurore,* in der Emile Zola sein »J'accuse« gegen den Justizskandal in der Dreyfus-Affäre veröffentlicht hatte. Das Papier war inzwischen leicht vergilbt, die sozialistische Tageszeitung war ja auch schon vor hundert Jahren eingestellt worden.

Vor einigen Jahren hatte die Post Jacques eine Paketrolle gebracht mit einem anonymen Anschreiben, das ihn als Richter lobte: »›J'accuse‹ gebührt Ihnen.«

Der Brief endete mit den Sätzen: »Mein Ahn hat diese Ausgabe von *L'Aurore* im Januar 1898 gekauft von dem wenigen Geld, das er verdiente, seitdem befindet sich das Blatt in unserer Familie. Ich habe es von meinem Vater erhalten, so wie mein Vater es von seinem Vater übernahm. Mögen Sie daraus die gleiche Kraft schöpfen, wie sie in Emile Zola brodelte.«

»Du hast recht. Wo passt es hin? Genau hier über das Möbel?«

»Ich lass den Hausmeister einen Dübel einschlagen. Hast du den Blick darauf nicht vermisst?«

»Nee. Und weißt du, warum? Ich schaue jetzt nicht mehr auf eine hohe Wand in einem jahrhundertealten Gebäude, sondern blicke durch die riesige Fensterfront hinaus in die weite Welt, eine Welt voller Ungerechtigkeit.«

»Das meinst du nicht im Ernst? Oder hast du heute den Blues?«

»Ach, weißt du, mich nerven die kleinkarierten Fälle, um die ich mich gerade kümmern muss. Die Sache mit den Knallköppen von der DGSE und ihrem Mörderspiel ist genauso kindisch wie der von Bulot angestiftete Klamauk. Übrigens könntest du dem angeblichen Grünen gleich noch per Mail die Vorladung zu einer Anhörung für morgen Nachmittag schicken.«

Ein wenig wehmütig dachte er an den Fall mit dem Drogenhändler vom Flughafen Cahors und dem Videobefehl von Verteidigungsminister Lacaze, mit dem sich Michel Delabrue befasste, und erst recht an die geheimnisvolle Entführung Jean Lillets. Das waren Fälle nach seinem Geschmack.

Aber dann überschlugen sich die Ereignisse.

Es fing mit einer Kleinigkeit an.

Auf die Vorladung an den ehemaligen Umweltminister Bulot antwortete dessen Büro prompt mit der Mitteilung, Bulot sei auf einer Klima-Expedition zu den schmelzenden Eisbergen in Grönland und werde von dort aus nach Neuseeland weiterreisen zu einer – zum Erstaunen der ganzen Welt – gemeinsam von den USA, Russland und China veranstalteten Klimakonferenz. Und weil Bulot versuchte, Flugzeuge zu vermeiden, wann immer es möglich war, werde er frühestens in vier Wochen zurückerwartet.

»Da in den kommenden zwölf Monaten keine Wahlen anstehen, macht der sich einen schönen Lenz«, meinte Jacques, der sofort zum Telefon gegriffen und Kommissar Jean Mahon angerufen hatte.

»Mach doch kurzen Prozess«, meinte Jean, »stell das gerichtliche Verfahren wegen Nichtigkeit ein, und verweis darauf, dass die Polizeipräfektur von Paris ja einen Strafbefehl wegen Störung des Straßenverkehrs erlassen könne.«

»Ich fürchte, wir müssen am Donnerstag oder Freitag bei Betonmarie antanzen und ihr das schmackhaft machen. Die steht doch unter Druck durch den Justizminister, der seinem Parteifreund, dem Verteidigungsminister, einen Gefallen tun will, weil der vom Chef des Geheimdienstes angepikst worden ist. Ich lass Martine einen Termin bei Marie Gastaud machen.«

Jacques wollte sich schon verabschieden, als ihm einfiel, dass Margaux sich bei Jean melden wollte, wegen des geplanten Anrufs von Verteidigungsminister Lacaze bei der Milliardärin Bettencourt bezüglich des Lösegelds für Jean Lillet.

»Hat Margaux dich eigentlich angerufen? Weil Lacaze doch morgen Mittag bei der Bettencourt anklopft.«

»Das läuft. Ich habe sie mit Fabienne zusammengestöpselt. Bin gespannt, was dabei rauskommt.«

»Ich werde Margaux noch mal anrufen. Die Bettencourt darf nicht zu entgegenkommend reagieren!«

Doch dazu kam es erst einmal nicht.

Martine brachte einen Stapel Akten, die einige der Fälle betrafen, die in Jacques' Zuständigkeit fielen. Termine mussten verabredet werden, Anhörungen in die nächsten Wochen gelegt und Zeugen zur Vernehmung vorgeladen werden. Routine im Leben eines Untersuchungsrichters.

Gegen fünf Uhr wurde Martine unruhig, aber Jacques nahm es nicht wahr. Gegen halb sechs begann sie, die noch verbliebenen Akten aufeinanderzustapeln.

»Wollen wir es für heute nicht dabei belassen? Mit dem Rest können wir morgen oder übermorgen auch noch weitermachen. Die verbliebenen Vorgänge sind nicht so dringend.«

»Oh, hat Madame etwas vor?« Jacques lehnte sich in seinem Bürosessel zurück und grinste Martine an. »Lass mich mal raten … Du hast eine Verabredung zum Squash, was ja eigentlich kein Mensch mehr spielt, oder sollte ich besser sagen, du triffst dich zum Squash, und das Spiel dient zur Anbahnung einer Verabredung. Um wie viel Uhr?«

»Um sieben. Und bis ich in meinem Squashclub in Montparnasse bin, dauert es um diese Zeit eine gute Stunde – selbst wenn ich die Metro nehme.«

»Und wer ist dein Partner? Immer noch der kleine Muskulöse, von dem du mir mal vorgeschwärmt hast und der so rasend schnell ist?«

Martine stand auf, klemmte die Dossiers unter den linken Arm und schüttelte beim Rausgehen leicht errötend den Kopf. »Ich spiele ja gegen viele. Allerdings wird es heute spannend, weil der Neue nicht nur irre schlagstark ist, sondern auch über eine wahnsinnige Spannbreite verfügt. Wie ein Albatros!«

»Wie ein Albatros? Donnerwetter. Dreieinhalb Meter Spannweite! Mehr als der Andenkondor. Damit kann er als König der Lüfte Tausende von Kilometer mit einem einzigen Flügelschlag segeln. Stell dir das mal vor! Kennst du das Gedicht von Baudelaire vom Albatros, den die Seeleute auf die nackten Decksplanken stellen? Was wird dann aus ihm?«

»Er sonst so flink ist nun der matte steife.
Der lüfte könig duldet spott und schmach:
Der eine neckt ihn mit der tabakspfeife.
Ein andrer ahmt den flug des armen nach.«

»Meinst du nicht auch, das ist ein ganz armer Vogel?«

»Mon dieu, das Gedicht mussten wir auch in der Schule auswendig lernen, wie jedes beklagenswerte Kind in Frankreich«, seufzte Martine. »›Und was ist die Quintessenz?‹, fragte Madame de Sèze, meine Französischlehrerin. Du siehst, ich erinnere mich sogar noch an ihren Namen! War eine gute Lehrerin. Nur wenn der stolze Albatros mit seinen Flügeln hoch oben in der Luft segeln kann, dann ist er König. Aber lass mal gut sein. Mein Albatros kann sich auch auf den Planken gut schlagen.«

»Und mit was für einem Ball spielst du? Schwarz, rot?«

»Gelb natürlich. Manchmal sogar doppelgelb.«

»Da musst du aber wahnsinnig schnell sein.«

»Oder eine Spannbreite haben wie ein Albatros!«

Jacques winkte lachend ab und griff zu seinem Mobilgerät, um Margaux anzurufen. Doch noch bevor er die Kurzwahl für ihre Nummer drücken konnte, klingelte das Dienstgerät auf seinem Schreibtisch. Das Display zeigte Jean Mahon an.

»Bonsoir Jacques, du könntest mal auf einen Whisky vorbeischauen. Es lohnt sich. Ich habe hoch interessante Neuigkeiten im Fall unserer Knallköppe. Der Besuch in der Plastikfabrik hat eine spannende Spur aufgedeckt.«

»Aber es ist doch noch gar nicht sechs Uhr!«

»Jacques, bis du herüben in meinem Büro bist, ist die Sonne längst untergegangen.«

»Du hast recht! Ich komme. Bis gleich!«

Jacques räumte noch seinen Schreibtisch auf und kontrollierte seinen Kalender, als sich Michel Delabrue meldete.

»Der Corbeau hat wieder gekräht, und ich habe den Eindruck, dass sich die Sache interessant entwickelt. Hast du heute Abend Zeit für ein Treffen im *Aux Folies?*«

»Können wir es auf morgen früh verschieben, um neun zum Kaffee und Croissant? Heute Abend bin ich schon verplant.«

Jacques dachte an die Verabredung mit Margaux. Er hatte seit dem Frühstück nichts mehr von ihr gehört.

»Auch gut. Morgen früh um neun!«

Die Sonne schien schräg vom Westen her auf das Panorama von Paris, das sich vor seiner Fensterfront ausbreitete. Gut, dass er, der kleine Junge aus dem Süden Frankreichs, hier gelandet war. Paris war für ihn die schönste Stadt der Welt.

Weitaus schöner als Venedig. Die Stadt in den Lagunen der Adria war seiner Ansicht nach nur ein überlaufenes Museum für Touristen aus aller Welt.

Der Blick auf den hellblauen Himmel und darunter das lebendige Wirrwarr der Häuser und Monumente versöhnte ihn mit dem leidigen Umzug von der Île de la Cité an den nordwestlichen Stadtrand nahe der Porte de Clichy. Es war vielleicht ganz gut, wenn die Justiz jetzt nicht mehr hinter mittelalterlichen Mauern saß und vorgab, Gerechtigkeit zu schaffen, sondern eine weite Aussicht auf die Wirklichkeit hatte und frei atmen und denken konnte.

Als Jacques im Aufzug wieder einfiel, dass er Margaux immer noch nicht angerufen hatte, drückte er auf die Kurzwahltaste, erhielt aber schon nach zwei Klingeltönen die Textnachricht: »Kann ich später anrufen?« Er schickte ein Glas Champagner als Smiley zurück.

Ortsbesichtigung

Die Aufgabe war gar nicht so einfach. Das Zielobjekt wohnte oberhalb des Parc de Belleville am Anfang der Rue Envierges, die am Restaurant *Moncœur Belleville* auf die Rue Piat traf. Beides waren enge Einbahnstraßen, die in die gleiche Richtung führten, hier aufeinanderstießen und in die Rue du Transvaal, eine dritte Einbahnstraße, übergingen. Um von hier aus auf die Rue de Belleville zu gelangen, musste man einen riesigen Umweg über weitere Einbahnstraßen fahren. Wenn man sich an die Verkehrsregeln hielt. Aber Michel Delabrue fand das sehr mühsam, weshalb er mit seinem Motorrad häufig die kurze Strecke bis zur Rue de Belleville auf der engen Rue Piat gegen den Einbahnverkehr fuhr.

Georgina und Georges sprachen stets von Ziel oder Zielobjekt, nie von Opfer oder gar einer Person mit Namen. Denn ein Objekt ist eine Sache, ein Opfer hingegen ein Subjekt und somit ein Mensch. Und ein Mensch mit Namen beginnt, Gefühle zu wecken. Doch Gefühle für den Menschen, der das Ziel sein soll, lenken einen Agenten während einer *action homo* ab.

Dienstag am frühen Abend hatte Loic, so der Deckname des dritten Mannes, Georges und Georgina in allen Einzelheiten über die Gewohnheiten des Zielobjekts informiert und sogar ein Video mit ihm auf seinem Motorrad vorgespielt, damit sie ihn auf Anhieb identifizieren konnten. Der Richter trug stets einen knallig neongelben Helm. Häufig nahm er die Rue Piat in falscher Richtung, und zwar meist morgens gegen neun Uhr. Dann bog er in die Rue de Belleville ein, fuhr bergab, nach rechts in den Boulevard de Belleville und folgte dann den Boulevards bis zur Place de Clichy und zum Gerichtsturm.

Loic empfahl, den Auftrag gleich auf der Rue de Belleville auszuführen. Sie war eine stark befahrene Einbahnstraße, die vom Hügel ziemlich steil hinabführte. Nur eine einzige Spur stand dem laufenden Verkehr nach unten zur Verfügung, und die war meistens voll. Eine zweite, meist leere Busspur führte nach oben. Für ihr Vorhaben also ein idealer Ort.

Spätestens an der Ampel unten an der Metrostation neben dem Zeitungskiosk und dem Taxistand wird das Ziel bei Rot anhalten. Das Signal leuchtet meistens rot. Ist das nicht bei allen Ampeln so? Na gut, wenn's grün blinkt, dann fährt er natürlich weiter. Aber wirklich: Meist zeigt die Ampel Rot.

Auf den Boulevards wäre eine Aktion wegen des starken Verkehrs sehr viel schwieriger, da die üblichen Staus dazu führten, dass sich ein gewiefter Motorradfahrer, wie es das Zielobjekt war, zwischen den wartenden Wagen durchschlängelte und sie ihm nicht leicht folgen könnten.

Der Verkehr auf der Rue de Belleville entsprach eher dem auf einer Dorfstraße. »Kommt auf das Dorf an«, warf Georgina ein und dachte an ihre kleine Gemeinde im Périgord.

»Warum machen wir nicht gleich eine Ortsbesichtigung?«, schlug sie vor.

Loic nickte und stand auf.

»Ich fahre euch mit meinem Wagen hin.«

Aber Georges wehrte ab. »Nee, da nehmen wir lieber gleich das Motorrad, damit wir das richtige Gefühl bekommen. Und das bei diesem herrlichen Frühlingswetter!«

»Aber wir passen doch nicht zu dritt auf deine Maschine!«

Sie lachten. Georges und Georgina würden auf dem Motorrad dem Wagen von Loic folgen.

Im Gewirr der meist engen Einbahnstraßen des alten Belleville verfuhr sich Kundschafter Loic mehrmals, und als sie schließlich die Rue Piat bis zum populären Restaurant *Moncœur Belleville* gefahren waren, wo das Zielobjekt wohnte, hielt Georges und schob, nachdem seine Partnerin abgestiegen war, das Motorrad auf das Trottoir. Georgina ging einige Schritte auf das Restaurant zu. Plötzlich lachte sie laut auf.

»Schau dir das mal an. Genial!«

Georges kam einige Schritte auf sie zu. »Was ist?« Dann grinste er. An der Hauswand hing auf Kopfhöhe ein quadratischer Spiegel, an dessen oberem Rand mit Kreide, die wie ein Lippenstift wirkte, geschrieben stand: »*Mais oui tu es belle* – Aber ja, du bist schön«. Dann zeigte Georges auf ein Plakat, das wenige Meter weiter auf gleicher Höhe hing. Darauf forderte eine Partei namens LGS, man solle den Kapitalismus durch eine gute Siesta ersetzen. Auch nicht schlecht. LGS? Kenn ich gar nicht, meinte Georgina und trat näher an das Plakat, um das Kleingedruckte besser lesen zu können. LGS wurde da als *Le Grand Soulagement* – die große Erleichterung – erklärt. Georges hob bestätigend den Daumen.

Der kleine Platz an der Straßenecke, auf dem weit verstreut etwa zehn Tische standen, zur Hälfte mit jungen Pärchen besetzt, strahlte großen Frieden aus. Georges setzte sich mit Georgina an einen der einfachen Eisentische unter den beiden hellgrünen Ginkgobäumen. Vor ihnen fiel der grüne Parc de Belleville steil ab und öffnete den weiten Blick auf die gesamte Stadt.

Der Garçon, der fröhlich angeschlendert kam, wies mit dem Stift in der Hand auf das Panorama.

»Alles kostenlos: Wir sind hier auf dem höchsten Punkt von Paris. Und im einzigen noch überlebenden Dorf von Lutetia.«

Georgina bestellte eine Mischung von Tapas méditerranéens, Georges einen Moncœur-Hamburger auf Biobrot, aus Fleisch von den hiesigen Weiden. »Was heißt ›hiesige Weiden‹, gibt's hier um die Ecke Kühe?« – »Na ja, nicht aus Südamerika, aus Frankreich.«

»Vielleicht einen Rosé dazu?«, wollte der Garçon wissen, aber beide winkten ab. »Wir müssen noch fahren.« Aber das war nicht der Grund. Bis zu ihrem Einsatz war jeder Alkohol tabu.

Erst nach zwanzig Minuten kam Loic schnaufend an.

»Es hat ewig gedauert, bis ich einen Parkplatz gefunden habe. Ich musste um den ganzen Parc de Belleville fahren und dann den steilen Weg nach oben klettern.«

»Aber dafür haben wir von hier einen sagenhaften Blick auf ganz Paris«, meinte Georgina, »so friedlich hat die Stadt noch nie zu meinen Füßen gelegen. Ich liebe es, wenn die Abendsonne schräg von der Seite auf die Bäume strahlt und die Natur lange Schatten wirft.«

Georges lachte. »Dieses Steinmeer kann man ja nicht gerade Natur nennen.«

Sie verbrachten eine entspannte Stunde wie in einem

gemütlichen Dorfrestaurant, und nachdem sie gezahlt hatten, liefen sie über die Straße, um von der Brüstung vor dem Park einen Blick auf die allmählich aufleuchtenden Lichter der Metropole zu werfen.

»Atmet jetzt mal ganz ruhig durch und dreht euch bloß nicht neugierig um«, sagte der dritte Mann fast flüsternd, »da kommt gerade euer Zielobjekt die Rue Piat raufgefahren.«

Der neongelbe Helm des Motorradfahrers war nicht zu übersehen. Michel Delabrue stellte sein Gefährt vor der Einfahrt seines Wohnhauses in der Rue des Envierges ab, nahm den knalligen Helm vom Kopf, schüttelte die wirren blonden Haare und winkte dem Kellner des Restaurants zu. Die drei konnten nicht verstehen, was sie sich zuriefen, aber aus den Handbewegungen des Untersuchungsrichters entnahmen sie, dass er nicht einkehren würde. Aus der Satteltasche holte er ein ledernes Aktenköfferchen, schloss die Räder des Motorrads mit zwei gewaltigen Ketten ab und verschwand in der Einfahrt.

»Ich schlag vor«, sagte Georges, zu Georgina gewandt, »wir erkunden jetzt ausführlich die Strecke von der Kreuzung Rue Piat und Rue de Belleville bis zum Boulevard und fahren sie mit meiner Braut ein paarmal ab. Dann können wir schon mal sehen, wie's morgen läuft.«

Haurus

Auf dem Schreibtisch von Kommissar Jean Mahon standen schon zwei Gläser, eine Buddel Johnny Walker Red Label und eine gekühlte Flasche Perrier. Einige Jahre lang hatten sie für ihren Sonnenuntergangsdrink den Johnny Walker gegen einen zwölfjährigen Bruich Laddich eingetauscht, denn Jacques und Jean hatten im Winter beim Skifahren in Megève den »Master Distiller« Jim McEwan von der schottischen Insel Islay kennengelernt. McEwan war damals verantwortlich für den »brook laddie«, wie man den Brand aussprach. Aber als das französische Familienunternehmen Rémy-Cointreau die schottische Destille übernahm und den Geschmack ihrer Meinung nach verwässerte, damit sich der »brook laddie« besser verkaufte, wechselten sie aus Protest gegen diese »widerliche Kommerzialisierung« auf ihren alten Brand zurück. Mit uns nicht!

»Habt ihr schon die Sachen ausgewertet, die wir heute früh bei der Agentur mitgenommen haben?«

Jacques hob sein Glas wie einen Gruß in Richtung Jean, der hinter seinem Schreibtisch saß, und nahm einen ersten Schluck.

»Fabienne und ihre Leute sind noch dabei, aber bisher hat sich nur bestätigt, was Broissia ausgesagt hat. Wir haben die Adressen der Verrückten, die auf der Straße rumgetanzt haben, die schicken wir morgen früh an Martine, damit sie Vorladungen fertig macht. Was meinst du?«

Jean frischte seinen Drink mit einem Schuss Whisky auf.

»Wartet doch damit, bis wir am Freitag mit Betonmarie gesprochen haben. Um zehn sollen wir bei ihr antanzen. Wenn wir sie davon überzeugen können, die ganze Sache mit einem Strafbefehl über die Präfektur abzuwickeln, haben wir nicht so viel Stress. – Aber jetzt rück mal raus mit der angekündigten Neuigkeit. Was habt ihr bei der Plastikfabrik rausbekommen?«

Bevor Jean antworten konnte, brummte Jacques' Telefon. Er sah, dass es Margaux war. Diesmal drückte er auf die Textnachricht »Kann ich später anrufen?«, und sie antwortete mit einem Rotweinglas als Smiley.

»Eine irre Geschichte. Ich vermute, hinter unserem Fall mit den Knallköppen und dem Fälscher steckt doch viel mehr, als wir vermutet haben. Punkt eins: Bei der Vernehmung von Claude Linge heute früh …«

»Wer war das noch mal?«

»Der Chef der Freimaurerloge ›Athanor‹, der den Knallköppen den Auftrag für den Mord an der Unternehmerin gegeben hat.«

»Alles klar. Und was ist dabei herausgekommen?«

»Der hat total abgeblockt. Den müssen wir noch weichkochen. Aber das schaffen wir schon. Punkt zwei: die Plastikfabrik. Heute früh habe ich wie vorgesehen acht Mann hingeschickt, davon haben sich vier gleich den Generaldirektor vorgenommen. Aber ich habe auch zwei auf den CGT-Betriebsrat angesetzt, der Ziel des Mordauftrags war. Der Gewerkschafter war ziemlich pampig und meinte, er habe uns schon vor ein paar Tagen erwartet, als die Geschichte aufkam. Sein Boss hatte ihm gegenüber alles geleugnet, und der CGT-Mann überlegte, wie er nun vorgehen sollte. Er ist ganz clever und hat sich über seine Gewerkschaftskontakte zwei Kumpel organisiert, um den Betrieb mal online zu überprüfen. Der eine arbeitet bei der Behörde für die Kontrolle von Schwarzarbeit und der andere bei der Behörde zur Bekämpfung der Cyberkriminalität. Die beiden haben sich in das System der Fabrik eingehackt und ihm gerade gestern Abend berichtet, was sie gefunden haben.« Er machte eine kurze Spannungspause.

»Und jetzt halt dich fest: Es gibt offenbar im Darknet eine Plattform namens BlackHand. Darüber kannst du fast jede Art von Information aus den staatlichen Ämtern kaufen. Zum Beispiel, wann irgendwo eine Razzia wegen Schwarzarbeit geplant ist. Du kannst aber auch Aufträge erteilen, wie zum Beispiel eine Unternehmerin oder einen Gewerkschafter zu ermorden. Du glaubst es nicht! Gezahlt wird in Bitcoin. Interessant ist nun, dass der Geschäftsführer …«

»… der Generaldirektor?«

»Ja, der Generaldirektor der Plastikfabrik vergangenes Jahr ins Bitcoin-Geschäft eingestiegen ist. Und interessant ist auch, dass er offenbar zur gleichen Zeit Kontakte zu BlackHand aufnahm. Der Kumpel vom Amt für Cyberkriminalität hat sofort seine Amtsleitung von der Darknet-Plattform in Kenntnis gesetzt, woraufhin sich eine ganze Abteilung daranmachte, BlackHand zu durchleuchten. Der CGT-Mann ist wirklich clever. Kein Wunder, dass die ihn loswerden wollen!«

»Ja, aber doch nicht, indem sie ihn ermorden!«

»So hab ich das auch nicht gemeint. Jetzt gleich für halb acht habe ich mit den Leuten von der Cyberkriminalität eine Video-Konferenz verabredet, da solltest du dabei sein. Fabienne schaltet sich auch dazu. Die geben uns dann einen

Überblick über ihre Suchergebnisse. Aber sie haben schon angekündigt, das könnte länger dauern.«

Beide Gläser waren leer. Doch als Jean die Flasche ergriff und mit hochgezogenen Augenbrauen zu fragen schien, ob er nachgießen solle, schüttelte Jacques den Kopf und griff zu seinem Telefon.

»Ich fürchte, dann werde ich eben Margaux absagen müssen.«

Aber er kam gar nicht dazu, auch nur ein Wort zu sagen, denn Margaux meldete sich schon nach dem ersten Ton und fing sofort zu reden an.

»Schön, dass du anrufst, Chéri!« Sie habe heute Abend unerwartet Spätschicht, berichtete sie, da Chefredakteur Jean-Marc Real sie gebeten habe, das Blatt zu machen. Real selbst könne nicht, weil er mit dem Verteidigungsminister dinierte, der Chef vom Dienst sei krank, dessen Vertreter im Urlaub. Also bleibe es an ihr hängen. Und Redaktionsschluss sei eben spät. Margaux klang fröhlich, vielleicht war sie stolz auf ihre Verantwortung für die Redaktion. »Sehen wir uns morgen?« – »Morgen? Ja gern.« – »*Grand bisou,* großen Kuss!« Klick.

Die Videokonferenz dauerte länger als drei Stunden, und manche Fachsimpelei musste Jacques sich von Fabienne hinterher erklären lassen. Danach war es zwar schon spät, aber Kommissar Jean Mahon schlug vor, Fabienne solle ihnen doch eine kurze Zusammenfassung geben und ihnen helfen herauszufinden, was das alles für die weitere Untersuchung bedeutete.

Fabienne blickte auf die Notizen, die sie auf einem großen Block gemacht hatte: »Also: Der Cyberpolizist hat sich in das iPad des Generaldirektors eingewählt und dort festgestellt, dass der Mann Kontakt zu einigen Plattformen im Darknet hatte. Er hatte sich bei einer Plattform namens BlackHand eingeloggt und zehn Bitcoin an eine Figur namens ›Haurus‹ gezahlt, die sich hinter BlackHand verbirgt. Wer das ist, wissen wir noch nicht.«

»Zehn Bitcoin, das klingt ja nicht nach viel. Wie viel ist das in Euro?«, wollte Jacques wissen.

»Kommt drauf an, wann er gezahlt hat.« Jean nahm sein Smartphone und suchte nach dem Wechselkurs. »Heute wären es dreihunderttausend Euro. Vielleicht waren es damals nur dreißigtausend. Bei den Kursschwankungen weißt du nie.«

»Jetzt wird es spannend!« Fabienne hob die Hand, um sie zu unterbrechen. »Denn daraufhin hat sich der Cyberpolizist mal ganz genau mit Haurus befasst. Haurus hat den Auftrag, den CGT-Betriebsrat bei einem gefakten Überfall umzubringen, codiert an ›Athanor‹ weitergegeben. Die Untersuchung hat dann noch eine weitere Verbindung von Haurus zu ›Athanor‹ ergeben, im Zusammenhang mit dem Fall der Unternehmerin, die von den beiden Geheimagenten, die wir Knallköppe nennen, ermordet werden sollte. Auch diesen Auftrag hat Haurus übermittelt. Hier wissen wir noch nicht, wer ihn dafür bezahlt hat. Aber wir sind ja auch erst am Anfang.«

»Und was sollte als Nächstes passieren?«, wollte Jacques wissen.

»Mein Vorschlag ist: Wir untersuchen alle elektronischen Geräte der Beteiligten aus dem Fall ›Knallköppe‹ auf Kontakte zum Darknet, zu BlackHand und zu Haurus. Ich könnte mir vorstellen, dass wir bei Claude Linge was finden.

Die Spezialisten der Cybersicherheit filzen parallel dazu BlackHand und Haurus, um herauszufinden, wer den Auftrag für den Mord an der Unternehmerin gegeben hat. Viel mehr können wir jetzt nicht tun. Alles hängt davon ab, was die Cyberspezialisten noch entdecken. Die können viel mehr als wir.«

Fabienne klappte ihren Block zu und stand auf.

»Und jetzt lasst mich laufen. Ich muss ins Bett. Morgen habe ich einen anstrengenden Tag mit dem Telefonat von Lacaze und Bettencourt.«

Der Kommissar rief ihr nach: »Denk daran, alles noch mal zu checken, um herauszufinden, ob es sich um ein Deepfake handelt oder nicht!«

»Keine Panik, das habe ich voll im Blick!«

»Irre!«, sagten Jean und Jacques fast gleichzeitig, dann lachten sie, und Jacques hielt Jean sein Glas hin. Der Kommissar goss in beide Gläser einen kräftigen Daumen hoch Whisky und verdünnte ihn mit Perrier.

Einen Moment lang saßen sie sich schweigend gegenüber, in Gedanken vertieft, und nippten am Whisky.

Mit der Rückseite beider Zeigefinger rieb sich Jacques die müden Augen und schaute dann auf die Uhr. Viertel nach elf.

»Jean, ich überlege gerade, ob wir morgen nicht den Generaldirektor der Plastikfirma verhaften sollten. Schließlich hat er den Mordauftrag gegeben und dafür gelöhnt. Mit diesen Bitcoins. Reines Lotteriegeld. Schwachköppe, die damit arbeiten.«

»Oder Knallköppe! Ich weiß nicht, ob das klug wäre, ihn jetzt schon festzunehmen. Denn damit wäre Haurus vielleicht gewarnt. Den Generaldirektor kriegen wir immer.

Jetzt sollten wir erst einmal abwarten, was die Cyberleute über diesen Haurus herausfinden.«

Jacques kippte den letzten Schluck Whisky mit Schwung und stand auf.

»Es ist spät. Ich glaube, ich mache mich mal auf den Weg. Morgen früh treff ich übrigens Michel Delabrue.«

»Wo, in deinem Büro? Dann komm ich dazu.«

»Kannst du gern tun. Aber zu Café und Croissant im *Aux Folies,* um neun. Ist viel gemütlicher, Michel wohnt doch auch in Belleville.«

»Nee, das ist mir zu kompliziert. Ich habe hier noch zu viel an der Backe.«

»Ich halte dich auf dem Laufenden. Michel hat was Neues vom Corbeau gehört. Hast du schon geregelt, dass du mit deinen Leuten an seinem Fall mitarbeiten kannst?«

»Nee, ich dachte, das machst du! Das würde bestimmt eher klappen.«

Jacques seufzte, nickte und winkte beim Hinausgehen bestätigend, als wollte er sagen: Ich kümmere mich drum.

Die Neugier von Nadine

»Heute wird es bestimmt wieder ein wenig später«, rief Pierre Zyram seiner Frau zu. »Ich eile, das Taxi wartet schon. Mach dir 'nen schönen Abend!« Und schon rumste die schwere Wohnungstür zu.

Nadine kam mit einem Glas Champagner in der Hand aus der Küche und sah verzweifelt auf das Chaos, das ihr Mann im Wohnzimmer hinterlassen hatte. Auf dem Couchtisch hatte er seine Aktentasche ausgeräumt, das iPad lag aufgeschlagen und noch eingeschaltet neben dem leeren Bierglas und einem grünen Notizblock mit der Prägung DGSE in Gold.

Wahrscheinlich hat er wieder einmal vergessen, wo sie sich heute verabredet haben.

Alle sechs Monate traf sich sein Abschlussjahrgang von Saint-Cyr in wechselnden Bistros. Aber das war kein Stammtisch, wo man in Erinnerungen schwelgte, sondern knallharte Netzwerkarbeit, wo man sich gerne auch mal Pöstchen zuschanzte.

Plötzlich keimte ein Gedanke auf. Sie ging ans Fenster und beobachtete, wie Pierre auf das Taxi zuschritt und die rechte hintere Tür aufriss. Jetzt darf er wenigstens auf dem Chefplatz sitzen, dachte sie schmunzelnd und wartete, bis der Wagen außer Sichtweite war.

Nadine setzte sich auf die Couch und steckte den kleinen grünen Block und die übrigen Akten ordentlich zurück in die Tasche. Dann zog sie das iPad vor sich und studierte das Display. Mit dem Zeigefinger bewegte sie den Pfeil des Cursors langsam über die Fläche, hielt auf verschiedenen Markierungen an, die dann kurz verrieten, was sie beinhalteten. Ganz oben links entdeckte sie den blau-weiß-roten Gockel.

Ich glaube, das war's.

Sie strich mit dem Zeiger sacht bis auf den Hahn. Es erschien: »Video Präsident«. Sie drückte, nichts geschah. Hat er das Telefonat mit dem Präsidenten extra verschlüsselt? Wäre ja denkbar. Sie tippte zweimal fest. Das Bild öffnete sich. Sie hielt das Video an und rannte zur Wohnungstür. Wäre doch zu blöd, wenn er sie jetzt erwischte. Sie drehte den Schlüssel zweimal um und legte den Riegel vor.

Dann ging sie in die Küche, öffnete den Kühlschrank, holte die Flasche Veuve Cliquot heraus, entfernte den Champagnerverschluss, goss sich das Glas noch einmal voll und setzte sich vor das iPad.

Dann mal los. Jetzt bin ich ja gespannt, welches Geheimnis der Präsident dir mitteilen wollte, Monsieur le Colonel.

Der Berater des Präsidenten, der das Gespräch ankündigte, wirkte arrogant und besserwisserisch. Typisch, sicher ein Enarch, obwohl er gar nicht so aussieht. Der Grobklotz kommt sich wichtiger vor als der Präsident. Dann erschien das Bild des Élysée-Palastes.

Madame, hebe dein Glas, um den Präsidenten zu begrüßen! Insgeheim dachte sie, der junge Präsident sieht doch wirklich gut aus. Und unterhalb des linken Nasenflügels hat er eine kleine, kaum sichtbare Narbe. Die war ihr bisher noch nie aufgefallen. Aber wann sieht man ihn schon so nah wie hier.

Der Präsident sprach von einem Dekret. Na schön.

Dann machte er eine kurze Pause und fuhr in festem Ton und sehr bestimmt fort: »Als Chef des *service action* der DGSE werden Sie Agenten alpha mit einer *action homo* beauftragen. Zielobjekt ist Untersuchungsrichter Michel Delabrue. Die Agenten alpha werden keinen Unfall, auch keinen vermeintlichen Selbstmord vortäuschen und kein Gift einsetzen. Es soll bewusst wie eine kriminelle Tat aussehen. Fünf Schüsse. Eine Kugel direkt ins Herz, eine Kugel direkt in den Kopf. Drei in die Brust. – Mir ist bewusst, dass solch ein Einsatz einer gewissen Vorbereitung bedarf, aber von Ihren Profis erwarte ich den Vollzug in spätestens fünf bis sieben Tagen. Halten Sie das für machbar?«

»Monsieur le Président. Der Name des Untersuchungsrichters ist mir nicht geläufig …«

»Sie haben meine Frage nicht beantwortet, Colonel. Reichen fünf bis sieben Tage?«

»*Certainement*, Monsieur le Président, gewiss. Pardon. Aber was das Zielobjekt betrifft …«

»Dazu ein Hinweis, der Ihren Agenten genügen sollte: Michel Delabrue wohnt in Belleville. Haben Sie sonst noch eine Frage?«

»Non, Monsieur le Président!«

»Alors, au revoir, mon Colonel!«

Agent alpha? Sagte ihr nichts. Action homo? Auch nicht. Kein Selbstmord, kein Gift. Kriminelle Tat. Irre: Fünf Schüsse. Eine Kugel direkt ins Herz, eine Kugel direkt in den Kopf. Drei in die Brust. Zielobjekt Untersuchungsrichter Michel Delabrue? Sagte ihr nichts. Fünf bis sieben Tage?

Das müsste morgen sein oder übermorgen. Wann hat er

es mir gezeigt? Montag. Das war erst gestern. Gott, wie die Zeit vergeht. Kommt mir schon viel länger vor. Kein Wunder, ich hatte auch den ganzen Tag mit den Geldtricksereien von Salame zu tun. Pierre sagte, er habe es vor drei Tagen aufgenommen. Am Freitag. Heute ist Dienstag. Gut, je nachdem, ob man den Freitag mitzählt, ist heute der vierte oder fünfte Tag. Bin ich mal großzügig, es ist der vierte. Dann also morgen oder übermorgen. Agent alpha? Gut, irgendein Geheimagent. Action homo? Kein Gift, kein Selbstmord, eine kriminelle Tat. Also ein Mord? Homicide? Zielobjekt, das Opfer: Untersuchungsrichter Michel Delabrue? Und was hat Pierre damit zu tun? Verteilt er im Geheimdienst Mordaufträge?

Nadine schüttelte sich. Damit will ich nichts zu tun haben.

Der Präsident befiehlt einen Mord? Und Pierre soll dafür sorgen, dass er ausgeführt wird? In fünf bis sieben Tagen? An einem Untersuchungsrichter?

Sie schaltete das iPad aus, stopfte es in seine Hülle und schloss die Aktentasche. Er sollte nicht wissen, dass sie das geheim aufgenommene Gespräch gesehen hatte.

Nadine hätte gern mehr über den Untersuchungsrichter Michel Delabrue gewusst, aber im Internet entdeckte sie keinen Hinweis auf ihn. Schien nicht so wichtig zu sein.

Im digitalen Telefonbuch fand sie allein in Paris eine Reihe von Einträgen unter Delabrue, mit allerhand Vornamen: Lionel, Patrice, Marine, Flavie, Christelle, Grégoire … Mehrmals waren nur Buchstaben als Vornamen angegeben, darunter drei mit M.

Soll ich dort anrufen? Und dann? Ihn warnen? Warum? Dann schickt mir Pierre einen Agenten alpha auf den Hals!

Wie soll ich das Ganze jetzt einschätzen? Sie grübelte noch lange.

Als sie im Bett lag, beruhigte sie sich allmählich. Der Präsident wird schon wissen, weshalb er das Dekret unterzeichnet hat. Und Pierre stieg erheblich in ihrer Achtung.

Georgina trifft Michel

Die Sonne schien schon früh so hell, dass Untersuchungsrichter Michel Delabrue lange vor dem Piepsen des Weckers aufwachte, den er auf sieben Uhr gestellt hatte. Er riss den Vorhang zur Seite, streckte sich am offenen Fenster und genoss die Aussicht.

So klar war der Blick selten. Die Welt glitzerte wie frisch geputzt.

»*Il est cinq heures, Paris s'éveille* – fünf Uhr, Paris erwacht«, summte Michel. Die Melodie des Liedes von Jacques Dutronc ging ihm nicht aus dem Kopf, obwohl es bereits nach sechs war.

Delabrue ging zwölfmal in die Knie und hielt sich dabei mit den Händen am Fensterbrett fest. Tägliche Morgenroutine. Die Bewegung beschleunigte seinen Atem.

Zum Osten hin verdeckten langweilige Wohnblocks, die auf der anderen Seite der Straße keine hundert Meter weiter am Ende des Parks standen, das Panorama, aber links in der Ferne erahnte er das Pantheon, die Ruhmeshalle Frankreichs. Die Tour Montparnasse, einst geplant als höchstes Gebäude Frankreichs, war auch nicht zu übersehen, aber verglichen mit dem Eiffelturm eine kleine Warze, die aus dem Häusermeer ragte, eine von Politikern wie André Malraux, General de Gaulle und Präsident Georges Pompidou gewollte architektonische Missgeburt. Eine Handbreit weiter strahlte die goldene Kuppel des Invalidendoms im Sonnenlicht, als wollte Napoleon aus seinem Grab Siegeszeichen senden, weiter hinten – aber unübersehbar wie ein einzelner Mammutbaum, der aus einer steinigen Ebene in den Himmel strebt – der Eiffelturm, das Symbol der Moderne des 19. Jahrhunderts.

Michel summte immer noch das Lied. Wie poetisch singt Dutronc: »*La tour Eiffel a froid aux pieds* – dem Eiffelturm friert's an den Füßen«. Schließlich ganz rechts im Westen auf der kleinen Anhöhe, zu der die Champs-Élysées hochführen, der Triumphbogen.

Während seine Augen schwelgten, wirbelte der blonde Koloss seine Arme wie Dreschflegel zehnmal vorwärts, zehnmal rückwärts und fühlte sich danach wach.

Delabrue überlegte kurz, ob er sich einen Kaffee aufbrühen sollte – Dutronc jubelt *»le café est dans la tasse«* –, aber er ließ es dann doch sein. Im *Aux Folies,* wo er mit Jacques Ricou verabredet war, würde Gaston ihm so viele Grands crèmes servieren, wie er wollte. Sehr guten Kaffee. Und eine Tartine oder zwei, die er, falls er sie nicht mit Marmelade aß, in die Tasse tunken konnte. Lieber wollte er nach einer ausgiebigen kalten Dusche, die er sich seit seiner Abstinenz jeden Morgen angewöhnt hatte, noch einmal in den Unterlagen seines Falles stöbern und das fast zehn Minuten lange Video aus Cahors anschauen, das er gestern auf einem USB-Stick erhalten hatte. Post vom Corbeau. Vielleicht hatte er irgendetwas übersehen? Vielleicht würde ihm noch eine wesentliche Kleinigkeit auffallen?

Um Viertel vor acht schaute er nachdenklich zum Fenster hinaus. Es war so früh, da könnte er auch zu Fuß durch den Park und dann durch die verwinkelten kleinen Gassen hinunter bis zum Café *Aux Folies* schlendern. Und später dann mit Jacques Ricou in die Metro steigen oder sich ein Taxi teilen. Oder Jacques hatte ausnahmsweise seinen Dienstwagen dabei und nahm ihn mit.

Der Untersuchungsrichter vertiefte sich noch einmal in die Akte, und als er wieder auf die Uhr schaute, standen die Zeiger auf fünf vor neun.

Hektisch sprang der große Mann auf, stopfte seine Akten, den USB-Stick, sein iPad in das lederne Köfferchen, das ihm sein Großvater zum bestandenen Richterexamen geschenkt hatte. Es hatte einst Pau Casals gehört, der diese schön gegerbte Aktenmappe an Michels Großvater weitervererbt hatte. Mit dem ironisch gemeinten Hinweis in seinem Testament, darin könne er, der Bürgermeister von Prades, seine Haushaltsunterlagen zu den Gemeinderatssitzungen tragen. Bürgermeister Delabrue war vor dem Gemeinderat immer wieder für den Weiterbestand des Pau-Casals-Festivals eingetreten und hatte die Kosten verteidigt. Michel hielt die Ledertasche in Ehren und pflegte sie mit Bienenwachs.

Er stieg in seine kurzen, schwarzen Jodhpurs, die auch unter einem Talar bei Gericht noch ansehnlich wirkten, überlegte eine Sekunde, ob es für eine kleine Jacke schon warm genug war, verwarf dann aber den Gedanken und zog seine Ledermontur an.

Das wird jetzt knapp, es ist schon zehn nach neun.

Michel schickte Jacques eine kurze Nachricht: *Bin gleich da*, stopfte das Lederköfferchen in eine Satteltasche, stülpte sich den neongelben Helm über und fuhr entgegen der erlaubten Richtung die Rue Piat hinunter. Nach hundert Metern kam ihm ein kleiner Lieferwagen mit einem tobenden Fahrer entgegen, nur durch ein gewagtes Ausweichmanöver auf das enge Trottoir konnte er einen Zusammenstoß vermeiden. Dort wäre er fast weggerutscht. Es musste ein großer Hund gewesen sein, der sich hier verewigt hatte. Und offenbar hatte dessen Herrin nicht das vorgeschriebene Plastiktütchen benutzt, um die Hinterlassenschaft wegzuräumen; es sind doch wirklich meist Frauen, die in der Stadt Hunde halten – warum auch immer.

Es gab in Paris noch genügend Bürger, die sich an die Politik ihres einstigen Bürgermeisters und späteren Präsidenten Jacques Chirac erinnerten. Der hatte mit der Begründung, man könne einer alten Frau die Freude an ihrem Schoßhund nicht verweigern, erlaubt, dass Hunde die Straßen vollhäufelten. Um den Dreck dann zu entfernen, hatte er dreirädrige Kehrwagen, sogenannte Cani-Trottinettes, bauen lassen, die mit einer Art Rüssel vor der Lenkstange versehen waren, um die *crotte de chien,* die Hundekacke, aufzusaugen. Daher der kurze Witz: In New York schaut man immer nach oben – auf die Wolkenkratzer, in Paris immer nach unten, um nicht in die *crotte de chien* zu treten. Allerdings fiel diese lächerliche Idee mit den Cani-Trottinettes bald den Sparmaßnahmen zum Opfer. Danach wurde auch in Paris wie in New York und anderswo die schwarze Plastiktüte Pflicht.

Michel fluchte, hüpfte mit seinem Motorrad geschickt von der hohen Bordsteinkante zurück auf die Straße und hielt an der Ecke zur Rue de Belleville kurz an. Von unten kam ein Bus der Linie 20 Richtung Porte des Lilas, den ließ Michel noch vorbeifahren, um dann auf die leere Busspur zu wechseln und die sich auf der rechten Spur langsam vorwärtskämpfenden Autos zu überholen. Allerdings gab er nicht zu viel Gas und behielt die Wagen rechts von ihm immer im Augenwinkel, falls einer auf den Gedanken kommen sollte, ohne zu blinken nach links auszuscheren, um in eine Seitenstraße abzubiegen, in der Hoffnung, dort schneller voranzukommen.

Hinter ihm brummte der Motor eines schweren Feuerstuhls. Da ahmte ihn wohl jemand nach und nutzte ebenfalls die leere Busspur.

Hundert Meter vor sich sah Michel Delabrue schon die Tische auf der Terrasse vom Bistro *Aux Folies,* aber zu seiner Beruhigung schien Jacques Ricou noch nicht da zu sein.

Wahrscheinlich verspätet er sich auch. Wer kann schon immer auf die Minute pünktlich sein.

Tatsächlich spazierte Jacques Ricou noch gelassen die Rue de Belleville hinunter, da ihn die Textnachricht von Michel Delabrue beruhigt hatte. Der kommt noch später als du. Er musste sich nur noch zwischen den Autos durchschlängeln.

Hundert Meter weiter sah Jacques schon die Tische auf der Terrasse vom *Aux Folies*.

Da hörte er das Motorrad und sah den knallgelben Helm seines Kollegen, der offenbar bremste. Ihm folgte ein zweites Motorrad, dessen Fahrer zu zögern schien, Delabrue zu überholen. Als die beiden Motorräder fast nebeneinanderfuhren, zog der Beifahrer, nein, es war eine Frau, auf dem Rücksitz eine Pistole hervor und schoss fünfmal. Drei Kugeln von hinten in die Brust. Eine direkt ins Herz, eine Kugel direkt in den Kopf.

Michel Delabrue war sofort tot.

Sein Körper schlitterte mit dem umgefallenen Motorrad über die Straße und blieb im Rinnstein liegen.

Bevor Jacques reagieren konnte, jagten die Mörderin und

ihr Fahrer die Straße hinab, rasten in Schräglage bei Rot rechts in den Boulevard de Belleville und waren verschwunden.

In der Straße herrschte einen Moment Totenstille. Die lauten Schüsse schienen noch in den Mauern widerzuhallen.

Dann brach ein Tohuwabohu aus. Gaston, der den Mord vom Eingang seines Bistros aus gesehen hatte, rannte sofort zu dem gestürzten Motorradfahrer. Jacques blieb zwischen den parkenden Autos stehen, drückte die Kurztaste für Kommissar Jean Mahon auf seinem Mobilgerät und schilderte in drei kurzen Sätzen, was geschehen war.

»Geh sofort zum Motorrad und schau nach, wo die Unterlagen von Delabrue sind. Vielleicht hat ein Dritter die Aufgabe, sie zu stehlen.«

Jacques hatte die Gabe, in extremen, gefährlichen Momenten fast unbeteiligt zu wirken und kalt zu bleiben. Das hatte ihm sogar schon einmal das Leben gerettet, als ihn eine Auftragsmörderin in seiner Wohnung umbringen wollte. Er schaute nach links und rechts, ob kein Auto kam, und sagte sich sofort, was für ein Quatsch, jetzt kommt doch eh keiner mehr durch. Mit wenigen Schritten erreichte er das Motorrad, unter dem Michel Delabrue lag und das gerade drei junge Männer – zwei Chinesen, ein Marokkaner – aufstellten. Gaston beugte sich über Michel und rief seinem Garçon zu: »Bring mal eine Decke. Schnell! Mach schon!«

An Jacques gerichtet, bemerkte er leise: »Er ist tot. Wir müssen ihn zudecken.«

Einer der jungen Männer zog das Motorrad auf seinen Ständer, die beiden Chinesen schienen sich für die Satteltaschen zu interessieren, doch Jacques hielt sie mit einer

Handbewegung und einem lauten, im Befehlston gesagten »Danke, das reicht!« zurück.

Er öffnete die rechte Satteltasche, sie war leer. In der Linken steckte der kleine Lederkoffer. Jacques erinnerte sich, dass Michel am Montagabend daraus sein iPad hervorgeholt hatte, als er Kommissar Jean Mahon im *Aux Folies* das Video mit dem Auftritt von Verteidigungsminister Lacaze in Cahors vorgespielt hatte.

Das war erst vorgestern gewesen.

Jacques drückte auf die beiden Schlösser des Koffers. Der Deckel sprang sofort auf. Vorsichtig schaute er hinein. Er war vollgepackt mit Akten, obendrauf lag das iPad. Ein USB-Stick purzelte heraus, und Jacques hätte es nicht bemerkt, hätte sich nicht einer der jungen Chinesen gebückt und ihm den Stick gereicht. Merci. Jacques bedankte sich freundlich, steckte den elektronischen Speicherstick in den Koffer zurück und schloss den Deckel.

Der Aufmacher

Margaux saß im Damensitz auf der Bank hinter dem Fahrer des elektrischen Motorrollers. Der Fotograf ihrer Zeitung lenkte die Vespa bis vor das Bistro *Aux Folies,* wo ein Polizeiwagen quer stand und die Rue de Belleville absperrte. Während der Fotograf sofort anfing loszuklicken, lief Margaux zu Jacques, der mit Gaston und einem Polizisten am Straßenrand über den Ablauf des Mordes sprach.

»Jacques, Chéri, ich hatte schon Angst, du wärst gemeint. Gott sei Dank ist dir nichts passiert!«

Sie atmete tief aus, umarmte ihn und schmiegte ihren Kopf an seine Brust. Er legte den Arm um sie und drückte sie fest. Ihr öffentlicher Gefühlsausbruch an diesem Ort des Todes war ihm unangenehm. Aber das zeigte er nicht.

»Ich stand fast daneben, als es passierte.«

Er zeigte auf die andere Straßenseite.

»Michel kam mit dem Motorrad zu unserer Verabredung zum Frühstück bei Gaston, und ich quetschte mich gerade zwischen zwei Autos durch, als die Mörderin auf dem Rücksitz eines Motorrads ankam und ihn kaltblütig erschoss.«

»Nein, wie schrecklich. Hat dir das nicht Todesangst eingeflößt?«

»Nee, komischerweise nicht.« Und um vom Thema abzulenken, sagte Jacques: »Du bist ja auch todesmutig, fährst im Damensitz. Dass dir da mal nichts passiert!«

Sie schaute an sich hinunter und zeigte auf den engen

Rock. »Anders ging's halt nicht. Ich musste sofort hierher. Als der Fotograf im Polizeifunk hörte, ein Untersuchungsrichter sei in der Rue de Belleville erschossen worden, hat er sofort an dich gedacht und mich angemorst. Ich habe zuerst versucht, dich zu erreichen, aber du bist nicht rangegangen. Da wurde mir ganz heiß. Dann habe ich Jean Mahon angerufen. Der hat mich beruhigt und gesagt, er habe vor wenigen Minuten mit dir gesprochen. Aber warum Michel?«

Jacques zog sein Handy aus der Jackentasche und sah, dass Margaux angerufen hatte. Er hatte es nicht gehört, da das Telefon stumm gestellt war.

Auf seinem Display wurden mehrere entgangene Sprachnachrichten angezeigt. Martine, Betonmarie, einige Nummern, die er nicht kannte. Vielleicht Journalisten? Er zeigte Margaux die Meldungen und sagte, er werde Betonmarie kurz besänftigen. Aber zuerst rief er Martine an, beruhigte sie und bat, alle Anfragen von Journalisten abzuwimmeln.

Betonmarie freute sich ehrlich, als er sich bei ihr meldete. »Sind Sie auch gefährdet? Ich mache mir Sorgen. Hoffentlich waren nicht Sie gemeint!« Sie zeigte sich beunruhigt und bat Jacques, sie aufzusuchen, sobald er könne. »Wir müssen überlegen, was dahintersteckt. Einer seiner Fälle? Wie reagieren wir? Bringen Sie Jean Mahon mit. Ich melde es dem Justizminister. Wie ich den kenne, wird er sofort zum Tatort fahren. Bleiben Sie bitte so lange dort.«

Mehrere Sirenen, deren Töne sich überlagerten, kamen schnell näher. Blaulicht geisterte über die Häuserwände.

Jacques steckte das Telefon in seine Jackentasche und schaute hinab zur Kreuzung, an der die flüchtigen Mörder auf ihrem Motorrad abgebogen waren.

Ganz gegen seine Gewohnheiten raste Kommissar Jean Mahon mit Getöse und Geflimmer in die Rue de Belleville. Seinem Wagen folgte eine Salatschüssel mit einem halben Dutzend schwer ausgerüsteten Männern von der Terror-Einsatztruppe. Mit Helmen, Schildern und Maschinenpistolen quollen sie aus dem Wagen heraus und eilten auf Befehl von Jean Mahon zum Bistro *Aux Folies* und bildeten einen lockeren Kreis um Jacques.

»Eh! Was soll das, Jean?«

Mit hochgezogenen Augenbrauen trat der Kommissar auf den Untersuchungsrichter zu. »Zu deiner Sicherheit, Jacques. Du weißt, ich denke immer das Undenkbare. Vielleicht war gar nicht Michel das wirkliche Ziel, sondern du! Und sie haben dich nur verpasst, weil Michel gerade ein wenig runterbremste. Könnte doch auch so gewesen sein, oder? Vergiss nicht, dass schon ein paarmal Anschläge auf dich geplant waren. Und wer hat dich da beschützt? Außerdem hat Betonmarie den Einsatz beantragt.«

»Die Gute. Die hat mich auch gefragt, ob ich nicht gemeint war, Jean. War ich aber hundertprozentig nicht. Ich hab's ja ganz genau gesehen. Vom Körperbau war es eine Frau, die vom Beifahrersitz aus auf Michel geschossen hat. Sie hielt die Pistole wahrscheinlich schon in der rechten Hand zwischen sich und dem Fahrer, an dessen Schulter sie sich mit der Linken abstützte. Als sie genau hinter Michel war, setzte sie ihm die Waffe in den Nacken unter den Helm, schoss, und bevor er auch nur umfallen konnte, folgten drei Schüsse in den Rücken und einer ins Herz. Das lief in einer Wahnsinnsgeschwindigkeit ab.«

Jacques ahmte die Reihenfolge der Schüsse mit seiner rechten Hand und ausgestrecktem Zeigefinger nach.

»Tak, taktaktak, tak. Da gibt's kein Vertun, für wen die Kugeln gedacht waren. Und bevor Michel umfiel und mit dem Motorrad über die Straße schlitterte, hatte der Fahrer schon Vollgas gegeben und war an dem taumelnden Toten vorbei. Ich traue es mich gar nicht zu sagen, aber es war hervorragende, nee, so kann man das nicht nennen, es war präziseste Millimeterarbeit!«

»Das müssen ausgesprochene Profis gewesen sein.«

»Ja. Auch der Fahrer. Der ist ganz behutsam an Michel rangefahren, sodass der es gar nicht gemerkt hat, und zwar so nahe ran, gerade eine halbe Armlänge weit, dass die Frau die Pistole genau aufsetzen konnte!«

Eine Kolonne schwarzer Limousinen, angeführt von einem Wagen mit Blaulicht, fuhr bis zur Polizeisperre. Leibwächter sprangen vor die hintere Tür des großen Renault und hielten den Schlag auf.

Justizminister Paul Lenoir, ein kleiner, hektischer Mann, sprang heraus und schaute sich kurz um. Sein Leibwächter deutete auf die Polizisten der Einsatztruppe, und Lenoir eilte auf Jacques zu.

»Bonjour, Monsieur le Juge, das ist furchtbar. Furchtbar! Gut, dass Ihnen nichts passiert ist.« Das schien jetzt die gängige Formel zu sein: Gut, dass Ihnen nichts passiert ist! »Wen hat es denn getroffen? Wer war dieser Untersuchungsrichter Michel Delabrue? Können Sie sich ein Motiv vorstellen?«

Jacques stellte dem Minister Kommissar Jean Mahon vor, zeigte mit dem Arm auf die weiter oben im Rinnstein liegende Leiche, die Gaston mit einer Decke verhüllt hatte, und wiederholte seine Schilderung des Ablaufs.Das Motorrad stand noch immer etwas abseits. Leute des Erkenntnisdienstes in weißen Plastikanzügen begannen gerade mit der Ermittlung.

Lenoir wandte sich an Jean Mahon. »Gehen Sie wirklich von einem gezielten Mord aus? Von Profikillern? Wir müssen sofort eine Ringfahndung ausrufen. … Ist schon angeordnet? Gut.«

Der Tatort in der Rue de Belleville war inzwischen von Polizisten mit gelb-schwarzen Absperrbändern weiträumig abgeriegelt worden. Neugierige hielten sich dezent fern, aber immer mehr Journalisten kamen, meist auf Motorrädern, und drängten sich so unkontrolliert vor, dass Jean Mahon den Männern seiner Einsatztruppe den Befehl gab, den Polizisten dabei zu helfen, Ordnung zu schaffen.

Nur Margaux bewegte sich ungehindert am Tatort, doch als sie den Justizminister sah, eilte sie, gefolgt von ihrem Fotografen, auf ihn zu. Sie kannten sich. Er grüßte sie freundlich, sie blieb betont nüchtern und bat um eine persönliche Einschätzung.

»Ein Verbrechen gegen die Justiz!« Der kleine Lenoir warf sich in die Brust und schaute Margaux' Fotografen genau in die Linse. »Die Republik ist herausgefordert, die Gerechtigkeit zu verteidigen. Ich habe mit dem Präsidenten der Republik telefoniert. Er verurteilt die gemeine Tat, den Mord an einem Untersuchungsrichter, auf das Schärfste. Wir werden die Mörder jagen, und seien Sie sicher, wir werden sie stellen.«

An der Stelle der Straße, an der die Medienmeute hinter den Absperrbändern ungeduldig scharrte, entstand lauter Tumult, als Lenoir mit Margaux sprach. Ein junger Mitarbeiter des Ministers flüsterte seinem Chef einige Worte zu,

Lenoir nickte, verabschiedete sich bei Margaux mit der Bitte um Verständnis und eilte zu den wartenden Journalisten.

Margaux nahm Jacques am Arm und zog ihn zur Seite. »Das wird morgen mein Aufmacher! Ich muss aber auch Michels Fall und den Drogenhandel über den Flugplatz Cahors erwähnen.«

Jacques zog eine verzweifelte Miene, schwieg aber. Er dachte nach.

Vielleicht … »Okay, kannst du machen. Aber vielleicht steckt die Drogenmafia hinter dem Mord. Könnte sein. Lass bitte die Geschichte mit dem Video vom Anruf des Verteidigungsministers weg. Das ist erstens noch nicht erwiesen, und wenn es sich bestätigt, dann ist es vermutlich eine politische Bombe. Ich will schauen, dass ich den Fall übernehmen kann. Denn ich halte es nicht für ausgeschlossen, dass die Geschichte vom Flughafen in Cahors und mein Fall mit den beiden Knallköppen, den du kennst, auf irgendeine Weise zusammenhängen.«

Jacques dachte an das Darknet, BlackHand und Haurus und die Möglichkeit, Mordaufträge zu bestellen wie beim Pizzadienst. Aber davon durfte er Margaux auf keinen Fall erzählen. Nicht einmal unter absolutem Schweigegelübde. Das könnte sie nie halten. Von wegen Aufmacher!

Kurznachricht

»Ich schicke dir ein Strichbildchen«, hatte Georgina angekündigt. Weil sie die Reinheit der französischen Sprache verteidigte, weigerte sie sich, das Wort Emoji zu benutzen. Das stamme aus dem Japanischen. E stehe aus irgendeinem Grund für Bild, und Moji bedeute dort Schriftzeichen. Knapp drei Minuten nach dem Mord an Michel Delabrue, den sie nur einen erfolgreichen Einsatz nennen würde, poppte auf dem Handy von H das kleine Bild einer grünen Wasserpistole auf, geschickt von einem anonymisierten Mobilgerät.

Nach der Ortsbesichtigung am Tag zuvor hatte Loic den beiden Agenten alpha ein scheinbar verrostetes Eisentor auf der linken Seite der Rue Henri-Turot, Ecke Boulevard de la Villette gezeigt. Die Scharniere waren unerwartet gut geschmiert. Georges müsse nur zwanzig Meter gegen die Einbahnstraße fahren. Durch das Gittertor würden sie in der Werkstatt von Ades Motos landen. Dort sei dann niemand außer ihm, erklärte der dritte Mann.

Georges schaffte die neunhundert Meter vom Tatort bis zu diesem Tor in weniger als zwei Minuten.

Loic hatte ihr Gepäck mitgebracht. Sie zogen sich um, liefen die wenigen Meter zur Metrostation an der Place Colonel Fabien, benannt nach dem Widerstandskämpfer Pierre Georges. Nimmt man die Initialen von **P**lace **C**olonel **F**abien, ergibt es **PCF**, genau wie **P**arti **C**ommuniste

Français, deren moderne, von dem berühmten brasilianischen Architekten Oscar Niemeyer entworfene Parteizentrale hier steht. Niemeyer gehörte ebenfalls der Kommunistischen Partei an, der brasilianischen.

Georgina und Georges warfen ihre Decknamen als Agenten alpha fort und kehrten von ihrem kurzen Ausflug in eine geheime Welt ins bürgerliche Leben zurück.

Sie würde am Abend wieder in der Vallée de la Vézère im Périgord noir sein und ihre Gänse mästen.

Er würde seine Braut in Nantes in die Garage stellen und mit seiner Frau das Grillfest am Wochenende vorbereiten.

Kaum hatte H das Bild von der grünen Wasserpistole gesehen, griff er zum abhörgeschützten Festnetztelefon und rief Colonel Pierre Zyram an. Sie wechselten nur einige scheinbar belanglose Sätze über das Wetter. Blitz und Donner sind vorbei. Sonnenschein, oder? Ja, herrlicher Tag. Keine Wolken am Himmel.

Das war morgens um halb zehn.

Nachruf des Präsidenten

Alle wichtigen Mitarbeiter des Präsidenten werden von einem Chauffeur ins Élysée gefahren, aber nur einer davon in einer gepanzerten Limousine – der Sicherheitsberater des Präsidenten Olivier Mazerolle. Bei ihm laufen nicht nur alle Stränge zusammen, die mit der Sicherheit des Präsidenten, des Élysée-Palastes und überhaupt mit der Sicherheitspolitik der Republik zu tun haben, Mazerolle ist auch derjenige, der den Präsidenten auf Reisen begleitet und den kleinen schwarzen Koffer trägt, mit dem der Präsident jederzeit einen Atomschlag auslösen kann.

Mazerolles schwerer Citroën bog gerade von der Rue du Faubourg Saint-Honoré durch das große Gitterportal in den Hof des Élysée-Palastes ein, als sich der juristische Berater des Präsidenten aufgeregt meldete. »Was sollen wir machen?«

Justizminister Paul Lenoir habe ihn eben angerufen. Ein Untersuchungsrichter sei vor einer halben Stunde in Belleville von einem Killerkommando erschossen worden. Klarer Auftragsmord.

»Weißt du mehr? Wer steckt dahinter? Terror, Islamisten?«

»Nein, nein, auf Terror deutet nichts hin. Also kein Alarm. Das sieht eher nach einer Abrechnung aus. Aufgesetzter Nackenschuss. Profiarbeit.«

»Wer kümmert sich drum?«, fragte Mazerolle. »Kennen wir den Richter? Hoffentlich dieser lästige Kerl, wie heißt er noch? Riboud?«

»Nein, da verwechselst du was. Die Ribouds sind doch die Besitzer von Danone. Milliardäre. Der Nervtöter, den du meinst, heißt Ricou. Der ist es aber leider nicht. Mir wurde ein Name wie Michel Delabrue oder so ähnlich genannt.«

»Sagt mir nichts.«

»Minister Lenoir ist auf dem Weg zum Tatort. Sag ich dem Präsidenten Bescheid? Oder machst du das?«

Der Wagen von Mazerolle war über den mit schwerem weißen Kies bestreuten Innenhof bis vor die rechte Seitentür des Palais gerollt. Ein Diener in schwarzer Kleidung und mit goldener Kette vor der Brust lief die wenigen Treppen hinab und zog den Schlag auf, sodass Mazerolle bequem aussteigen konnte. Noch bevor der Sicherheitsberater des Präsidenten die Stufen bis zur Tür erklommen hatte, war der Diener schon an ihm vorbeigeeilt und hatte den verglasten Türflügel für den hohen Beamten aufgezogen. Ganz in sein Telefongespräch vertieft, marschierte Mazerolle an dem hilfreichen Geist vorbei, ohne ihn wahrzunehmen oder sich gar mit einem Nicken zu bedanken.

»Was schlägst du vor?« Mazerolle hing dem Prinzip an, wonach jeder, der eine Frage stellt, auch eine mögliche Lösung liefern muss.

»Das kommt drauf an, ob der Präsident auch zum Tatort fahren sollte. Dann mach ich es.«

»Wegen eines Untersuchungsrichters? Es reicht schon, wenn Lenoir es macht. Lass mich das übernehmen. Ich werde erst mal in der Schreibstube Bescheid sagen. Sie sollen eine Erklärung vorbereiten, die der Präsident am Nachmittag aufzeichnen kann und die dann in den Abendnachrichten gesendet wird.«

In der Schreibstube des Präsidenten sitzen die Redenschreiber, meist Menschen mit großer humanistischer Bildung, weitgehenden Kenntnissen von Geschichte und Literatur und einem besonders feinen Sprachgefühl. Selbst politische Reden sollen nach Aussaat und Ernte riechen und einen Kirchturm läuten lassen. Nah am Menschen sein. Hier entsteht die Neujahrsansprache des Präsidenten, werden die Nachrufe auf Schauspieler wie Belmondo, Sänger wie Johnny Hallyday oder auf den von einem Terroristen ermordeten Lehrer Samuel Paty entworfen. Die »Feder des Präsidenten« muss das volle Repertoire beherrschen. Da fallen einige nüchterne Sätze zu einem ermordeten Untersuchungsrichter nicht allzu schwer.

Olivier Mazerolle eilte die Treppe hoch in sein Büro und gab dabei dem Chef der Schreibstube, genannt die »Feder des Präsidenten«, den Auftrag für den Nachruf auf den ermordeten Untersuchungsrichter. Wie der heißt? Hab ich vergessen. Einzelheiten erfährst du aus den Agenturen.

Dann setzte er ein kurzes Texto an das Smartphone des Präsidenten ab.

Ein neuer Fall für Jacques

Nachdem Michel Delabrues Leichnam in einem Polizeiwagen abtransportiert worden war, fuhren Jacques und Kommissar Jean Mahon mit Blaulicht, aber ohne Sirene zum neuen Justizgebäude. Dort eilten sie sofort in das Konferenzzimmer in der zweiunddreißigsten Etage, wo Gerichtspräsidenten Marie Gastaud die leitenden Mitarbeiter des Gerichts zur Krisensitzung geladen hatte.

Sie würde nicht lange dauern, da Betonmarie die Gabe hatte, Konferenzen knapp und ohne viel unnötiges Gerede zu lenken. Als sie jedoch Jacques, nachdem er den Mordvorgang genau geschildert hatte, fragte, ob er sich ein Motiv für die Tat denken könne, etwa von einem Fall wisse, der den Ermordeten besonders beschäftigt habe, wurde ihm leicht warm. Er hoffte, nicht zu erröten, und log.

Nein, er wisse nichts.

»Gab es vielleicht einen besonderen Grund, weshalb Sie sich zum Frühstück verabredet hatten?«

»Nein, Madame la Présidente. Wir sind alte Studienfreunde, die gar nicht so zufällig im gleichen Viertel wohnen.«

»Hat er vielleicht angedeutet, dass er etwas Besonderes mit Ihnen besprechen will? Macht man doch manchmal, wenn man an einem Problem zu knabbern hat. Ich kann mir gut vorstellen, dass Sie jemand sind, den man dann um Rat fragt.«

Jean Mahon las völlig unbeteiligt in seinem Smartphone. Jacques schüttelte nur den Kopf.

Betonmarie blickte ihren Untersuchungsrichter direkt an.

»Nein?«

Jacques schaute ihr mit unbewegtem Gesicht und ohne auch nur mit den Wimpern zu zucken geduldig und ruhig in die Augen.

»Nein.«

Er suchte nach einem Anzeichen, das ihm verriet, ob sie ihm glaubte. Aber die Gerichtspräsidentin hob mit stoischer Miene die Sitzung auf und bat Jacques beim Hinausgehen, sie in ihr Büro zu begleiten. Na ja, sagte er sich. Sie ahnt wohl doch was.

»Monsieur le Juge, lassen Sie uns kurz darüber nachdenken, wie die Arbeit von Delabrue in unserer Kammer verteilt werden könnte. Ich hoffe, Sie können mir dabei zur Hand gehen. Wollen wir beide uns erst einmal allein besprechen, oder sollen wir noch jemand dazubitten? Zumindest Delabrues Protokollantin, die wahrscheinlich den besten Überblick hat.«

»Wenn es Ihnen recht ist, würde Kommissar Jean Mahon erst einmal ausreichen.«

Sie nickte, er winkte Jean mit seiner Linken heran. In der Rechten trug er immer noch den ledernen Aktenkoffer von Delabrue, den er morgens aus der Satteltasche des Motorrads gezogen hatte.

Als die drei das Vorzimmer der Gerichtspräsidentin durchquerten, sagte Betonmarie, ohne einen Blick auf ihre Assistentin zu werfen: »Justine, machen Sie uns dreien bitte Kaffee. Für Monsieur Ricou vielleicht seine Spezialanfertigung mit Whisky. Er kann's gebrauchen.«

Meinte sie das ironisch? Justine schaute Jacques grinsend an, er zuckte mit den Schultern und lachte lautlos zurück.

In ihrem Büro setzte sich Marie Gastaud auf ihren angestammten Platz vor dem Fenster und winkte die beiden Männer auf die Stühle ihr gegenüber.

Jacques legte den Lederkoffer demonstrativ vor sich auf den Tisch und öffnete ihn.

»Dies hier ist der Aktenkoffer von Michel Delabrue. Ich habe ihn heute früh gleich nach dem Mord von seinem Motorrad geborgen und an mich genommen. Madame, gut, dass wir hier unter uns sind. Ich glaube, in diesem Koffer finden wir Hinweise auf den besonderen Fall, von dem er mir erzählen wollte. Und vielleicht finden wir dort auch das Motiv für den Mord an dem Untersuchungsrichter. Ich wollte das Thema vorhin in der Konferenz nicht vor allen ausbreiten. Sie wissen doch, wie schnell so was herumgeht und in der Presse landet.« Betonmarie sah ihn fragend an.

»Sie werden mich gleich verstehen«, fuhr Jacques fort, »denn die Sache hat auch mit hoher Politik zu tun. Vielleicht. Kurz gesagt geht es darum, dass ein Drogenkurier auf dem Flughafen von Cahors erwischt wurde. Delabrue gab daraufhin der Gendarmerie dort den Auftrag, von diesem Zeitpunkt an alle Flugbewegungen in Cahors zu kontrollieren. Ein Corbeau hat ihn nun vor Kurzem darüber informiert, dass die Kontrollen nicht mehr stattfinden, weil angeblich Verteidigungsminister Lacaze persönlich in einer Videoschaltung den Befehl gab, dies zu unterlassen. Das erschien Michel merkwürdig, er konnte es sich nicht erklären. Denn seitdem landen kleine Flugzeuge, die aus Spanien kommen, wieder regelmäßig in Cahors. Vermutlich Drogenkuriere. – Delabrue hatte mit dem Fall mehrere Probleme. Er wusste nicht, wie er mit dem Hinweis auf Lacaze umgehen sollte. Der Verteidigungsminister schützt doch keine Drogenkuriere, oder? Aber was sollte dann dieser Befehl? Außerdem fehlte Michel eine wirksame Unterstützung durch die Police judiciaire, was mit dem Fall Duclos zusammenhängt. Sie wissen schon, der Polizist, der sich von einem Drogenhändler bezahlen ließ.«

»Ich verstehe. Delabrue war doch hoffentlich nicht darin verwickelt?«

»Nein, nein. Aber Duclos sitzt jetzt hinter Gittern. Vielleicht hat er seinem Drogenkumpel von dem Fall erzählt? Deshalb habe ich Delabrue vor einigen Tagen vorgeschlagen, Kommissar Jean Mahon solle seinen Fall begleiten. Der war damit einverstanden, aber wir haben das bisher nicht offiziell beantragt, weil wir die Sache als nicht ganz so dringend einschätzten.«

Marie Gastaud warf dem Kommissar einen Blick zu. Jean nickte.

»Nun waren Michel und ich heute früh verabredet, weil er neues Material von seinem Corbeau erhalten hatte, das er mir zeigen wollte. Ich weiß noch nichts Genaues, denn er kam nicht mehr dazu. Wahrscheinlich muss ich mich erst einmal durch seinen Aktenkoffer wühlen. Ich schlage vor, Sie übertragen mir diesen besonderen Fall von Michel Delabrue. Die übrigen Vorgänge lassen sich sicher leicht auf andere Untersuchungsrichter verteilen.«

Justine kam leise mit drei Tassen Kaffee, stellte die erste vor Marie Gastaud und formte mit den Lippen heimlich die Worte »mit Whisky«, als sie die Tasse – natürlich ohne Whisky – vor Jacques absetzte. Er durfte nicht reagieren, obwohl ihr Witz ihn erheiterte.

»Ich habe es Ihnen angesehen, als Sie mir direkt in die Augen schauten und eiskalt verneinten, etwas über die Fälle von Delabrue zu wissen«, sagte die Gerichtspräsidentin. »Deshalb habe ich Sie jetzt zu mir gebeten. Gut. Sie übernehmen diesen Fall, und ich werde veranlassen, dass Jean Mahon für die Polizeiarbeit daran eingeteilt wird. Sie arbeiten ja ohnehin ständig zusammen.«

»Ich habe noch eine Bitte.« Jacques sah sie fast flehend an. »Halten Sie diese Regelung bitte geheim.«

Am frühen Nachmittag fand eine Pressekonferenz statt, bei der Jacques den Mordanschlag schilderte. Margaux war zu dem Termin nicht erschienen, für ihren Aufmacher wusste sie bereits mehr als alle anderen. Doch Jean Keppel, ein bissiger und unangenehmer Reporter für ein kritisches Nachrichtenportal und bei Gericht verhasst, fragte unerbittlich nach möglichen Hintergründen.

»Hatte Untersuchungsrichter Michel Delabrue einen besonders schweren Fall von Kriminalität zu bearbeiten?«

»Über seine Arbeit können wir jetzt noch keine Einzelheiten sagen, bitte lassen Sie uns noch etwas Zeit«, antwortete die Präsidentin des Gerichts.

»In Korsika haben Nationalisten den Präfekten erschossen. Sie heißt zwar die Insel der Schönheit, aber da scheinen Morde an Vertretern der Staatsmacht üblich zu sein. Hatte Delabrue einen Fall zu bearbeiten, der sich mit korsischen Banden befasst?«

»Davon ist mir nichts bekannt, Monsieur Keppel.«

»Dann bitte ich Untersuchungsrichter Jacques Ricou, die Frage zu beantworten. Und ich will sie ein wenig erweitern: Handelt es sich vielleicht um die korsische Mafia und Drogengeschäfte?«

»Monsieur Keppel, ich nehme an dieser Pressekonferenz nur als Zeuge des Mordanschlags teil. Die Fälle von Michel Delabrue kenne ich nicht.«

»Aber wie Sie selbst sagen, waren Sie mit Michel Delabrue zum Frühstück im Bistro verabredet. Über welchen Fall wollten Sie beide beraten?«

»Wir waren Freunde, die zusammen studiert haben. Da trifft man sich auch mal morgens zum Kaffee, ohne über die Arbeit zu sprechen.«

»Sie waren befreundet? Wie sehr denn? Wann haben Sie sich das letzte Mal mit ihm im Bistro getroffen? Und dann fällt mir noch etwas ein. Übernehmen Sie jetzt die Fälle von Delabrue?«

»Gemach, gemach. Versetzen Sie sich doch einmal in meine Lage. Wie würden Sie sich fühlen, wenn Ihr Freund gerade vor Ihren Augen erschossen worden ist? Sie haben vier Fragen auf einmal gestellt. Die ersten drei sind mir zu persönlich, sie haben mit dem Mord nichts zu tun. Die letzte Frage, wer die Fälle des Ermordeten übernehmen wird, muss ich an die Gerichtspräsidentin weitergeben.«

»Ich kenne die Fälle des Ermordeten noch nicht, Monsieur Keppel«, sagte Marie Gastaud, die ihre schlechte Laune sichtlich unterdrücken musste. »Vergessen Sie nicht, der Mord liegt noch nicht einmal einen halben Tag zurück. Nach reiflicher Prüfung wird die Leitung des Gerichts in den nächsten Tagen entscheiden, wie die Aufgaben des Ermordeten verteilt werden. Merci, Messieurs.«

Sie stand auf, schaute sich kurz um und nuschelte – scheinbar leise, aber für alle gut hörbar: »Schon merkwürdig, nur Herren unter den Gerichtsreportern.«

Das Konto in Mali

Fabienne hatte von alledem nichts mitbekommen. Und Jacques und Jean hatten sie völlig vergessen. Erst als Fabienne kurz nach halb fünf von ihrem Einsatz in Neuilly bei Françoise Bettencourt zurückkam, erfuhr sie von Martine, was morgens in der Rue de Belleville vorgefallen war.

Fabienne wartete vor dem Büro von Jacques, als er mit Jean Mahon aus der Pressekonferenz kam. Beide wirkten erschöpft. Aber sie konnte nicht warten, es platzte aus ihr heraus: »Ich habe das Konto in Mali.«

Ihre Aufregung war verständlich.

Aber Jacques sah sie nur müde an, wechselte Michels Lederkoffer von der Rechten in die linke Hand, fasste Fabienne freundschaftlich am Arm und sagte: »Verzeih, wir sind im Kopf noch ganz bei dem Mord an meinem Freund Michel Delabrue. Weißt du davon?«

Fabienne nickte betroffen und verstummte. Schweigend folgte sie Jean und Jacques in das Büro des Untersuchungsrichters.

Martine steckte mit einem fragenden Blick den Kopf durch die offene Tür. »Was ganz Wichtiges?«, wollte Jacques wissen. »Nee, kann alles warten. Will jemand einen Kaffee?« – »Nein danke.«

Bevor Martine die Tür schloss, rief ihr Fabienne zu: »Hast du ein Glas Wasser für mich?«

»Sicher. Kommt gleich!«

Jacques schaute kurz auf seinen Schreibtisch, dann drehte er seinen Bürostuhl so, dass er Jean und Fabienne gegenübersaß. Er gab der Polizistin ein Zeichen, und sie begann zu erzählen.

Als Fabienne am Morgen bei der Milliardärin Françoise Bettencourt eingetroffen war, hatte der Butler sie in ein Arbeitszimmer geführt, in dem ein großer Monitor für das Videogespräch stand. Madame käme gleich. Ob er einen Kaffee anbieten könne? Nein? Wasser und Gläser stünden auf der Anrichte.

Madame erschien nach einer Viertelstunde und erklärte in kurzen Worten und schlecht gelaunt, sie werde das Videogespräch nicht führen. Fabienne rief Margaux an, Margaux schreckte Louis de Mangeville auf, und der Senator setzte seine ganze Überzeugungskraft ein, um Françoise Bettencourt umzustimmen.

Inzwischen hatte Fabienne begonnen, den Computer und das Arbeitszimmer für die Aufzeichnung des Gesprächs mit dem Verteidigungsminister einzurichten. Insgeheim spielte sie ein Programm auf den Computer, das es den Fachleuten der Cybereinheit ermöglichen würde, sich einzuwählen, die technischen Daten der Übertragung des Gesprächs aufzuzeichnen und, wenn möglich, festzustellen, von wo aus der Verteidigungsminister sprach.

Die Videoschaltung war für drei Uhr angemeldet. Um eins war Fabienne mit den Vorbereitungen fertig. Um halb zwei führte sie der Butler in ein kleines Speisezimmer und servierte ihr ein leichtes Mittagessen.

»Nehmen Sie einen Wein zum Loup de mer? Ich hätte einen eleganten Bourgogne.«

»Nein danke.«

Um zehn vor zwei entstand Hektik, ein Referent des Ministers rief an. Das Gespräch müsse in einer Viertelstunde stattfinden und könne auch nur kurz dauern. Der Minister sei zum Präsidenten zitiert. Françoise Bettencourt eilte an den Computer, der Minister erschien auf dem Monitor, entschuldigte sich für die Eile und dass er ein wenig heiser spreche. Nach ein paar steifen Grußformeln fragte er, ob sie bereit sei.

»Bitte schreiben Sie: Ecobank Mali, Swift Code ECOCMLBAXXX, Konto: 76 555 0505 63.«

»Gibt's keine IBAN?«, wollte die Milliardärin wissen.

»Nein. In Mali nicht. Lesen Sie bitte noch einmal vor? Richtig. Verzeihen Sie meine Eile. Es wäre gut, wenn Sie in den nächsten zwei Tagen überweisen könnten. Geht das?«

»Wie viel?«

»Fünfzehn Millionen.«

»Und was noch mal, Dollar oder Euro?«

»Das ist ein wenig kompliziert. Es sollten Bitcoin im Wert von fünfzehn Millionen Euro überwiesen werden.«

»Bitcoin? Da wechselt doch ständig der Kurs.«

»Ja, eben mit dem Wert des Überweisungstages.«

»Hoffentlich wird Jean Lillet dann schnell freigelassen.«

»Au revoir, Madame.«

»Hat sie etwas gesagt, ob sie überweisen will?«, fragte Jacques.

»Nee, sie war sehr wortkarg mir gegenüber. Sehr wortkarg. Und richtig mieser Laune. Sie will mit dem Senator besprechen, wie es weitergehen soll.«

Und der wird Margaux fragen und sie dann mich, dachte Jacques. Er drehte sich zu seinem Schreibtisch um, nahm einen roten Filzstift in die Hand und einen gelben Block. Er schaute zuerst Fabienne, dann Jean an.

»Machen wir mal Bestandsaufnahme. Was hat dein Einsatz bei der Bettencourt gebracht. Du hast also die Kontonummer?«

»Ja, bei der Ecobank in Mali. Ich habe die Angaben mitgeschrieben.«

»Das ist toll. Damit hat es sich schon gelohnt. Trotzdem merkwürdig. Sie soll Bitcoin überweisen.«

»Na ja, Bitcoin ist die ideale Währung für Geldwäsche«, merkte Jean an.

»Trotzdem merkwürdig, dass die Bitcoins direkt auf ein Konto überwiesen werden sollen. Wie auch immer! Zweite Frage, Fabienne: Konntest du das Gespräch aufzeichnen?«

»Ja, und zwar beide Gesprächspartner. Den Minister direkt über den Monitor, Françoise Bettencourt mit einer Kamera, die ich auf sie gerichtet hatte.«

»Super. Damit haben wir den Beleg für das, wie ich finde, sehr merkwürdige Vorgehen von Lacaze. Was immer dahinterstecken mag. Aber jetzt musst du uns mal erklären, was du über die Cyberspezialisten noch in die Wege geleitet hast. Oder ist der Begriff falsch – die Cyberpolizei?«

»Cyberpolizei wäre wahrscheinlich richtiger. Was uns vor Augen führt, dass wir selbst kräftig aufrüsten müssten. Pardon, Jean.«

Fabienne schaute ihren Chef ein wenig verzweifelt an, errötete leicht und machte mit beiden Händen eine Geste, die ausdrücken sollte, so sei es halt.

»Mir wird immer wieder klar«, erklärte sie, »dass wir noch wie in der Steinzeit à la Sherlock Holmes mit der großen Lupe arbeiten. Die Behörden für die Kontrolle von Schwarzarbeit und die zur Bekämpfung der Cyberkriminalität sind uns um Jahrtausende voraus.«

»Das ist wirklich absurd«, sagte Jean, »seit mehr als hundert Jahren sind wir von der Police judiciaire zuständig für die Jagd nach Kriminellen und berühmt für unsere Erfolge. Angefangen mit den Banditen von Hazebrouck, sechzig Räubern, die Höfe überfielen, über die Chauffeure von der Drôme, die zwei Dutzend alte Menschen gefoltert, ausgeraubt und ermordet haben bis hin zur Karawane vom Pépère, der Raubbande vom ›Großväterchen‹. Und dann schafft die Bürokratie eine von uns unabhängige Abteilung zur Bekämpfung der Cyberkriminalität.«

»*C'est la vie,* so ist das Leben.« Jacques lachte spöttisch auf. »Ihr jagt die Kriminellen der alten Art, ungewaschene Taschendiebe, Juwelenräuber, stinkende Mörder und schmutzige Verbrecher. Die Cyberleute sind nur hinter den gut parfümierten Leuten mit weißem Kragen und guten Mathekenntnissen her.«

»Das hat sich wieder so ein theoriebesessener Idiot im Verteidigungsministerium ausgedacht, der von der ENA kommt und von praktischer Polizeiarbeit keine Ahnung hat, aber von seinem Kumpel, dem Minister, mit dem er in einem Jahrgang war, mit dem Posten als Präfekt belohnt wurde. *Putain de merde!*«, fluchte der Kommissar.

»Jean, wir werden das auch nicht ändern.« Jacques schaute Fabienne ernst an: »Was bedeutet das in diesem Fall?«

»Ich habe bei beiden Behörden Leute angespitzt, die ich kenne, und habe ihnen den Zugang zu meinem Programm auf dem Computer der Bettencourt ermöglicht. Ihre Aufgabe war, so viele Informationen wie möglich über den Videoanruf zu sammeln.«

»Und hast du schon etwas von ihnen gehört?«, fragte Kommissar Jean Mahon.

»Nein. Das dauert vielleicht noch ein oder zwei Tage. Sie haben mir erklärt, sie würden die Erkenntnisse aus diesem Vorgang mit Daten aus ähnlichen Vorgängen vergleichen, in der Hoffnung, dass sie dadurch auf weitere Spuren stoßen.«

»Können wir uns das Video mal ansehen?«, fragte Jean.

»Jederzeit. Aber ich würde die beiden Aufnahmen gern erst einmal zusammenschneiden. Dann wirkt das Gespräch besser.«

»Mach das!«, erwiderte Jacques. »Ich habe jetzt sowieso nicht den Nerv, mir das anzusehen. Ich will erst einmal in den Koffer von Michel eintauchen. Einverstanden?«

Jean nickte und stand auf, Fabienne winkte mit der Hand einen Abschiedsgruß und ging.

»Wir können nachher ja noch mal telefonieren«, schlug Jean vor. »Ich kann den Tag nicht so offen enden lassen.«

Jacques schaute auf seine Armbanduhr. Es war Viertel nach fünf.

»Ja, gern. Aber dann wirklich erst später. Ich muss mich erst einmal sortieren.«

Er zeigte auf den Koffer von Michel und stieß einen lauten Seufzer aus.

Margaux’ Recherche

Chefredakteur Jean-Marc Real hielt wieder einmal eine nicht angezündete Gitane aus gelbem Maispapier in seiner Rechten, mit der er Margaux, die vom Tatort zurückkehrte, bedeutete, sie möge still in der laufenden Redaktionskonferenz Platz nehmen.

Jean-Marc machte ein ernstes Gesicht und nickte dem Auslandschef zu fortzufahren. Doch bevor dieser ansetzen konnte, räusperte sich Margaux, als wollte sie das Wort ergreifen, aber Jean-Marc winkte mit ärgerlichem Blick und einer so heftigen Handbewegung ab, dass ihm die Gitane aus den Fingern flog. Erlösendes Gelächter.

»Kommst gleich dran!«, rief der Chefredakteur Margaux zu, hob die Zigarette vom Boden auf und nickte dem Auslandschef zu. Bitte.

Der erklärte den Aufmacher von morgen: In Mali hatte das Militär wieder einmal geputscht und verkündet, für die Ausbildung der eigenen Armee die russische Söldnertruppe »Wagner« ins Land zu holen, Putins Schattenarmee. In Wirklichkeit wollten sich die Putschisten damit vor einem weiteren Umsturz schützen. Die erste Reaktion des französischen Verteidigungsministers Lacaze lautete, wie zu erwarten: Dann würden die Basen der französischen Armee in der Sahelzone geschlossen und die viertausendfünfhundert Soldaten der Anti-Terror-Einheit »Barkhane« abgezogen.

Als sich die Diskussion über den Umgang mit diesem Thema in die Länge zog, bedeutete Margaux ihrem Chefredakteur: Nachher komme ich zu dir, dann besprechen wir alles! Sie schlüpfte aus der Konferenz und ging in ihr Büro, um sich eine Struktur für die von ihr geplante Serie zum Mord an Michel Delabrue auszudenken. Davon würde sie gleich Jean-Marc überzeugen müssen.

Und eines war ja klar: Der Aufmacher würde morgen der Mord an dem Untersuchungsrichter sein und nicht Mali. Wer interessierte sich schon für ein Stück Sandwüste, selbst wenn es doppelt so groß war wie Frankreich? Vielleicht würde Mali in ihrer Serie am Ende auch noch vorkommen. Falls die Sache Jean Lillet dann reif war.

Eine halbe Stunde später steckte Jean-Marc seinen Kopf zur Tür herein, hielt seine Gitane hoch, steckte sie scherzhaft in den Mund und deutete einen tiefen Zug an. Komm rüber!

Doch in diesem Augenblick klingelte Margaux' Mobiltelefon. Louis de Mangeville.

»Ich muss da rangehen. Irre wichtig. Komme gleich.«

»Hast du schon gehört?«, sagten Margaux und der Senator gleichzeitig.

»Was meinst du?«, fragte er.

»Den Mord an dem Untersuchungsrichter.«

»Doch nicht Jacques?« Louis erschrak.

»Nein, Gott sei Dank nicht. Aber ein Freund von ihm.«

»Weiß man, warum? Und wer?«

»Ich sitze gerade an der Story. Möglicherweise eine Drogengeschichte, in der Lacaze übrigens auch eine kleine Rolle spielt. Es war ein klarer Auftragsmord. Der Killer kam auf dem Motorrad, fünf präzise Schüsse, der Richter tot und die Mörder weg. Aber was meintest du?«

»Putsch in Mali. Lacaze hat gerade vor unserer Fraktion im Senat berichtet. Er deutete an, Frankreich werde jetzt hart reagieren, Soldaten abziehen, Wirtschaftshilfe einfrieren.«

»Hast du ihn wegen der Sache Jean Lillet angesprochen?«

»Um Gottes willen, das kann ich doch nicht. Davon darf ich ja eigentlich nichts wissen. Außerdem war ich nie allein mit ihm. Aber kannst du Jacques Ricou Bescheid sagen, dass ich Françoise Bettencourt angerufen und ihr geraten habe, sie soll bloß kein Geld überweisen?«

»Mach ich.«

»Halt mich auf dem Laufenden, wenn sich was tut.«

»Sobald ich davon erfahre. Aber im Moment bin ich an dem Mord an dem Untersuchungsrichter dran. Vermutlich wird das 'ne Serie. Lies morgen mal rein.«

»Und Margaux …« Louis machte eine kleine Pause.

»Ja, ist noch was?«

»Können wir uns nicht mal wieder zu einem wirklich privaten Dîner verabreden?«

»Aber Louis!« Margaux zog seinen Namen lang und betonte ihn vorwurfsvoll.

»Ist schon gut. War nur so'n Versuch. Halt, häng nicht auf! Ich habe noch eine unglaubliche Geschichte, für die du mich eigentlich belohnen müsstest. Du wirst sie lieben. Wir verstehen doch nicht, warum Lacaze von Privatleuten wie Familie Lillet und Françoise Bettencourt Millionen für das Lösegeld einsammeln will, angeblich, weil der Staat kein Lösegeld zahlt. Und das privat gelöhnte Lösegeld soll später zurückgezahlt werden. Diese Begründung ist deswegen so merkwürdig, weil das Geld vorhanden ist. Und warum? Weil der Geheimdienst DGSE über eine Geheimkasse verfügt, in der möglicherweise Hunderte von Millionen verborgen liegen. Das Geld kommt aber im staatlichen Haushalt nicht vor.«

»Woher weißt du das?«

»Ich hatte so eine vage Erinnerung, da mal was gehört zu haben, und habe deshalb den Senatsdienst gebeten, mir ein Dossier zusammenzustellen. Das war nicht schwer, denn dazu existiert ein Bericht der *Cour des comptes,* des Rechnungshofes. Die Millionen liegen auf vielen Konten, verteilt über die ganze Welt.«

»Wie viel hast du gesagt?«

»Hunderte von Millionen!«

»Irre! Und wozu?«

»Der Zweck lautet angeblich: Die Existenz der staatlichen Organe Frankreichs soll auch während einer globalen Krise gewährleistet werden können, etwa im Fall einer Invasion oder der Zerstörung durch einen Atomschlag. Der Geheimfonds soll nicht der Finanzierung laufender Ausgaben dienen.«

»Und wo kommt das Geld her, wenn es nicht im Staatshaushalt verzeichnet ist?«

»Eine lange Geschichte, die du mir kaum glauben wirst. Aber sie stimmt! Nach dem Ersten Weltkrieg wurde dem Deutschen Reich im Versailler Vertrag von 1919 auferlegt, Frankreich Reparationen zu zahlen. Davon lief ein Teil damals schon in die schwarze Kasse des Geheimdienstes. Nach dem Zweiten Weltkrieg stockte man aus Angst vor einer russischen Invasion Frankreichs den Fonds noch einmal auf.

Und in den letzten Jahrzehnten waren Agenten in Genf beauftragt, das Geld zu mehren und so anzulegen, dass man jeden Tag über größere Summen verfügen könnte. Denn aus diesem Fonds wurden, obwohl das verboten war, auch geheime Aktionen bezahlt. Immer dann, wenn man es für nötig hielt, die Langsamkeit der Verwaltung oder in anderen Fällen eine eigentlich notwendige politische Zustimmung zu umgehen. Und manchmal sogar, um die Spur des Geldes zu verschleiern.«

»Wo haben die Agenten in Genf investiert? Oder haben sie etwa an der Börse spekuliert?«

»An der Börse haben sie gespielt und angeblich auch mal so riskant, dass sie ein paar Millionen verloren haben.«

»Wie ich solche Typen kenne, haben sie es in Wirklichkeit für sich abgezweigt.«

»Höchstwahrscheinlich. Sie haben aber das Geld auch in allerlei Unternehmen angelegt. Sogar in Modehäuser!«

Margaux lachte laut auf. »Kann ich das Dossier haben?«

»Gern, es ist nicht geheim. Und ein bisschen was darüber hat vor ein paar Jahren auch schon in der Presse gestanden.«

»Aber offenbar hat es keine großen Wellen geschlagen. Ich lasse das bei uns im Zeitungsarchiv mal suchen. Aber warum versucht dann Lacaze, bei Leuten wie Bettencourt Millionen für das Lösegeld für Jean Lillet einzusammeln?«

»Daran scheint irgendetwas faul zu sein.«

»Nur was? Und wann kann ich das Material haben? Kannst du es scannen und mir schicken?«

»Nee, bekommst du bei unserer nächsten Dînerverabredung.«

»Doofkopp.«

Das wird mein Glanzstück, dachte Margaux. Eine Riesenserie! Sie nahm ein weißes Blatt Papier und begann, Stichworte untereinander zu schreiben.

Aufmacher für den nächsten Tag musste der Mord am Untersuchungsrichter werden. Am Tag darauf würde der mögliche Grund für den Mord folgen: die Drogentransporte über den Flughafen Cahors-Lalbenque.

Dieser Teil der Geschichte war sicher genug für zwei Tage. Wann könnte sie das Videogespräch von Lacaze und seinen Befehl an die Gendarmerie von Cahors verwerten, die Flugbewegungen nicht mehr zu beobachten?

Am Flughafen Cahors stand normalerweise auch das Flugzeug, das Jean Lillet ab und zu mietete. Es dürfte sowieso nicht mehr lang dauern, bis dessen Entführung öffentlich wurde. Dafür wussten inzwischen zu viele Leute davon. Die Telefonate von Lacaze mit der Familie Lillet und deren reichen Freunden, etwa Françoise Bettencourt, trugen die Serie mehrere Tage.

Ein Höhepunkt wäre dann die Sache mit der schwarzen Kasse des Geheimdienstes. Dazu musste Lacaze ihr ein Interview geben. Da würde er nicht drum herumkommen. Zur Not musste der Senator Druck machen. Damit würde es Margaux sogar in die Zwanzig-Uhr-Nachrichten schaffen. Und vielleicht auch wieder einen Journalistenpreis einheimsen.

Noch nicht verwertet war dabei die Geschichte der Knallköppe, von der Jacques meinte, sie weite sich aus.

Ein weiterer Teil ihrer geplanten Serie könnte die allgemeine Thematik Politiker und Videogespräche sein, dazu würde sie die Videoschaltungen von Lacaze mit dem Fall des Grünen-Chefs Nicolas Bulot und seinem Videoauftrag an die Künstleragentur von Broissia junior verbinden. Ihre Theorie: Ein bewegtes Bild vermittelt größere Autorität als ein Wort am Telefon.

Es dauerte keine fünf Minuten, und der Chefredakteur stimmte zu, die Zeitung am nächsten Tag mit dem Mord an dem Untersuchungsrichter aufzumachen.

Wer interessierte sich schon für den x-ten Putsch in einem Stück Sandwüste in Westafrika?

Nach zehn Minuten genehmigte er die Serie.

Nach fünfzehn Minuten sprang Jean-Marc Real auf, legte die ungerauchte Gitane zurück in die Zigarettenschachtel, lief zwischen dem Fenster und seinem Tisch hin und her.

Übernervös überschüttete er Margaux mit einem Wortschwall: »Du bist sensationell! Wenn wir das richtig spielen, dann war's das für Lacaze. Ich möchte mal wissen, wofür er das Geld einsammelt. Vielleicht plant er, bei der nächsten Präsidentschaftswahl anzutreten, und will sich einen Kriegsschatz zulegen? So 'ne Wahl kostet gut fünfzehn bis zwanzig Millionen. Den kippen wir!«

Sie hatte nichts vor ihm verborgen. Von wegen Geheimfonds!

»Ich erzähle dir das alles im Vertrauen, aber es darf niemand erfahren, auch niemand in der Redaktion, bevor ich es freigebe.«

Margaux stand auf, stellte sich ihrem herumtigernden Chef in den Weg und streckte ihm ernst die Hand entgegen. »Versprich es mir in die Hand.«

Er griff zu und drückte ihre Finger lange und fest. »Ich verspreche es.«

»Ich habe freie Hand?«

»Du hast freie Hand.«

Zurück an ihrem Schreibtisch, begann sie zu wirbeln und vergab zahlreiche Rechercheaufträge.

Schließlich rief sie Yves an, einen Fotografen aus Bordeaux. Er hatte sie vor einigen Jahren ins Schloss Les Milandes begleitet, für jenes Porträt über Jean Lillet, das dann nur auf der letzten Seite ihrer Zeitung mit einem belanglosen Foto von Jean Lillet gedruckt worden war.

»Salut, Margaux, *ma belle,* wie schön, dass du anrufst. Lange nichts mehr von dir gehört. Und ich hoffe, du hast einen Auftrag für mich, hier ist es dumpf und dunkel.«

»Ja, es könnte sich für dich lohnen.« Margaux kam gleich zur Sache, sie hatte jetzt keine Zeit für ein langes Schwätzchen. »Hast du Stift und Papier?«

»Habe ich, schieß los.«

»Es geht um das Château Les Milandes und seinen Besitzer. Du erinnerst dich.«

»Klar, der verrückte Beduine. Jean Lillet.«

»Ich brauche erstens Aufnahmen von ihm. Hast du ihn damals auch in dem absurden Berberdress aufgenommen?«

»Ja, habe ich. Weil wir ja dachten, es würde eine richtig große Geschichte, habe ich ihn auch mit seinen beiden Leibwächtern in Kaftan und mit Turban fotografiert.«

»Ich brauche alles, was ich bekommen kann. Aber ich habe noch eine zusätzliche Bitte. Hast du ein paar Tage Zeit?«

»Gern. Das kann ich einrichten.«

»Gut. Dann würde ich dich bitten, zum Schloss zu fahren und dort vielleicht noch die eine oder andere Postkarte vom Château Les Milandes und besonders von seinen traumhaften Gärten zu machen. Und wenn es geht, erkundige dich doch einmal ganz vorsichtig im Dorf Castelnaud nach dem Schloss und nach Jean Lillet.«

»Jean Lillet?« Yves machte eine längere Pause. »Gibt es etwas Spezielles, was du wissen willst?«

Das kurze Zögern von Yves beim Namen Jean Lillet machte Margaux stutzig.

»Stocher ein wenig rum, was die Leute dort von ihm halten. Was sie über ihn reden, ob es Anekdoten gibt. Für das kleine Örtchen ist er ja doch wohl sehr speziell.«

»Exotisch!«

»Ja, falls er dort als Mansa Musa auftritt …«

»Als was, bitte schön?«

»Als reicher König von Mali. Hast du damals nicht mitbekommen, dass sein Traum ist, Nachfolger von Mansa Musa zu werden? Mansa Musa war im 14.Jahrhundert König von Mali und angeblich der reichste Mann der Welt. Er soll eine Reise nach Mekka mit Tausenden Dienern und Tonnen von Gold unternommen haben.«

»Kannst du mir vielleicht eine Tonne Gold als Vorschuss schicken? Ich werde sicher ein paar Tage unterwegs sein. Dreitausend Euro?«

»Das kriege ich nicht durch. Zweitausend auch gut?«

»Besser als nichts. Bin schon unterwegs! *Je t'embrasse.*«

Margaux beendete die Verbindung, ging in die Honorarabteilung und ließ das Geld sofort online überweisen. Als Zeichen des Respekts vor Yves.

Abendnachrichten

Die *piscine* leerte sich meist schon gegen fünf Uhr abends. Geheimagenten waren eben auch nur Beamte.

Aber Colonel Pierre Zyram blieb meist ein wenig länger. Immerhin war er Abteilungsleiter.

Er führte, ehe er seinen Dienst für heute beendete, noch ein Telefonat mit der Kriminalpolizei in Annecy, Hauptstadt des Départements Haute-Savoie, die zuständig war für die Bearbeitung des Mordes an dem Bistrowirt von Lucinges, Daniel Forestier.

Die tschetschenische Spur hatten die Ermittler mittlerweile aufgegeben, denn die von Forestier als Sicherheitsleute bei der Familie von Amadou Traore, des ehemaligen Präsidenten von Mali, in der Schweiz eingesetzten Tschetschenen waren seit dem Mord an ihrem Vermittler arbeitslos. Forestier war tot und Amadou Traore mitsamt seiner Familie verschwunden.

Jetzt bin ich gespannt, ob Traore in den nächsten Tagen in Bamako auftaucht, dachte Zyram, falls der Putsch erfolgreich sein sollte. Vielleicht beteiligt sich der abgesetzte Präsident am Spiel um die Macht in Mali.

Zyram ließ sich mit General Roche verbinden, der in Eile war. »Ich habe meinen Mantel schon an, gibt's was Wichtiges? – Ob ich etwas über den Verbleib von Amadou Traore weiß? Nein, ist der verschwunden? – Aber vielleicht rufen Sie mal die Schweizer Kollegen an. Die müssten das doch mitbekommen haben. *Bonne soirée,* schönen Abend.«

Zyram legte auf, packte das iPad in seine Aktentasche und lief die fünf Minuten bis zur Metrostation Porte des Lilas. Dort quetschte er sich in den nächsten Zug Richtung Chatelet, stieg an der Station République um in einen vollen Wagen der Linie M 9 Richtung Pont de Sèvres und fuhr bis zum Trocadero. Aus Gewohnheit wählte er den Ausgang zur Avenue Raymond Poincaré und stieg vor dem *Café Malakoff* ins angenehm helle Abendlicht.

Als er den Schlüssel in seine Wohnungstür steckte, schaute er auf die Uhr. Zweiundvierzig Minuten. Guter Durchschnitt. So lange brauchte er meist. Manchmal fünf Minuten weniger, manchmal zehn Minuten mehr.

Ein milder, aber betörender Duft von Muscheln, Knoblauch, gedünsteten Zwiebeln schwebte ihm entgegen, ein wenig roch er auch Fenchel, Lauch und Fisch heraus. Er stellte die Tasche ab und eilte in die Küche. Auf dem Tisch stand ein halbes Glas Weißwein.

»*Mais*, Madame, Sie verwöhnen mich!«, rief er aus, und da Nadine gerade sehr konzentriert einige rötliche Safranfäden mit den Fingerspitzen über den Sud in dem großen Topf verstreute, beugte Pierre sich seitwärts über ihre rechte Schulter und gab ihr einen Kuss auf die Wange. Merci!

»Gibt es etwas zu feiern?«

»Hol dir ein Weißweinglas und geh an den Kühlschrank, nimm die offene Flasche, gieß ein und genieße. Sechs Flaschen – ein Geschenk von Riad Salame.«

Nadine drehte sich kurz zu ihrem Mann um und strahlte ihn an. Pierre nahm das Glas aus dem Wandschrank, goss sich ein. Er nippte an dem Wein, behielt den Schluck lang in seinem Mund und schloss genussvoll die Augen, versuchte, die Aromen herauszuschmecken. Schließlich ließ er den Wein mit einem Laut des Wohlgefallens die Kehle hinabgleiten.

»Und?« Nadine schaute ihn mit neugierigen Augen an.

»Unglaublich. Ich könnte dir nicht sagen, was ich alles schmecke, die Abstimmung der einzelnen Aromen ist so fein, dass ich keines festmachen kann.«

Obwohl er den Wein längst hinuntergeschluckt hatte, betörte der Geschmack immer noch Mundhöhle und Kehle. Ein sehr langer Abgang. Mit der Zunge schnalzend, kostete der Colonel nach. Er nahm die Flasche hoch und las das Etikett. Ein Montrachet Grand cru 2017 namens Marquis de Laguiche von der Domaine Joseph Drouhin. Vierzehn Prozent Alkohol. Vor fünfundzwanzig Jahren waren es vermutlich noch dreizehneinhalb. Die Klimaerwärmung lässt den Zuckergehalt in den Trauben steigen. Und macht uns besoffen.

»Sechs Flaschen! Ich habe natürlich gleich in der Wein-App nachgeschaut. Rate mal!«

»Viel?«

»Schmeckt man doch!«

»Ganz viel. Dreihundert?«

»Mehr.«

»Fünfhundert?«

»Siebenhundert Euro die Flasche!«

»*Putain!* Irre. Und was hat Salame zu diesem wahnsinnigen Geschenk veranlasst?«

»Glück. Ich habe Glück gehabt. Nach unserem Abendessen im *Plaza* habe ich die Unsummen, die er bei mir am nächsten Tag angelegt hat, auch noch schnell vermehrt. Darunter waren Bitcoin im Tageswert von rund fünfzehn Millionen Dollar. Gekauft hatte er sie vor drei Monaten für neun. Da habe ich ihm empfohlen, die zu verkaufen. Ich halte überhaupt nichts von Spekulation mit Kunstgeld. Spielgeld! Zuerst hat er gezögert, die Bitcoin könnten doch noch weiter steigen. Dann hat er zugestimmt. Als ich die Order zum Verkauf durchgab, lag der Wert sogar bei knapp über sechzehn.«

»Nicht schlecht. Sieben Millionen in ein paar Wochen.«

Pierre Zyram schlürfte genießerisch einen weiteren kleinen Schluck Montrachet aus dem Glas.

»Und noch besser. Am nächsten Tag stürzte Bitcoin um fast dreißig Prozent ab, weil China den Handel mit dieser Kunstwährung verboten hat. Salame brachte die Kiste Wein persönlich vorbei und nannte mich seine Pythia.«

Nadine servierte die Bouillabaisse am Esstisch, und als die Flasche Marquis de Laguiche 2017 leer war, hob Pierre sie hoch und schaute seine Frau fragend an. Als sie zustimmend nickte, holte er eine zweite Flasche aus dem Kühlschrank und schaltete, als er zurückkam, den Fernseher an.

»Nachrichten.«

»Muss das sein?«

»Ja, es hat in Mali einen Putsch gegeben, der interessiert mich wegen einer Sache, mit der ich zu tun habe.«

Die blonde Moderatorin von France 2 verkündete den Nachrichtenüberblick: der Mord an einem Richter in Paris, die Ankündigung eines plötzlichen Streiks der Eisenbahner, die Erhöhung des Benzinpreises …

»Schwachsinn! Nix über Mali?« Pierre wechselte mit der

Fernbedienung auf TF1. Der Moderator bot eine andere Reihenfolge an, bei der der Putsch in Mali erst weit hinten kam. Pierre drückte wieder die Taste für France 2. Die Moderatorin mochte er lieber.

Die erste Reportage in der Sendung hatte gerade begonnen, mit Bildern von Polizisten, die in der gesperrten Rue de Belleville mit weißen Planen den Blick auf den Körper des getöteten Untersuchungsrichters Michel Delabrue versperrten. Als Zeuge des Geschehens schilderte Untersuchungsrichter Jacques Ricou in die Kamera, wie Delabrue vor seinen Augen kaltblütig erschossen worden war. Der Mörder war seiner Wahrnehmung nach eine schmächtige Frau, die vom Hintersitz eines Motorrades aus mit der Pistole äußerst genau auf den Kopf und den Körper von Delabrue geschossen hatte. Weil sie Integralhelme trugen, konnte Ricou die Täter, die auf dem Motorrad sofort geflohen waren, nicht beschreiben.

Pierre, der völlig unbeteiligt tat, zog den Korken aus der Weinflasche und goss ihnen ein. Nadine schaute wie versteinert auf den Bildschirm. Ihr wurde heiß. Erschrocken atmete sie tief ein und warf kurz einen Seitenblick auf ihren Mann. Das war doch die Tat, die der Präsident persönlich bei Pierre in dem Video angeordnet hatte!

In der Nachrichtenreportage sah man Justizminister Paul Lenoir am Tatort, umgeben von Polizisten, und schließlich erschien ein Bild des Élysée-Palastes.

Der Präsident schaute den Zuschauer mit ernstem Gesicht an. Er stand vor einer Bücherwand, neben sich die Trikolore und die blaue Fahne Europas, und verurteilte den Anschlag auf den Untersuchungsrichter aufs Schärfste.

»Der Mordanschlag auf Richter Michel Delabrue ist ein

Angriff auf den Staat. Schon Charles de Montesquieu sagt, der Richter ist nichts anderes als das Organ, durch das sich das Recht ausdrückt. Und der Staat beruht auf Körperschaften wie der Justiz, die für das Einhalten unserer republikanischen Werte Freiheit, Gleichheit und Brüderlichkeit sorgen. Der Mord an dem Richter wird nicht ungesühnt bleiben.«

Nadine war verwirrt. Wie verlogen! Sie hatte doch selbst das Video gesehen, in dem der Präsident mit strenger Miene Pierre den Auftrag für den Mord gab. Es sollte wie ein Auftragsmord aussehen, hatte er befohlen. Fünf genau vorgegebene Schüsse. Und mit genauso ernster Miene verurteilte er jetzt den Anschlag, der »nicht ungesühnt bleiben« werde.

Sie nahm einen großen Schluck Wein, ohne ihn zu schmecken. Und noch einen, um sich zu entspannen.

Sollte sie einfach so tun, als wäre nichts? Oder zugeben, dass sie Pierres iPad durchstöbert und das Gespräch mit dem Präsidenten in voller Länge gesehen hatte?

Pierre schaute die Nachrichtensendung weiter konzentriert an, bis der Bericht über den Putsch in Mali kam. Der Reporter von FR2 in Bamako zeigte allgemeine Bilder aus Mali, von der Armee, konnte aber die neuen Machthaber noch nicht vorstellen. Pierre seufzte und schaltete das Programm aus.

Er blieb kurz sitzen und stierte vor sich hin. Weshalb hat der Präsident angekündigt, der Mord an Delabrue werde nicht ungesühnt bleiben?

Vielleicht wollte er sich reinwaschen oder gar jemandem die Tat in die Schuhe schieben? Pierre hielt alles für möglich. Nichts Hinterlistiges war ihm als Chef des *service action* im Geheimdienst fremd. Gut, dass er so klug gewesen war, das Gespräch aufzuzeichnen.

Er nahm sein Glas und trank es aus.

Währenddessen stand Nadine auf und begann, den Tisch abzuräumen. »Ich kann nicht mehr. Lass uns heute bitte früh ins Bett gehen.«

Pierre schlief unruhig. Mitten in der Nacht wurde er wach und drückte, weil er nicht wieder einschlafen konnte, auf die Schlummertaste seines Weckers, um zu sehen, wie spät es war. Das Zifferblatt leuchtete hell auf. Zwei Uhr achtundzwanzig.

Nadine fragte aus dem Dunkeln: »Bist du noch wach?«

»Ja. Warum?«

»Ich habe nachgedacht. Wir haben doch vorhin die Reportage über den Mord an diesem Untersuchungsrichter gesehen.«

»Ja, schreckliche Sache.«

»Zum Schluss hat der Präsident die Tat verurteilt. Das gehört sich ja wohl so. Findest du nicht?«

»Ja, und ich fand sein Zitat von Montesquieu sehr passend. Der Richter ist der Mund, durch den der Staat spricht. Oder so ähnlich. Jetzt hat ihn jemand mundtot gemacht.«

»Aber mir ist dabei etwas aufgefallen.« Nadine stopfte sich ihr großes Kopfkissen in den Rücken und lehnte sich an das Polster. Im Dunkeln fühlte sie sich freier, ihre Zweifel in Worte zu fassen.

»Du hast mir doch mal das Video gezeigt, als der Präsident mit dir sprach. Da ging es um irgendein Dekret.«

»Ja, und das war ja auch so geheim, dass er es nicht einmal …«

»Schon gut. Ich weiß ja nicht, worum es ging, aber ich fand, heute sah er anders aus.«

»Wie meinst du das? Heute stand er. Bei mir saß er, was bei einem Videogespräch ja auch logisch ist. Heute war er wahrscheinlich gut geschminkt, weil er zum Volk sprach.«

»Ja, aber das meine ich nicht. Wir werden ja von den IT-Fachleuten unserer Bank ständig vor Betrügern gewarnt. Da gibt es jetzt Leute, die nehmen das Video eines Firmenchefs, legen ihm aber einen neuen Text unter wie: ›Überweisen Sie bitte vom Firmenkonto drei Millionen Dollar nach Hongkong.‹ Und das sieht so echt aus, dass manch ein Buchhalter, dem dieses Video als vermeintliches Facetime-Gespräch zugespielt wurde, dann wirklich Millionen überwiesen hat. Das Geld war futsch. So ein Video nennt man ein Deepfake.«

»Wie Fake News.«

»Genau. Vielleicht war das Video mit dir auch nur ein Deepfake?«

»Nie im Leben. Wir haben es hier doch nicht mit Donald Trump zu tun. Zunächst hat der Sicherheitsberater des Präsidenten per Telefon angerufen und das Gespräch angekündigt. Dann hat der Sicherheitsberater über Video mit mir gesprochen. Dann erst kam der Präsident. Wir haben uns ja unterhalten. Er hat mich etwas gefragt und auf meine Antwort spontan reagiert. Das kannst du nicht fälschen.«

»Ich mein ja nur. Ihr habt doch sicher die besten IT-Leute, die es gibt. Führt ihr keine Cyberkriege?«

Pierre lachte laut auf. »Krieg der Sterne oder so, was? Da träumst du. Lass uns schlafen.«

Pierre lag noch lange wach. Er schlief erst ein, nachdem

er beschlossen hatte, am kommenden Morgen den unverfänglichen Teil des Videogesprächs zu kopieren und prüfen zu lassen. Schaden konnte es nicht. Aber das brauchte Nadine nicht zu erfahren.

Als wenn er sich von seiner Frau sagen lassen würde, was zu tun war.

Wie geht's weiter?

Vor seinem Haus war neben der Bushaltestelle eine Parkbucht für ein Dutzend Autos angelegt. Als Jacques sich am Morgen des nächsten Tages oben aus dem Wohnzimmerfenster lehnte, sah er unten den Wagen der Polizei stehen. Sie passten also wirklich auf ihn auf.

Am vergangenen Nachmittag hatte ihn Kommissar Jean Mahon in ungewöhnlich ernstem Ton im Büro angerufen.

»Du bekommst jetzt Personenschutz. Keine Widerrede. Das ist eine Anordnung, und zwar nicht von mir. Du kannst dir schon denken, von wem.«

»Oje. Muss das sein?« Jacques klang nicht begeistert.

»Ja. Es muss sein. Vielleicht haben sie es auch auf dich abgesehen, sobald sie erfahren, dass du die Aufgaben von Delabrue übernimmst.«

»Woher sollen die das wissen?« Jacques überlegte, wer diese Entscheidung getroffen haben könnte. »Ist das eine Idee von Betonmarie? Ich erinnere mich. Vor Jahren habt ihr schon mal …«

»Ja, und damit haben wir dir damals auch das Leben gerettet! Vergiss nicht, da wollte dich der Geheimdienst umbringen und es nach einem Unfall aussehen lassen.«

»Ja. Die angebliche Lebensmittelvergiftung. Ich weiß noch. Aber weißt du, viel gefährlicher war die Frau mit dem

Sashimimesser, die mir im Hausflur auflauerte. Eine Frau als Berufskiller!«

»Die war von Schweizer Bankern bezahlt. Aber solche Leute gibt es auch im Geheimdienst. Und der Geheimdienst untersteht Lacaze, vergiss das nicht! Lacaze wiederum hat angeblich den Befehl gegeben, die Drogenkuriere am Flughafen in Cahors nicht mehr zu beobachten.«

»Na gut. Und was bedeutet jetzt Personenschutz?«

»Das Übliche. Du wirst nachher in einem Polizeiwagen nach Hause gefahren. Falls du da hinwillst …«

»Will ich.«

»Und dann wird ein Wagen vor deinem Haus Wache stehen, bis du morgen früh wieder ins Büro musst. Ich vermute, auf Zeitunglesen und Croissant mit Grand crème bei Gaston musst du fürs Erste verzichten.«

»Merde!«, fluchte Jacques und wandte sich wieder der Durchsicht von Michel Delabrues Lederkoffer zu. Was hatte ihm sein Freund zeigen wollen? Angeblich hatte er etwas Neues vom Corbeau erhalten.

Neben Michels Smartphone und iPad lagen in fünf sehr ordentlich eingeräumten Plastikfolien Unterlagen zu verschiedenen Fällen, die er wohl gerade bearbeitete, aber keiner davon hatte mit dem Drogenfall in Cahors zu tun.

In einem Nebenfach entdeckte Jacques ein kleines, in hellrotes Leinen gebundenes Büchlein mit der kleinen Aufschrift »Small« in der Mitte des Deckels. Drinnen stand in schöner Schrift *Mots de passe* – Passwörter –, und es folgten Zahlen, Namen, Zeichen mit jeweiliger Zuordnung. Bank, Passwörter für Internetkaufadressen, Google-Mailadresse, iPhone-PIN und -PUK, Apple-ID, Kreditkarten-PIN, Air-France- und FNAC-Zugang. Und dann viele leere Blätter.

Als er das Büchlein weglegen wollte, schlug er zufällig die Innenseite des Rückdeckels auf und entdeckte eine sechsstellige Zahl, vielleicht der Code für das iPhone, und ein gutes Stück darunter den Namen *Cyrano*.

Jacques lachte leise auf. Das könnte das Passwort für Michels iPad sein. *Cyrano* hieß das Bistro in Montpellier, in dem sie beide während des Studiums gekellnert hatten, bis der Wirt sie wegen ihres Saufwochenendes rausschmiss.

Für eine Weile schaute Jacques zum Fenster hinaus in den rosafarbenen Abendhimmel. Er wollte noch nicht wahrhaben, was er heute früh hatte mit ansehen müssen.

Eine Mörderin, eine Pistole, fünf Schüsse, Michel, wie er tot mit seinem Motorrad über die Rue de Belleville schlittert.

Michel war längst kein enger Freund mehr gewesen. Aber ein intensiver Teil seiner Vergangenheit und seines Lebens als Student. Ich habe den Wirrkopf immer gemocht, dachte Jacques und lächelte innerlich, als er sich an das Bistro *Cyrano,* an Michels Eltern in Prades und an dessen Schwester erinnerte, mit der er ja doch ein bisschen geturtelt hatte.

Mit einem tiefen Seufzer, der in einem kurzen, lauten »Tchiaa!« endete, kehrte er in die Gegenwart zurück.

Eine halbe Stunde lang durchstöberte Jacques Michels iPad ohne Erfolg. Erst als er nach einigem Überlegen in die Spotlight-Suche den Begriff »Corbi« eingab, fand er das Texto mit dem kurzen Videoausschnitt von Lacaze und dessen Anruf bei der Gendarmerie in Cahors.

Dem folgte ein weiteres Texto, das vor zwei Tagen eingetroffen war: »Zuverlässige Quelle: Ungewöhnlich große Lieferung H auf Lalbenque erwartet. Angeblich Tonnen.« Dann war das Bild einer altertümlich runden Bombe eingefügt, das offizielle Symbol für Gendarmerie, gefolgt von dem Satz: »Recherchiert trotz Verbot von L. Siehe Video auf Stick. – Corbi«.

Vielleicht meinte Corbi den USB-Stick, der heute Morgen aus dem Lederkoffer gefallen und von dem jungen Chinesen aufgehoben worden war. Jacques hatte ihn gedankenverloren eingesteckt. Hektisch begann er zu suchen, o weh, hoffentlich habe ich ihn nicht verschlampt. Das Speicherstäbchen steckte in einer kleinen Seitentasche. Am iPad befand sich kein USB-Anschluss, doch nach ein bisschen Wühlen in Michels Koffer fand Jacques einen passenden Adapter.

Die erste Szene begann mit einem Schwenk vom Schild »Aérodrome Cahors-Lalbenque« auf eine leere Piste und dann zu einem modernen zweistöckigen, weiß gestrichenen Flachbau, neben dem ein verglaster Kontrollturm für Fluglotsen stand. Ein sehr professionell gedrehter und geschnittener Film. Mit Totalen, die aus großer Höhe mit einer Drohne gemacht worden waren. Ab und zu landeten Propellerflugzeuge und starteten, wie den Lichtverhältnissen zu entnehmen war, zu späterer Stunde wieder. Kein Ton. Kein Text. Ganz zum Schluss des etwa zehn Minuten langen Films erschien noch ein Standbild des Gebäudes der Gendarmerie in Cahors.

Lalbenque hieß der Flughafen von Cahors, auf dem der Fluglehrer mit dem Drogentransport festgenommen worden war. Und anscheinend hatten die Gendarmen ihre Beobachtung insgeheim wieder aufgenommen.

Wenn nun »angeblich Tonnen« H – damit war wohl Heroin gemeint – erwartet wurden, deutete dies auf eine große Organisation hin, die dahintersteckte, nicht nur ein kleiner Fluglehrer. Das hatte Michel ihm heute früh zeigen wollen.

Zu einer großen Organisation gehörten nicht nur vertrauenswürdige Leute, die Drogen im Ausland aufkauften, oder pfiffige Leute, die geheime Routen für den Transport nach Frankreich ausbaldowerten, und welche, die dann die Ware in kleinen Portionen im Inland an den Mann oder die Frau brachten, wobei alle ihren Schnitt machten. Es mussten oben an der Spitze auch Bosse stehen, die den Laden einerseits gegen die Konkurrenz und andererseits gegen die Polizei absicherten.

Meist kannte jeder die Bosse, aber ohne zu wissen, dass sie Drogenbosse waren. Sie waren Bosse, weil sie in der Gesellschaft lautlos umhergleiten konnten wie Fische in einem Aquarium. Nach dem Motto: Und der Haifisch, der hat Zähne, doch die Zähne sieht man nicht.

Nur gute Bosse waren in der Lage, für Sicherheit zu sorgen. Denn Sicherheit musste man sich mit viel Geld erkaufen, mit sehr viel Bargeld für Informanten, die überall saßen, in der Drogenszene, bei der Polizei, auch in der Gendarmerie, der Justiz und der Politik.

Jacques überlegte, ob die angekündigte »ungewöhnlich große Lieferung H« die Bosse zu dem Auftrag für den Mord an Michel Delabrue veranlasst hatte, weil er ihnen zu gefährlich wurde. Michel war hingerichtet worden, wie es unter den sich bekämpfenden Drogenbanden in Marseille üblich war.

Leider war auch diese zweite Meldung des Corbeau von einem anonymen Account geschickt worden.

Vielleicht müsste sich die Nachricht verbreiten, dass Untersuchungsrichter Jacques Ricou als Nachfolger des ermordeten Michel Delabrue einen großen Drogenfall übernommen hatte. Jacques Ricou, von dem man sagte, dass er unerbittlich alle auch nur denkbaren Spuren verfolgte. Und zwar so lange, bis er Erfolg melden konnte.

Und dann müsste er nach Cahors fahren, in der Hoffnung, dass »Corbi« ihn irgendwie kontaktierte.

Er würde das morgen mit Jean besprechen. Und vielleicht auch mit Margaux. Morgen. Alles zu seiner Zeit. »*Il faut laisser du temps au temps* – man muss der Zeit Zeit lassen«, hatte der alte Präsident Mitterrand einst bemerkt. Aber der junge Präsident Macron meinte, man solle alles *»en même temps«* – gleichzeitig – anpacken. Morgen … es war ja schon gleich morgen. Ihm war jetzt nicht mehr nach Philosophieren.

Kurz vor Mitternacht ließ Jacques sich im Polizeiwagen nach Hause fahren. Er war erschöpft, aber doch noch so wach, dass er am liebsten im *Aux Folies* noch einen Absacker getrunken hätte, aber die Lichter im Bistro waren schon gedimmt, die Tür geschlossen.

Jetzt wartete der Polizeiwagen wieder auf ihn. Sein Kühlschrank war leer. Die letzten Tropfen Milch reichten gerade, um eine Tasse Kaffee zu süßen. Am Abend hatte er nichts mehr gegessen, sein Magen knurrte vor Hunger.

Schnell ein Croissant bei Gaston? Das konnte er den Polizisten nicht antun.

Als Jacques aus seiner Haustür trat, begrüßte ihn ein Polizist und begleitete ihn zum Wagen. Doch kaum waren sie losgefahren, bat der Untersuchungsrichter, gleich da vorne rechts an der Kreuzung Rue Jules Romain anzuhalten. Er wolle nur schnell in die *Boulangerie du cap.* »Soll ich euch was mitbringen?« – »Nein.« – »Sicher?« – »Sicher.«

Jacques ließ sich zwei Croissants in eine Papiertüte packen und nahm noch einen Café crème im Pappbecher mit. Kaum wieder im Wagen, biss er in das erste Gebäckstück, als sein Mobiltelefon läutete. Er knurrte mit vollem Mund.

»Wann bist du im Büro?«, wollte Jean wissen. Jacques schluckte den Bissen hinunter.

»Ich sitze im Wagen und lass mich gleich bei dir absetzen. Ich habe in Michels Unterlagen was Interessantes gefunden, worüber wir reden müssen.«

»Lass uns lieber mittags zusammen einen Happen essen. Ich hab im Moment so viel am Hals.«

»Auch gut. Im Bistro mit der netten Bedienung? Um wie viel Uhr?«

»So gegen eins. Wir können ja zusammen hingehen.«

Kaum hatte Jacques den zweiten Bissen im Mund, ertönte Tippel-di-tippel-di-tipp-tschick! »Das klingt aber wild«, sagte einer der beiden Polizisten im Wagen und drehte sich um. Jacques lachte. »Ja, gilt für eine ganz spezielle Person.«

»Wo bist du? Ich habe seit Ewigkeiten nichts mehr von dir gehört!«

»Ich habe gestern bis Mitternacht an Michels Unterlagen gearbeitet. Und habe etwas entdeckt, woraus ich den Ansatz einer Theorie entwickelt könnte. Muss ich dir dringend erzählen. Vielleicht heute Abend?«

»Mal sehen.«

»Und was machst du? Von dir habe ich nämlich auch seit Ewigkeiten nichts mehr gehört.«

»Quatschkopf! Hast du nicht in deine Mails geschaut? Ich habe dir gestern Abend noch die Online-Ausgabe meines Artikels geschickt. Ist heute der Aufmacher einer Serie, die wir für die nächsten Tage planen.«

»Oh! Schau ich mir gleich an. Lass uns später reden. Ich sitze jetzt in einem Polizeiwagen und werde ins Büro gefahren. Wegen des Mordes an Michel hat Jean mir Personenschutz verpasst. War offenbar Betonmaries Idee.«

»Hast du jetzt eine Leibgarde?« Margaux lachte. »Nur Kerle oder auch Polizistinnen?«

»Lass mal. Bin jetzt wirklich nicht in der Stimmung für so was.«

Jacques stieß einen tiefen Seufzer aus, griff zu seinem Smartphone und überflog den Aufmacher von Margaux. Sie schilderte den Mord ausführlich und gruselig, aber immerhin ziemlich sachlich und spielte die Rolle von Jacques so weit wie möglich runter. Danke, Chérie! Er stieß ein »Uff!« der Erleichterung aus.

Im Büro überfiel Martine ihn mit einem Stapel Akten von mehreren fast erledigten Fällen, die er offiziell noch nicht abgeschlossen hatte. Einige wollte er einstellen, andere zur Anklage freigeben. Mühseliger Kleinkram, der viel Zeit beanspruchte. Als Jean anrief: »Wollen wir los?«, hatte Jacques noch nicht einmal ein Zehntel des Haufens auf seinem Schreibtisch abgearbeitet.

Deepfake eins

Es ging dann doch schneller, als Pierre Zyram befürchtet hatte. Er wollte dem Chef der Abteilung Cyberkrieg einen Teil seines Gesprächs mit dem Präsidenten vorspielen mit der Bitte, die ganze Sache strikt geheim zu halten, aber dennoch zu überprüfen, ob es sich um ein Deepfake handeln könnte. Ihm war nur zu bewusst, dass er bloß den Anfang des Videos aus der Hand geben durfte, jenen Teil des Gesprächs, bevor der Präsident den Befehl aussprach. Dafür musste er das Video an der entscheidenden Stelle abschneiden.

Videos hatte Pierre aber seit sechs oder sieben Jahren nicht mehr selbst bearbeitet. Damals hatte er das kostenlose Programm Windows Movie Maker runtergeladen, das einfach zu benutzen war. Er hatte es auf seinem privaten Laptop gespeichert, um einen kleinen Urlaubsfilm von einer ungewöhnlichen Reise nach Bhutan für Nadines Geburtstag zu schneiden. Eigentlich war es eine als touristischer Ausflug getarnte Dienstreise in das kleine, geschlossene Königreich am Himalaja gewesen, um den chinesischen Einfluss auf *Druk Yul* zu erkunden, wie die Einwohner das Land des Donnerdrachens nannten.

Das war zu jener Zeit gewesen, als er auch in den Libanon entsandt wurde, weil er beim Geheimdienst als militärischer Beobachter für den Nahen und den Fernen Osten zuständig war. Erst einige Jahre später war Pierre Zyram zum Chef des *service action* und damit Auftraggeber für die Agenten alpha befördert worden.

Das Video war schnell auf den privaten Laptop überspielt, und Pierre schaute es sich noch einmal in voller Länge an. Mit bloßem Auge konnte er keine Manipulation erkennen.

Er unterhielt sich mit Olivier Mazerolle: »Die Videokonferenz ist geheim und wird nirgendwo aufgezeichnet. Bitte halten Sie Ihr Mobilgerät hoch und zeigen Sie mir, dass es ausgeschaltet ist.«

Eine Pause, in der Zyram sein Smartphone zeigte.

»Sind Sie bereit, Monsieur Zyram?«

»Oui, Monsieur Mazerolle.«

Solch ein Live-Gespräch kann man nicht fälschen. Auch am Anfang der Schaltung mit dem Präsidenten kam es zu einem Wortwechsel.

»Bonjour, mon Colonel!«

»Bonjour, Monsieur le Président!«

»Mon Colonel, Sie waren eben Zeuge der Unterzeichnung eines Dekrets …«

Den Bildschnitt machte Pierre Zyram nach dem Satz: »Und auch Sie werden niemanden, ich wiederhole: niemanden – auch nicht in Ihrem Hause – davon in Kenntnis setzen, worum es hier geht. Ich werde es Ihnen erläutern.«

Schwarzblende.

Dann spielte er das gekürzte Video auf seinen iPad und löschte dort die Langfassung, die er nur noch auf seinem privaten Laptop behielt.

Ein bisschen später als üblich fuhr er mit der Metro zur Arbeit, schaute kurz bei seiner Assistentin vorbei und klopfte dann beim Chef der Abteilung Cyberkrieg an. Ein Kumpel.

»Frag nicht, worum es geht. Hilf mir bitte aus. Und rede mit niemandem darüber. Vielleicht ist es auch gar nichts, und ich bin nur zu fickerig.«

»Na gut, weil du es bist. Wenn es so irre ist, wie du sagst, muss ich da selbst ran. Mach ich nachher. In der Mittagspause ist unser Labor meist verwaist. Dann kümmere ich mich darum.«

Am frühen Nachmittag erhielt Pierre Zyram die erlösende Meldung, das Video sei kein Deepfake. Aber der Kumpel fragte neugierig, worum es im Gespräch mit dem Präsidenten der Republik gegangen sei. Das interessiere ihn jetzt brennend.

»Psst, es gab doch gar kein Gespräch mit dem Präsidenten! Bist du wahnsinnig?«

Beratung im Bistro

Die junge Kellnerin des Bistros *Les 2 Coupoles* in der Rue Fragonard stand vor dem Tisch *à la terrasse,* an dem Jean und Jacques erst vor ein paar Tagen in der Sonne gesessen hatten, und zeigte auf die leeren Stühle.

»Messieurs, ich habe den Tisch für Sie frei gehalten.«

»Sie ahnten, dass wir kommen würden?«

»Ich hoffte es.«

Alle drei lachten. Kaum saßen sie, setzte Jacques schon an, von der zweiten Meldung von »Corbi« zu sprechen.

Doch Jean unterbrach ihn sofort.

»Ganz ruhig, du bist doch kein ungestümes Fohlen. Erst das Essen, dann das Geschäft.« Jean schaute die Kellnerin an. »Was gibt's heute auf der Tageskarte?«

»Eine Bavette mit geschmorten Zwiebeln und Purée de célerie. Aber wir hätten auch eine Dorade …«

Jacques hob seinen Finger wie ein Schuljunge. »Ich nehm die Bavette, *saignant, s'il vous plaît.*« Jean schloss sich ihm an.

»Und ich vermute, Monsieur le Juge, nur Wasser und kein Gläschen Wein zur Bavette?«

»Ach, was soll's! Ein Gläschen. Was haben Sie offen?«

Ihm war nach ein wenig Entspannung.

»Einen Chinon oder einen Côte du Rhône. Ein Bordeaux wäre heute Mittag vielleicht zu schwer?«

»Einen Chinon, wenn er leicht gekühlt ist. Und woher wissen Sie, dass ich Richter bin?«

»Monsieur Ricou, nachdem Sie vor ein paar Tagen nach dem Essen hier gegangen sind, haben die Leute am Nebentisch noch lange über Sie geredet. Voller Hochachtung. Sie hätten sogar schon einmal den Präsidenten vorgeladen, haben sie gesagt.« Sie schaute Jean an, als suchte sie Zustimmung.

»Und welchen schönen Namen tragen Sie?« Jacques strahlte die Kellnerin an.

»Juliette.«

»Wie die Gréco?«

»Mein Vater hat für sie geschwärmt.«

Jean nickte und – was soll's! – bestellte auch ein Glas Chinon und eine Flasche Wasser.

»Bei Juliette hast du Chancen!« Jean grinste Jacques an, und dann unterhielten sie sich über die Vorzüge einer Bavette gegenüber einem Entrecôte. Sie bestätigten sich gegenseitig, dass eine Bavette schon allein deswegen mehr Geschmack habe, weil sie anders geschnitten sei. Die Fasern halten das Blut. Das Fleisch schmeckt würziger. »Und ist längst nicht so fett wie ein Entrecôte«, meinte Jean und schlug mit der Hand auf den leicht gewölbten Bauch.

»Wir haben doch das letzte Mal, als wir hier saßen, über Jil gesprochen …«

»… und über Tracy!« Jacques schaute seinen Freund schmunzelnd an.

»Ja, auch. Aber ich habe heute früh von meinen Kontaktleuten bei der Drogenfahndung eine interessante Information erhalten, die von Jil stammt.«

Jean kramte in seiner Jackentasche herum und zog ein gefaltetes Papier hervor.

»Jil meldet aus Timbuktu, Ali Baba sei mit der Salzkarawane von Mansa Musa über Taoudenni nach Tindouf unterwegs. Hundert Kamele, beladen mit mehr als dreißig Tonnen H. Dreißig Tonnen! Das musst du dir mal vorstellen. Von Tindouf geht die Fracht per Lastwagen nach Almería und mit dem Flugzeug nach Frankreich. – Von wegen Jil. Kannst du damit was anfangen?«, fragte Jean.

»Ein bisschen. Vor ein paar Tagen habe ich mit ihr in Bamako telefoniert.« Jacques gab es ungern zu, und weil es ihm peinlich war, spürte er eine leichte Hitzewallung aufsteigen. »Warum auch immer. Sie erzählte mir, Ali Baba …«

»… und die vierzig Räuber. Wer ist das?«

»Ein sehr umtriebiger Journalist aus Marokko, der ihr beste Informationen liefert. Den hat sie mir damals in Marrakesch vorgestellt. Jil erzählte mir, Ali Baba habe sie nach Mali gelockt, da er in Timbuktu einer riesigen Sache mit Geldwäsche, Drogen und was auch immer auf der Spur sei, für die er sie brauche. Aber ob Jil nach dem Putsch noch dort ist oder schnell geflohen ist, weiß ich auch nicht.«

»Und mal was von Mansa Musa gehört?«

»Nee.« Jacques legte seine rechte Hand auf den Kopf, als wollte er sein Gedächtnis unterstützen. Mansa Musa? Mansa Musa? »Irgendwas klingelt da bei mir.«

Juliette brachte die Gläser Rotwein – leicht gekühlt, meinte sie flirtend – und das Wasser. Die Bavettes kämen auch gleich.

Mansa Musa fand sich schnell in der Suchmaschine auf dem Smartphone.

Mansa Musa, König von Mali im 14.Jahrhundert und angeblich reichster Mann der Geschichte, weil er tonnenweise Gold besaß. König Mansa Musa von Mali hatte Timbuktu zum Zentrum des Islams in Westafrika entwickelt.

»Jetzt fällt's mir wieder ein!« Jacques klopfte sich mit den Fingern leicht an die Stirn.

Sie schauten beide auf den Bildschirm und ließen sich auch nicht von den Bavettes mit Zwiebeln und Purée de célerie ablenken, die sie nebenbei aßen.

»Was fällt dir dazu ein?« Jean schaute Jacques fragend an.

»Eine Geschichte, die mir Margaux erzählt hat. Sie hat vor Jahren für ihre Zeitung ein Porträt des jetzt entführten Jean Lillet geschrieben und ihn deshalb in seinem Schloss im Süden besucht. Es muss ein abenteuerlicher Abend gewesen sein. Auf jeden Fall hat er ganz den Berber gespielt und angegeben, er werde ein neuer Mansa Musa werden und in Timbuktu auch einen Ichweißnichtwas-Palast bauen lassen. Außerdem befördere seine Karawane von rund hundert Kamelen schwere Salzplatten von Taoudenni durch die Sahara nach Timbuktu. Da gibt es offenbar keine Straße, und die Karawane ist zwei oder drei Wochen unterwegs. Wenn es bei Jil um die Karawane von Mansa Musa geht, dann ist damit möglicherweise Jean Lillet gemeint. Vielleicht spielt er vor Karawanenführern den reichen König Mansa Musa aus Timbuktu, wo er sich seinen Palast baut. Und das schafft Neider. Deshalb könnte er in Mali entführt worden sein. Oder auch, weil die Drogenhändler seine Kamelkarawane für den Transport brauchen.«

»Und warum fordern die Entführer dann solche Unsummen?«

»Leute, die mit Tonnen an Drogen handeln, rechnen nicht mit Kleingeld, sondern in Millionen. Oder wie deutest du die Nachricht?«

»Ganz grob gesagt, meinen die Leute von der Drogenfahndung, es könnte sich um eine neue Drogenroute handeln. Seit einigen Jahren kommt das Zeug mit Schiffen aus Südamerika in irgendwelche Häfen in Westafrika, etwa Nouakchott oder Dakar, weil dort nicht so streng kontrolliert wird wie in Europa. Und da kannst du einen Zöllner auch leicht kaufen. Bisher führte der Weg über Mauretanien, aber da gibt es nur eine befestigte Straße, die leicht zu überwachen ist. Dagegen ist der Weg durch die Sahara völlig frei. Erst Tindouf, das auf der algerischen Seite der Wüste liegt, ist mit einer guten Straße angebunden. Ab da kann ein Laster in gut zwanzig Stunden nach Ghazaouet an die Küste fahren und mit der Fähre nach Almería in Spanien übersetzen. In Almería gibt's dann einen Flughafen, von dem du ohne weitere Kontrollen in alle Länder Europas fliegen kannst.«

»Aber dreißig Tonnen? Die wären viele Millionen wert. Das kann doch eigentlich nur Salz sein und nicht Heroin.«

»Oder Drogen, unter dem Salz versteckt. Heroin ist weiß, Salz ist weiß.«

Eine schmackhafte Soße lässt ein ordentlicher Franzose nicht zurück. Jacques brach ein Stück Baguette ab und wischte den Teller sauber. Dann trank er den letzten Schluck Chinon aus seinem Glas.

»Ich will jetzt keine Verschwörungstheorie entwickeln«, sagte Jacques, »aber was du mir gerade vorgetragen hast, passt nicht schlecht zu dem, was ich gestern Abend auf Michels iPad gefunden habe. Eine weitere Meldung des Corbeau.«

Jacques suchte den Text, den er auf sein Smartphone kopiert hatte. Als er ihn gefunden hatte, las er vor: »Zuverlässige Quelle: Ungewöhnlich große Lieferung H auf Lalbenque erwartet. Angeblich Tonnen.« Dann zeigte er Jean das Bild des Symbols für Gendarmerie mit dem Satz: »Recherchiert trotz Verbot von L. Siehe Video auf Stick. – Corbi«.

»Corbi! Der Corbeau findet sich wahrscheinlich unglaublich witzig. Und was ist auf dem Video zu sehen?«

Jacques schilderte die Bilder vom Flughafen mit den landenden und startenden Propellermaschinen.

»Interessant ist, dass auch der Corbeau von Tonnen Heroin spricht. Ich habe mir schon überlegt, ob Michel deswegen umgebracht worden ist. Denn hier geht es um etwas ganz Großes.«

»Stell dir mal vor, allein eine Tonne Heroin kostet etwa zwanzig Millionen Euro. Dann hätten dreißig Tonnen einen Wert von über einer halben Milliarde!« Jean unterstrich seine Aussage mit beiden Händen.

»Selbst wenn's nur die Hälfte wäre! Aber … was tun, sprach Zeus!« Jacques machte eine kurze Pause. »Ich habe mir da was ausgedacht, aber nach deiner Info muss ich das vielleicht ein wenig anders angehen.«

Der Plan, den Jacques am Abend zuvor entwickelt hatte, nämlich in die Gegend von Cahors zu fahren in der Hoffnung, dass ihn »Corbi« kontaktierte, gefiel Jean nicht. Das sei zu gefährlich.

»Lass uns trotzdem darüber nachdenken«, bat ihn Jacques. »Ginge sowieso erst nächste Woche. Ich will das auch noch mit Margaux absprechen, denn ich bräuchte sie dafür. Sie müsste einen Artikel veröffentlichen, wonach ich Michels Drogensache vom Flughafen Cahors übernommen habe.«

Jean schüttelte missmutig den Kopf.

»Du bist wieder einmal übermütig. Oder eitel. Du willst nur deinem berühmten Motto gerecht werden, unerbittlich alle Spuren zu verfolgen. Und hinterher sollen dich alle bewundern. Gib nicht so an!«

»Holla, holla, was ist denn in dich gefahren?«, sagte Jacques verärgert. Jean entschuldigte sich umgehend: »Pardon, war nicht so gemeint!«

Sie zahlten Juliette ein üppiges Trinkgeld, und sie rief ihnen fröhlich nach: »Monsieur le Juge, ich halte Ihnen den Tisch morgen wieder frei!«

»Du hast wirklich Chancen bei der.«

Jean lachte und knuffte Jacques wie ein Pennäler in die Seite. Der zog die Augenbrauen hoch, hielt den Kopf schief und saugte die Luft hörbar durch die Nase ein.

Junges Küken.

Deepfake zwei

Beim Bau der »Bastion«, dem neuen Gebäude der Police judiciaire neben der Cité judiciaire, hatte der Chef der Polizeibehörde lange mit der für die Fertigstellung zuständigen Behörde gestritten, wo das Großraumbüro für die Internetspezialisten liegen sollte. Die Behörde meinte, am besten sei ein dunkler Bereich in der untersten Etage nach hinten hinaus, wo die an Computern arbeitenden Leute nicht abgelenkt würden und kein Mischlicht die Augen belaste. Die Augen führte auch der Polizeichef an, der für die Internettruppe einen Platz in der obersten Etage mit einer breiten Fensterfront vorschlug. Die Augen müssten entspannen können, das gelinge am besten mit einem Blick nach draußen ins Licht und in die Ferne.

»Kinderkram!«, fluchte Renzo Piano, der italienische Architekt, der die Cité entworfen hatte. »Das entscheiden wir, denn mit uns arbeitet einer der fähigsten Ergonomen der Welt. Das Computerbüro kommt in die fünfte Etage mit viel Licht und einem freien Blick auf die Stadt. Basta.«

Der helle Raum war unangefochten Fabiennes Reich.

Sie war zwar die einzige Frau unter den sechs gleichberechtigten Cyberpolizisten, doch wurde sie wegen ihrer alle überragenden Fähigkeiten als ungekrönte Königin geachtet.

Ihren Kollegen teilte sie die Aufgabe zu, alle in den Fällen von Jacques eingesammelten Telefone, iPads und Computer auf Hinweise zu untersuchen. Gemeinsam legten sie die

Schlüsselworte fest: Michel Delabrue, Darknet, BlackHand, Haurus, Athanor, Bitcoin.

Der Name Michel Delabrue könnte vielleicht unter den Mordaufträgen auftauchen. In einer möglichen Kombination mit Darknet – BlackHand – Haurus – Athanor – Bitcoin. Irgendjemand könnte sich im Darknet über die Plattform BlackHand an Haurus gewandt, einen Mordauftrag erteilt und mit Bitcoin angezahlt haben. Möglicherweise hatte Haurus den Auftrag an Athanor weitergeleitet. So wie bei dem Mordauftrag für die Knallköppe, die eine Unternehmerin umbringen sollten, und jenem, mit dem der CGT-Betriebsrat ausgeschaltet werden sollte.

Wem war Michel Delabrue gefährlich geworden? Den Drogenbossen. Woher wussten sie, dass er ihnen auf der Spur war? Vielleicht von jenem Capitaine Duclos von der Police judiciaire, der für den Untersuchungsrichter Delabrue recherchiert hatte, in Wirklichkeit aber für einen Drogenhändler und Geldwäscher arbeitete. Duclos saß in Haft. Hatte jemand dessen Geräte untersucht? Wo waren sie überhaupt? Eine mögliche Spur.

Fabiennes Mitarbeiter seufzten. Lasst uns erst einmal einen Kaffee trinken gehen und dann unser systematisches Vorgehen besprechen. Mit dieser Aufgabe werden wir bis Mitte nächster Woche zu tun haben.

»Da fällt mir noch was ein!« Fabienne rief alle noch einmal zurück, die schon auf dem Weg zum Kaffeeautomaten waren. »Fragt mich jetzt nicht, warum, aber sucht auch nach Mali, Jean Lillet und Lalbenque.«

Unter dem Kennwort »C-L« hatte Fabienne die Aufnahmen des Gespräches Bettencourt-Lacaze gespeichert. Sie lud beide Aufzeichnungen hoch und spielte sie auf einen geteilten Bildschirm, um sie zusammenzufügen. Als ihr Telefon klingelte, tippte sie die ersten Befehle ein und war bereits so sehr in den Schnitt vertieft, dass es viermal läutete, bevor sie das Gespräch annahm. So geistesabwesend, dass sie vergaß, sich auch persönlich zu melden.

»Allô, Fabienne, bist du's? Ich bin's, Alexis, Cyber-Alexis.«

Mit einem Kopfschütteln rief sie sich zurück in die Außenwelt. »Ja, ich bin's. Fabienne. Bonjour Alexis. Verzeih, ich war gerade in unserer anderen Sphäre.«

Sie mochte die ruhige und tiefe Stimme ihres Kollegen von der Behörde zur Bekämpfung der Cyberkriminalität.

»Ich wollte dir einen kleinen Zwischenbericht geben. Nichts ist endgültig, aber wir kommen voran. Vorweg ein Satz zu der Schaltung Lacaze und Bettencourt. Das ist ein echtes Gespräch zwischen zwei Menschen. Es kann kein Deepfake sein, dazu ist der Dialog zu spontan. Wir haben minutiös sowohl die Bewegungen des Mundes wie des gesamten Gesichts von Lacaze gemessen und überprüft, ob seine Sprache mit den Mundbewegungen absolut synchron ist. Keiner hier hat auch nur den geringsten Zweifel daran, dass es echt ist. Von wo aus Lacaze gesprochen hat, das haben wir nicht nachverfolgen können. Das Verteidigungsministerium blockiert alles. Auf eine dezente Nachfrage kam gleich der dicke Klopper: *secret défense,* Militärgeheimnis.«

»Danke. Aber Bettencourt-Lacaze ist für uns nur ein Nebenschauplatz.«

Fabienne wusste nicht, wie weit sie Cyber-Alexis von ihren anderen Recherchen erzählen durfte oder wie viel er schon wusste. Schließlich hatte er im Fall des CGT-Betriebsrats, den sein Chef ermorden lassen wollte, selbst über das

Darknet zu BlackHand und Haurus gefunden. Und zwar nicht im Auftrag seiner Behörde, sondern als Gefallen für seinen Bekannten von der CGT. Wahrscheinlich könnte er ihr sogar weiterhelfen. Sie konnte den Kommissar gerade nicht um Rat fragen. Aber sie wusste, Jean Mahon würde sie im Notfall decken.

»Alexis, wir untersuchen hier in einem sich ausdehnenden Fall alle in diesem Zusammenhang beschlagnahmten Geräte auf folgende Schlagworte: Michel Delabrue, Darknet, BlackHand, Haurus, Athanor, Bitcoin. Und auch auf Mali, Jean Lillet und Lalbenque.«

»Meine liebe Fabienne, deswegen rufe ich dich an! Ihr verfolgt doch auch den Fall zweier Mordaufträge, den CGT-Betriebsrat und die Unternehmerin. Ihr wisst ja, wir haben bisher herausgefunden, dass wir über das Darknet zu BlackHand kommen und von dort zu Haurus als Auftraggeber, der dafür mit Bitcoin bezahlt wird. Haurus hat Athanor beauftragt. Da seid ihr ja schon weiter und habt den Chef der Freimaurerloge hopsgenommen. Wahrscheinlich untersucht ihr gerade dessen Geräte? Wir kommen, so wie es aussieht, bei BlackHand und Haurus erst einmal nicht weiter. Aber wir bleiben dran, denn es gibt eine höchst interessante Fährte. Der Chef der Plastikfirma, der den Mordauftrag an dem Gewerkschafter gab, hat zehn Bitcoin angezahlt. Und jetzt, halt dich fest, kommen wir vielleicht über die Bitcoin zu deren Empfänger.«

»Bitcoin kannst du nicht nachverfolgen. Deshalb sind sie ja auch so beliebt bei Geldwäsche, Steuerhinterziehung und Drogenhandel. Eben Kryptowährung. Geheime Währung.«

»Ich weiß, liebe Fabienne, irgendein Schlaumeier hat mir auch erklärt, dass ›krypto‹ aus dem Altgriechischen kommt und so was wie ›verborgen‹ bedeutet. Aber dafür gibt es ja Geheimdienste, die bei solchen Problemen nach Lösungen suchen.«

»Wie soll das denn gehen?«, fragte Fabienne erstaunt.

»Das ist ein bisschen kompliziert. Es gibt bei der Bitcoin-Währung so eine Art Hauptbuch, das ist die Blockchain. Und daran ist dein Wallet, also die elektronische Brieftasche mit deinem Guthaben, angehängt. Um da ranzukommen, musst du zwei Zahlenreihen kennen. Die eine wird ›Public key‹ genannt, die andere ›Private key‹. An den Public key kommt man leichter ran, denn das ist eine Zahlen- und Buchstabenfolge, die man fürs Geldüberweisen braucht. Der Private key sichert das persönliche Guthaben, das in einem Wallet liegt. Und dem FBI ist es jetzt gelungen, so ein Wallet zu knacken. Erpresser hatten von der Colonial Pipeline fünfundsiebzig Bitcoin erpresst, nachdem sie deren Computersystem blockiert hatten. Die übliche Geschichte. Kurz und gut: Das FBI hat das Geld zurückgeholt.«

»Aber wie kann ich jetzt erfahren, wo der Erpresser steckt?«

»Da bin ich überfragt. Aber angeblich hat es das FBI geschafft. Ich werde unsere Leute fragen, wie das geht.«

»Und ob es geht! Man müsste rausfinden, an welche IP-Adresse das Geld geschickt wurde. Wir wollen ja kein Geld zurückholen, sondern die Verbrecher fassen.« Fabienne seufzte verzweifelt. »Alexis, Cyber-Alexis, wir brauchen Namen, Geschlecht, Geburtsdatum, Adresse, Haarfarbe, Gewicht …«

»Mundgeruch, besondere Kennzeichen, ich verstehe … und IP-Adressen stehen nicht im Telefonbuch. Ich meld mich wieder, Fabienne.«

Pläne schmieden

Kaum saßen sie am weiß gedeckten Tisch, fing Margaux schon an, von ihrer geplanten Serie zu sprechen. Doch Jacques unterbrach sie sofort.

»Ganz ruhig, du bist doch kein ungestümes Fohlen. Erst das Essen, dann das Geschäft.«

Insgeheim amüsierte es Jacques, dass er Jeans mahnenden Satz vom Mittagessen gleich bei Margaux einsetzen konnte, und wedelte demonstrativ mit der handgeschriebenen Speisekarte von *Chez l'Ami Louis*.

Bei der Foie gras hoben beide abwehrend die Hände. Köstlich, aber drei Scheiben – viel zu schwer!

»Alles andere ist auch ganz schön deftig«, meinte sie, »da bleiben mir nur die Austern, huitres de Cancale. Hattest du schon mal Austern mit der Angabe ›null null null‹?«

»Die Cancales gibt es selten, sie sind schön flach und stammen aus der Keltischen See in der Bucht am Mont-Saint-Michel. ›Null null null‹«, fügte er hinzu, »je niedriger die Zahl, desto größer die Auster. Ich schwanke zwischen Coquilles Saint-Jacques und Schnecken.«

»Coquilles Saint-Jacques passen schon vom Namen her zu dir, Jacques.«

»Nee, die sind hier à la provençale, mit Tomaten, ich mag sie lieber nur in Butter geschwenkt. Ich nehme Escargots de Bourgogne – ein Dutzend Schnecken. Die sind hier auch immer ›null null null‹ – unvorstellbar groß.«

»Einigen wir uns danach auf ein Poulet roti für zwei?«, fragte Margaux, die eine große Abneigung gegen rotes Fleisch hatte, so herausfordernd, dass Jacques keine andere Wahl blieb. Aber immerhin galt das in einem alten Eichenholzofen gebratene Poulet von *l'Ami Louis* als das saftigste von ganz Paris.

»Wollen wir jetzt erst essen, oder hältst du es nicht mehr aus, von deiner Serie zu erzählen?«

Jacques nahm einen Schluck Champagner, der ihm guttat, und schaute Margaux neugierig an.

Am Donnerstagabend hatte er noch spät über den Akten fast abgeschlossener Fälle im Büro gesessen, als Margaux ihn aus der Redaktion anrief und verkündete, er sei am Freitagabend zu einem Recherchegespräch in ein besonderes Restaurant eingeladen. Chefredakteur Jean-Marc Real habe ihr erklärt, es sei eine Belohnung für die Serie, an der sie – auch dank Jacques' Hilfe – gerade schrieb.

»Kommt Jean-Marc mit?«

»Nein, um Gottes willen, nur wir zwei Turteltauben.«

»Und wo gehen wir hin?«

»Du wolltest doch gern ins *Ami Louis*, oder?«

Aber dann war kein Tisch frei. Jean-Marc musste all seine Beziehungen spielen lassen, um zwei Plätze zu reservieren.

Margaux stellte ihren Champagnerkelch ab, kramte einen Augenblick in ihrer Tasche und zog ein schwarzes Heft hervor. Sie legte es zusammen mit einem Stift auf das weiße Tischtuch, und darin blätternd erläuterte sie Jacques ihre Vorstellung zu den einzelnen Teilen der Serie.

»Lass mich ein wenig ausholen und dir erzählen, wie die

Serie aussehen könnte, die Jean-Marc abgesegnet hat. Hör du erst einmal nur zu. Ich male jetzt ein Bild, in dem auch Dinge enthalten sind, von denen wir beide, du und ich, wissen, dass sie noch nicht spruchreif sind.«

»Und vielleicht unter das Schweigegelübde fallen?« Jacques war zunächst nicht wohl bei dem, was Margaux an Inhalten für ihre Serie ankündigte.

»Lass uns jetzt ganz offen reden. Was davon hineinpasst und was nicht in die Serie gehört, das können wir später sehen. Außerdem spekuliere ich jetzt ziemlich wild, ich betrachte nämlich einige deiner Fälle zusammen mit der Geschichte um Jean Lillet, Lacaze und Bettencourt, obwohl ich dafür keine Belege habe, sondern nur ein wenig spintisiere.«

»Das nennt man Kreativität«, sagte Jacques jetzt entspannt. Er lehnte sich bequem zurück, um sich einfach mal auf Margaux' kreative Überlegungen einzulassen.

»Lass mich als Erstes erzählen, was ich von Louis über die schwarze Kasse des Geheimdienstes erfahren habe.«

Der Weg von deutschen Reparationszahlungen laut Versailler Vertrag nach dem Ersten Weltkrieg zu einer schwarzen Kasse des Geheimdienstes mehr als hundert Jahre später erschien Jacques sehr weit hergeholt. »Das ist doch Quatsch!« – »Nein, ist es nicht.« – »Ist es wohl.« – »Ist es nicht.«

Margaux atmete tief durch. »Hier ein Zeitungsartikel aus dem Jahr 2006: Da war dem damaligen Geheimdienstchef Rondot aufgefallen, dass etwa 27 Millionen Euro in der schwarzen Kasse fehlten. Und in diesem Bericht hier«, Margaux reichte ihm eine Fotokopie, »in diesem Bericht aus dem *Parisien* wird nebenbei erwähnt, woher das Geld stammt. Das scheint nur niemanden interessiert zu haben. Von Louis erhalte ich noch den Rechenschaftsbericht der *Cours de comptes,* wo alles offiziell und in allen Einzelheiten aufgeführt ist.«

»Zeig mal!« Jacques überflog den Artikel kopfschüttelnd. »Einfach irre. Da fragt man sich natürlich, was für ein Spiel Lacaze spielt. Das muss der doch alles wissen!«

Während Margaux die einzelnen Teile ihrer geplanten Serie beschrieb, wurden die Austern und Schnecken aufgetragen, und Jacques hörte nur noch mit halbem Ohr zu.

Er kaute an dem Gedanken herum, ob Margaux nicht doch recht haben könnte, wenn sie in Verteidigungsminister Lacaze das Bindeglied zwischen dem Fall des Drogenflugzeugs in Cahors und der Entführung von Jean Lillet sah. Beim Drogenflugzeug hatte Lacaze der Gendarmerie per Video den Befehl gegeben, sie solle nicht weiter observieren. Wegen der angeblichen Entführung von Jean Lillet versuchte er, per Videogespräch Millionen einzutreiben.

Was Margaux aber bisher nicht wusste, da er ihr von der zweiten Meldung von Corbi noch nichts erzählt hatte: Der mysteriöse Fall Jean Lillet könnte auch mit der Nachricht von Jil an die Drogenfahndung zusammenhängen. Dreißig Tonnen Heroin schaukelten angeblich per Kamelkarawane (der von Jean Lillet alias Mansa Musa?) durch die Sahara. Und stand das von Lillet gelegentlich gemietete Flugzeug nicht normalerweise auf dem Flughafen von Cahors? Hatte Corbi – unabhängig von Jil – nicht auch gemeldet, eine große Drogenlieferung stünde bevor?

Als Margaux geendet hatte und ihn fragend ansah, tauchte Jacques schweigend ein kleines Stück Baguette in das letzte Schneckenhäuschen auf seinem Teller, um die köstliche

Kräuterbuttersauce aufzusaugen. Er genoss den Happen leicht schmatzend, leckte sich die Lippen und wischte die Finger der rechten Hand an der weißen Leinenserviette ab.

»Waren die Austern gut?« Er schaute Margaux an.

»So, wie sie sein müssen. Sie haben köstlich nach Meer geschmeckt. Und deine Schnecken?«

»Ich weiß nicht, woher diese Riesenmutanten kommen und was besser schmeckt, die Soße oder das Vieh. – Nun zu deiner Serie. Erst einmal eine Frage: Willst du jeden Tag einen Artikel dazu veröffentlichen?«

»Nein, das werde ich nicht schaffen. Und außerdem ist dazu noch eine Menge Recherche notwendig. Gestern und heute hatte ich Artikel zum Mord von Michel auf Seite eins. Morgen folgt die Schilderung seines Falls in Cahors.«

»Aber hoffentlich ohne Hinweis auf Lacaze?«

»Ohne Hinweis auf Lacaze. Aber ich deute an, dass ein Corbeau sich bei Michel gemeldet hat. Im Artikel steht aber nicht, was der Corbeau schreibt. Das geht auch morgen früh erst online, damit uns niemand die Story stiehlt.«

»Da hängen viel zu viele Fäden noch lose rum«, Jacques zögerte einen Moment. »Ich weiß hier und da inzwischen mehr. Zum Beispiel hat Michel eine zweite Mail von seinem Corbeau erhalten, die er mir an dem Morgen, als er ermordet wurde, zeigen wollte.«

In knappen Worten beschrieb er die wieder mit »Corbi« unterzeichnete Nachricht und das Video vom Flughafen Cahors. Als er dann noch – ohne Jil zu erwähnen – von der Meldung der Drogenfahndung, von der Kamelkarawane und den angeblich dreißig Tonnen Heroin berichtete, griff Margaux zu Stift und Heft und begann, sich geschwind Notizen zu machen.

Als Jacques den Namen Mansa Musa in Bezug auf die Kamelkarawane erwähnte, blickte Margaux mit erstaunt aufgerissenen Augen auf, nickte mehrmals zustimmend und schrieb weiter ihre Notizen.

»Moment, das fällt alles erst einmal unter das Schweigegelübde!«

»Ist doch klar. Und jetzt?« Margaux legte den Stift auf das geöffnete Heft, stützte die Ellenbogen auf den Tisch und das Kinn auf die übereinandergelegten Hände.

»Jetzt habe ich eine Idee, die ich bei dir ventilieren wollte. Was hältst du davon: Ich möchte wissen, wer Corbi ist und was dahintersteckt. Vielleicht ist er sogar der Schlüssel zu der ganzen Geschichte. Um ihn aus der Reserve zu locken, muss er erfahren, dass ich jetzt die Nachfolge von Michel als zuständiger Richter in diesem Fall angetreten habe. Dazu brauche ich dich. Du könntest eine kleine, scheinbar unbedeutende Meldung ins Blatt setzen: Untersuchungsrichter Jacques Ricou übernimmt den Drogenfall vom Flughafen Cahors, der möglicherweise zum Mord an Untersuchungsrichter Michel Delabrue geführt hat. Und dann – das ist meine Idee – wird in der Meldung noch erwähnt, dass Jacques Ricou sich auf den Weg nach Cahors gemacht hat, um dort Kontakt mit den Behörden aufzunehmen und insbesondere den verhafteten Piloten des Drogenflugzeugs vom Flughafen Cahors zu vernehmen.«

»Dann musst du aber auch dort hinfahren.«

»Das habe ich auch vor.«

»Da komme ich mit!«

»Wie, da kommst du mit?«

»Natürlich. Ich recherchiere für meine Serie. Außerdem wäre das doch ein schöner Ausflug.«

»Aber wenn ich den Piloten vernehme, kannst du nicht dabei sein und zuhören.«

»Mir wird schon einfallen, was ich in der Zwischenzeit auskundschaften könnte.« Allerdings verschwieg Margaux, dass sie den Fotografen Yves mit Recherchen zum Schloss von Jean Lillet beauftragt hatte.

Der Duft des Poulet roti erreichte sie schon, bevor es brutzelnd vor sie gestellt wurde. Der Kellner in schwarzer Hose und steif gebügelter, zweireihiger weißer Leinenjacke über weißem Hemd mit schwarzer Krawatte fragte: »Schlegel oder Brust?«, und zerlegte das Vieh geschickt mit wenigen Schnitten.

Jacques bestellte eine zweite Flasche Château Poujeaux vom Jahrhundertjahrgang 2009. Margaux hatte ihn ermuntert, einen ordentlichen Roten auszuwählen. »Du bist heute Gast, für Jean-Marc ist es ein Geschäftsessen.«

Aus der Idee wurde schnell die Planung für eine gemeinsame Recherche. »Ist doch auch mal spannend zu zweit.« – »Wie kommen wir nach Cahors?« – »Mit dem Wagen dauert es sechs Stunden. Mit dem TGV nach Bordeaux zwei Stunden, dann drei Stunden mit einem Leihwagen. Mit dem Flugzeug nach Toulouse eine Stunde, dann mit dem Auto in anderthalb Stunden bis Cahors.« – »Also über Toulouse. Und wann?«

»Frühestens einen Tag nachdem der Bericht über Jacques Ricou und seine Übernahme des Falles von Untersuchungsrichter Michel Delabrue in der Zeitung gestanden hat.« – »Den setze ich am Sonntag ins Netz und am Montag als kleine Notiz unten auf Seite eins. Dort ist die Meldung nicht zu übersehen und wird von allen Medien übernommen werden.« – »Wichtig ist aber auch der Hinweis, dass Jacques den Drogenkurier im Gefängnis vernehmen wird!« – »Kein Problem.«

»Also könnten wir Dienstag losfahren. Dienstag früh.«

Von dem Poulet wären vier satt geworden. Sie lobten die knusprige Haut und fragten sich, wie es dem Koch gelungen war, die zarte Brust genauso saftig zu braten wie die kräftigen Keulen.

Als Nachspeise bestellte Margaux Walderdbeeren. Jacques hatte zu viel gegessen. »Bitte nur einen Pruneaux à l'Armagnac. Zum Verdauen.«

Als Margaux zahlte, gab sie ein gutes Trinkgeld.

»Sollen wir uns ein Taxi bestellen, um zu dir zu fahren?«

Jacques schlug sich mit der Hand gegen die Stirn.

»*Mon dieu*. Draußen steht der Polizeiwagen, der uns sicher in die Rue de Belleville bringt.«

Sie schauten sich erschrocken an. Bei ihrer Reiseplanung hatten sie nicht bedacht, dass sich Jacques derzeit nicht ohne Polizeischutz frei bewegen konnte.

Cahors

Es wurde Mittwochnachmittag, bevor sie abfliegen konnten. Margaux' kurzer Bericht über Jacques, der Michels Fall über das Drogenflugzeug in Cahors übernehmen würde, erschien zwar montags, wurde aber von der übrigen Presse erst am Dienstag aufgegriffen.

Kommissar Jean Mahon fluchte, als Jacques ihm Montag früh offenbarte, dass er seinen Plan, nach Cahors zu fahren, ausführen werde. Allerdings verschwieg er seinen Entschluss, als Lockvogel für den Corbeau zu reisen, und betonte, wie wichtig es sei, den Drogenpiloten zu vernehmen. Natürlich erwähnte er nicht, dass Margaux ihn begleitete.

»Du setzt dein Leben aufs Spiel. Warum haben sie wohl Delabrue umgelegt? Profikiller, die nur von der großen Drogenmafia eingesetzt werden. Ich habe nicht genug Leute, um dich auf der Reise schützen zu lassen. Und ich selbst kann nicht mitfahren, Isabelle kommt von ihrer Kakaoreise mit deiner Ex aus Afrika zurück. Ich muss sie am Flughafen abholen, sonst gibt's Zunder.«

Jacques blieb bei seiner Entscheidung. »Ich mache es auf jeden Fall, damit Bewegung in die Sache kommt.«

»Mal sehen, ich denke mir etwas aus.«

Der Kommissar überlegte kurz, ob er Gerichtspräsidentin Marie Gastaud einschalten sollte, um Jacques diese Schnapsidee zu verbieten. Nee, das ginge wirklich einen Schritt zu weit. Ihm würde schon etwas einfallen.

Die Maschine nach Toulouse startete am Mittwoch um 13 Uhr 15 vom Flughafen Orly. Jacques hatte mit Margaux ausgemacht, getrennt einzuchecken, damit seine beiden Personenschützer, die ihn zum Flughafen begleiten würden, nicht mitbekamen, dass sie zusammen reisten. Als sie schließlich im Flugzeug nebeneinandersaßen, erzählte Jacques, wie zornig Kommissar Jean Mahon auf seinen Plan reagiert hatte. Erst an diesem Morgen hatte er Jacques mitgeteilt, was er für seine Sicherheit arrangiert hatte. Am Flughafen Toulouse-Blagnac werde er von zwei Gendarmen abgeholt, die ihn nach Cahors zu einer Gästewohnung der Sicherheitsbehörden brächten. Sie befand sich in einem Appartementhaus, das von einem hohen Sicherheitszaun geschützt war. Es sei ein Gebäude, in dem nur Mitarbeiter der Gendarmerie mit ihren Familien wohnten. Sicherer ging es nicht.

»Spart uns das Hotel«, flachste Margaux. Sie wiederum eröffnete Jacques, dass sie schon vor Tagen den Fotografen Yves aus Bordeaux mit Recherchen und Fotoaufnahmen rund um das Schloss Les Milandes beauftragt hatte. Margaux hatte ihn außerdem gebeten, sie am Flughafen zu treffen und einen geländegängigen SUV für sie zu mieten, damit ihr Name nicht in den Registern auftauchte.

Wenn er reiste, packte Jacques so sparsam, dass alles in seine dunkelgrüne Duffelbag passte, die er an einem roten Riemen über die Schulter hängen konnte. In der Hand trug er meist noch eine Segeltuchtasche, in der er den Laptop und notwendige Papiere verstaute. Sein Motto lautete: Bloß kein Gepäck aufgeben. Nach der Landung aussteigen und weg.

Das klappte in Toulouse nicht, Margaux hatte einen Koffer aufgegeben. Am Gepäckband warteten nur wenige Leute. Aber sie warteten lange. Jacques murrte leise vor sich hin.

»Was wisst ihr Männer schon, was Frauen auf einer Reise brauchen. Eine Frau muss auf alles vorbereitet sein. Außerdem habe ich so viele schöne Sachen. Du hast Hose, Jacke, Hemd. So was kannst du zu jeder Gelegenheit tragen. Aber wenn wir etwa im Les Milandes zum Essen eingeladen würden …«

»Wie kommst du darauf?«

»Nur als Beispiel. Oder irgendwo sonst. Dann muss eine Frau sich entsprechend kleiden können. Ich sage immer: Lieber eine Klamotte zu viel im Koffer, als mich zu blamieren.«

Nach einer halben Stunde tröpfelten die wenigen Gepäckstücke aus einem dunklen Loch auf das lange Band. Schon der erste Koffer gehörte Margaux. Als Jacques ihn nehmen wollte, protestierte Margaux, griff an ihm vorbei, stellte den Koffer vor sich ab und zog den langen Hebel heraus, um das Gepäck auf seinen vier Rollen neben sich herzuschieben.

Als sie hintereinander durch die Ausgangstür traten, stürzte ein großer, gut aussehender junger Mann auf Margaux zu, umarmte sie und gab ihr drei Bises. Es war Yves, der aber, als Margaux ihn vorstellen wollte, nicht dazu kam, auch Jacques zu begrüßen. Denn zwei Gendarmen in Uniform drängten sich dazwischen. Sie boten Jacques nicht die Hand, sondern die Faust, diese Art der Begrüßung hatte man sich in Corona-Zeiten angewöhnt.

»Monsieur le Juge Ricou? Wir holen Sie ab. Haben Sie noch Gepäck?«

»Danke. Schön, dass Sie gekommen sind, aber wir sollten uns erst einmal alle sortieren.«

Er stellte den Gendarmen Margaux vor, die wiederum erklärte, wer Yves, der Fotograf, war, der einen Wagen für sie gemietet hatte. Den Gendarmen war das alles gar nicht recht, aber so fuhren sie einer kleinen Kolonne nach Cahors voran. Ihrem Wagen folgten Margaux und Jacques in dem gemieteten Auto, und dahinter kam Yves in einem vollgepackten, großen koreanischen Geländewagen.

Das Bürogebäude der Gendarmerie, ein zweistöckiger Betonbau, lag an der Avenue Jean Lurçat in einem Neubaugebiet aus den langweiligen Achtzigerjahren. »Der arme Lurçat!«, sagte Jacques lachend, als er das Straßenschild entdeckte, »der hätte auch was Besseres verdient.« – »Ach Gott, ja, Lurçat, den hat man ja fast vergessen. Der ist auch schon seit Ewigkeiten tot. Ein großer Förderer der Tapisserie, der als moderner Künstler die Wiederentdeckung des Wandteppichs vorantrieb. Warum benennt man hier eine Straße nach ihm?«

Die Gendarmen fuhren vor ein Gittertor neben der Gendarmerie, an dessen Seite auf einem Betonpfeiler mehrere Schilder warnten, dies sei die Kaserne Général Ambert, militärischer Bereich, videoüberwacht, Betreten verboten nach Artikel 413–6 des *code pénal*, des Strafgesetzbuches. Das Tor glitt zur Seite, ein Gendarm stieg aus, winkte die drei Wagen durch und bedeutete ihnen, sie möchten doch vor dem sechsstöckigen Wohnhaus parken. Margaux warf Jacques einen Blick zu, der Entsetzen ausdrückte. »Die Gästewohnung?« – »Schauen wir sie uns wenigstens mal an!« – »Wenn's sein muss, aber ich lass meinen Koffer bis dahin im Auto.«

Der sechsstöckige Wohnblock mit rosarot gestrichenen Balkonen sah gepflegt aus, wirkte aber nur halb bewohnt. Viele Rollläden waren runtergelassen, kein Mensch ließ sich blicken.

Die Gästewohnung lag in der obersten Etage, und es gab einen Aufzug, der allerdings für vier Personen zu eng war. Die Gendarmen ließen den Gästen den Vortritt.

Oben angekommen, flüstert Margaux: »Wie gruselig. Hier bleibe ich keine fünf Minuten!«

»Nun warte doch mal ab. Vielleicht sind nur der Gang und das Treppenhaus so kalt und unwirtlich.«

Die Wohnungstür ließ sich mit einem Code öffnen. Margaux machte nur einige Schritte ins Wohnzimmer, dann konnte sie sich nicht zurückhalten und wurde laut.

»Jacques, das kannst du mir nicht antun. Schau dir mal diese Möbel an, ein Plastiktisch, Plastikstühle, ein durchgesessenes Sofa.« Sie beugte sich kurz vor und warf einen Blick ins Schlafzimmer.

»Igitt, in diese Batikbettwäsche lege ich mich nie. Und dann das Bad! Ein vergilbter Duschvorhang. Wie's hier schon riecht. Modrig, schimmelig. Nein!«

Ohne auf eine Antwort zu warten, eilte sie zum Aufzug zurück, riss die Tür auf, drückte sofort den Knopf für Ausgang und fuhr los, ohne auf Jacques zu warten, der die Gendarmen hilflos anschaute und mit den Schultern zuckte.

Die vorderen Türen von Yves' Wagen standen offen, Margaux hatte sich auf den Beifahrersitz gesetzt, und Yves telefonierte, als Jacques und die beiden Gendarmen aus dem Haus traten. Als hätte sie die drei nicht gesehen, knallte Margaux den Schlag zu und sah Jacques nicht an. Yves beendete sein Gespräch und redete auf sie ein. Sie machte ihm Zeichen, als fordere sie ihn auf loszufahren. Jacques, der kurz überlegte, ob die beiden sich wohl besser kannten als nur beruflich, trat an die offene Tür von Yves und fragte Margaux: »Und was machen wir jetzt? Hast du einen Vorschlag?«

Als Margaux schwieg, antwortete Yves freundlich und ruhig: »Ich habe unter dem Namen Jacques Ricou ein schönes Zimmer im *Hotel Divona* reserviert. Für zwei. Da übernachte ich auch, und es ist wirklich ein angenehmes Hotel.«

»Lass uns dieses traurige Erlebnis hier vergessen und losfahren«, sagte Margaux. »Ich bleibe bei Yves im Wagen. Dann kann er mir schon einmal berichten, was er herausgefunden hat.«

Flughafen Lalbenque

Um Viertel nach fünf hockte Jacques ein wenig geduckt auf der hinteren Bank des Geländewagens von Yves, denn dort waren die Fenster verdunkelt. Margaux saß auf dem Beifahrerplatz. Yves fuhr die kurze Strecke zum Flughafen Cahors-Lalbenque, der knapp eine halbe Stunde südlich der Stadt Cahors lag.

Da die Juniorsuite im *Hotel Divona* modern und geschmackvoll eingerichtet war und ihr sogar die Farben gefielen, war Margaux wieder guter Laune. Mit einem kleinen Juchzer hatte sie Jacques zum Fenster gerufen.

»Was für ein schöner Ausblick! Sieh dir die alte Brücke an. Dahin müssen wir am Abend noch einen kleinen Spaziergang machen.«

Die alte Brücke, le Pont Valentré, stammte aus dem 14. Jahrhundert und galt als Wahrzeichen von Cahors. Die Häuser und die engen Altstadtgassen in dem schönen mittelalterlichen Ort verrieten heute noch, dass die Bürger dank der Lage an zwei Handelswegen schon im 7. Jahrhundert wohlhabend gewesen waren.

»Ich war mal mit Michel und seiner Schwester hier in Cahors. Bei ihrem Onkel, einem Weinhändler. Er hat uns eine abenteuerliche Legende zu der Brücke erzählt. Im 14. Jahrhundert wurde über fünfzig Jahre lang an ihr gebaut. Damit der Bau mit den drei Schutztürmen endlich fertig wurde, hatte ein Baumeister dem Teufel seine Seele verschrieben. Kaum war der Pakt unterschrieben, gingen die Arbeiten tatsächlich rasch voran, und als die Brücke fast fertig dastand, wollte der Teufel die Seele des Baumeisters holen. Der aber forderte den Teufel auf, mit einem Sieb Wasser für den letzten Mörtel zu holen. Da ihm das nicht gelang, erhielt Luzifer die Seele des Meisters nicht. Er rächte sich, indem er jede Nacht kam und den Schlussstein des mittleren Turms herausbrach, der seither Teufelsturm heißt.«

Nachdem sie die Zimmer bezogen hatten, besprachen die drei bei einer Tasse Kaffee in der Lounge des Hotels, wie sie die Gendarmen, die vor dem Eingang Wache hielten, abhängen könnten.

Es klappte ganz einfach.

Jacques erklärte seinen ungebetenen Leibwächtern, er werde das Hotel heute nicht mehr verlassen. Morgen um 10 Uhr werde der verhaftete Pilot aus dem Gefängnis in Montauban zum Flughafen Lalbenque gefahren, damit er, der Untersuchungsrichter, ihn vor Ort verhören konnte. Er, Jacques, werde also morgen früh gegen neun Uhr aufbrechen. Sie könnten selbst entscheiden, ob sie jetzt fahren wollten.

»Nein, keinesfalls, wir sind für Ihre Sicherheit zuständig. – Wir sehen mal, was die Zentrale sagt. – Auf jeden Fall steht morgen früh jemand von uns hier.«

Beim Hotelempfang hinterließ Jacques, dass er nicht gestört werden wolle. Keine Anrufe, und auch keine Besuche! Er müsse arbeiten, brauche aber auch seinen Schlaf. Als dann Margaux und Yves ganz scheinheilig in der Hotelhalle auftauchten, verabschiedete Jacques seine Freundin mit einer

Bise auf die Wange und winkte Yves zu. *Bonne route,* gute Fahrt!

Während die beiden ins Auto stiegen, huschte er heimlich durch die Lounge in den Garten, wo bequeme Sommerstühle standen und man sich Getränke bestellen konnte. Von dort spazierte er ganz unauffällig die hundert Meter auf den kleinen Weg am Fluss Lot entlang bis zum Pont Valentré, der wegen seines Alters mit einer elegant an drei kurzen Pfeilern hängenden Kette für den Autoverkehr gesperrt war. Eilig überquerte Jacques auf der Brücke den Fluss und verbarg sich im letzten der drei alten Torbögen einige Minuten lang, bis Yves mit seinem Geländewagen auf der dort vorbeiführenden Straße hielt. Dann sprang er schnell auf den hinteren Sitz. Noch bevor er seine Tür zuknallen konnte, gab der Fotograf Gas.

Margaux klatschte in die Hände und lachte.

»Du bist ja ganz schön sportlich. Ich wusste gar nicht, dass du so schnell rennen kannst.«

»Es war die Sehnsucht nach dir, die mich antrieb!«

»Hallo junges Glück, soll ich in den nächsten Waldweg fahren und aussteigen?« Yves lachte laut und drehte sich nach hinten zu Jacques. »Und wo willst du jetzt genau hin?«

»Ich will nur einen Eindruck vom Flughafen bekommen. Mal schauen, was für Maschinen da rumstehen, wie der Betrieb so läuft. Der verhaftete Pilot soll eine Flug- und Fallschirmspringerschule besessen haben. Ich will sehen, ob die ganz normal weitergeführt wird.«

»Es gibt dort auch noch den kleinen Ableger einer Agentur, die Drohnenaufnahmen vermittelt. Also, wenn du beispielsweise eine große Baustelle inspizieren willst oder für einen Filmdreh ein paar Luftaufnahmen brauchst. Die machen das sehr professionell. Ich habe zwar auch eine kleine Drohne zum Fotografieren. Aber die von der Firma sind viel besser ausgestattet, und zur Not haben sie sogar Piloten, die erst einmal mit einem kleinen Flugzeug auskundschaften, wo die Drohne am besten eingesetzt werden kann.«

»Spannend. Vielleicht könnten wir da reingehen und uns als Kunden ausgeben. Könnte sein, dass mir irgendwas auffällt … Wer weiß.« Jacques fing an zu grübeln. Man musste allen, auch den unmöglichen Spuren nachgehen.

Vor dem flachen Flughafengebäude fuhr Yves auf einen leeren Platz zwischen zwei weißen Kleintransportern und parkte seinen Geländewagen völlig unauffällig.

Jacques hatte vorgeschlagen, dass er allein in die Eingangshalle gehen, nach dem Büro der Gendarmerie suchen und sich dort melden würde. Unterdessen könnten Margaux und Yves sich draußen umsehen und eventuell fotografieren, was auf dem Flugfeld vor sich ging, welche Maschinen dort standen und ob sich etwas in der Flug- und Fallschirmspringerschule tat.

Es dauerte einen Augenblick, bis Jacques das richtige Haus fand, denn das große, flache Gebäude, vor dem sie geparkt hatten, war nur ein Hangar für kleine Flugzeuge und diente außerdem als Mechanikerwerkstatt. Am Ende der Halle befand sich ein kleiner, zweistöckiger Bau, in dessen oberer Etage ein Restaurant mit Terrasse und freiem Blick auf das Flugfeld untergebracht war. Auf das Büro der Gendarmerie stieß Jacques eher zufällig. Er klopfte und schaute auf das Namensschild neben der Tür. Jacques zuckte zusammen, als die Tür unvermittelt aufgerissen wurde. Ein freundlich lächelnder Gendarm in Uniform schaute ihn fragend an.

»Pardon, wenn ich Sie erschreckt haben sollte. Ich hatte ein paar Kollegen erwartet. Monsieur, womit kann ich Ihnen helfen?«

»Sie sind Monsieur Renard?«

»Der bin ich.«

»Ich wollte zu Ihnen, denn ich bin Untersuchungsrichter Jacques Ricou aus Paris. Ich bin der Nachfolger des ermordeten Untersuchungsrichters Michel Delabrue, dem Sie die anonymen Meldungen geschickt haben.«

Der Gendarm blickte Jacques verwirrt an und trat einen Schritt zurück. Sein Gesicht erstarrte. Dann drehte er sich um, ging in den kleinen Raum und ließ sich auf seinen Bürostuhl sinken. Jacques trat ein und schloss die Tür hinter sich. Als Renard sich immer noch nicht rührte, zog Jacques einen Stuhl vor die andere Seite des Schreibtisches und setzte sich.

Der Gendarm sah ihn an. »Wie kommen Sie auf die absurde Idee, ich hätte irgendjemandem anonyme Meldungen geschickt? Was soll das? Was wollen Sie von mir?«

»Monsieur Renard, Sie haben mich heute noch nicht erwartet, aber Sie wissen, dass ich morgen früh um zehn Uhr in Ihrem Büro den vermutlich von Ihnen selbst verhafteten Piloten des Drogenflugzeuges vernehmen will. Er wird von der Gendarmerie aus dem Gefängnis von Montauban hierhergebracht. Also sind Sie bestens unterrichtet. Richtig?«

»Das kann ich bestätigen.«

»Bei den Unterlagen des ermordeten Untersuchungsrichters Michel Delabrue befanden sich anonyme Meldungen eines Corbeau aus der Gendarmerie von Cahors. Zwei Texte und zwei Videos. Sie wissen, worum es dabei geht: zum einen um den Befehl von Verteidigungsminister Lacaze, die angeordneten Beobachtungen einzustellen, zum anderen um die Tatsache, dass die Gendarmerie doch weiter kontrolliert. Und wie komme ich auf Sie? Aus zwei Gründen. Ihre Eltern sind Scherzbolde und Sie auch, Corbi.«

Gendarm Renard verzog den rechten Mundwinkel und schnaufte kurz, als müsste er sich ein Lachen verbeißen.

»Das müssen Sie mir erklären.«

»Draußen vor der Tür hängt Ihr Namensschild. Ihr Nachname lautet Renard, der Fuchs. Und Ihre Eltern haben bei der Wahl Ihres Vornamens an die Fabel von Jean de la Fontaine gedacht, wo der *renard,* der Fuchs, vom Geruch eines Käses angelockt wird, den der *corbeau,* der Rabe, in seinem Schnabel hält. Mit Schmeichelei gelingt es dem Fuchs, dem Raben den Käse abzuluchsen. Deshalb ließen Ihre Eltern Sie Corbinian taufen, denn der Name dieses Heiligen stammt von dem lateinischen *corvus,* also Rabe, ab. Corbinian Renard – Rabe Fuchs. Haha, wie witzig! Und Sie wiederum dachten, wenn ein Corbeau mit Corbi unterschreibt, wird niemand auf die Idee kommen, dass Corbinian dahintersteckt. Dabei ist das doch auffällig kindisch. Der Wunsch, einen Witz zu machen, hat Sie unvorsichtig werden lassen.«

»Monsieur le Juge, ich verneige mich vor Ihnen. Ich hatte nicht gedacht, unvorsichtig zu sein. Im Gegenteil, ich wollte eine Spur legen. Niemand außer dem Untersuchungsrichter würde die Mitteilungen des Corbeau lesen. Wenn er aber so klug wäre wie Sie, Monsieur Ricou, dann würde er der Spur von Corbi folgen. Und nun schneien Sie tatsächlich hier rein. So war's geplant! – Kann ich Ihnen etwas anbieten? Einen Kaffee, ein Wasser?«

»Danke, nein. Aber erzählen Sie bitte, wie ist der Stand auf dem Flughafen jetzt?«

»Hier ist ganz wenig los. Kaum Flugverkehr. Und sonst gibt es nur drei Unternehmen. Einmal eine Agentur für Luftaufnahmen. Deren Leute sind große Künstler beim Drehen mit Drohnen, die Aufnahmen im zweiten Video von Corbi stammen von ihnen. Haben sie heimlich für mich gedreht. Aber die Agentur ist im Moment geschlossen. Einer ihrer Partner ist erschossen worden, oben in Savoyen. Kein Mensch weiß, warum. Angeblich war er mal Leibwächter eines Präsidenten von Mali. Während die Mitarbeiter der Agentur zu seiner Beerdigung fuhren, hat ein Kurzschluss im hiesigen Büro dazu geführt, dass fast das gesamte Bildarchiv verschmort ist.«

»Aus den Unterlagen weiß ich, dass der Drogenpilot angeblich Eigentümer einer Flugschule ist. Stimmt das, oder war das nur ein Vorwand? Was macht die?«

»Es stimmt, aber der Flugunterricht ruht. Dann gibt es noch eine Fallschirmspringer-Schule, die zieht viele Rabauken an.«

»Gehört die nicht auch dem verhafteten Drogenhändler?«

»Ja, aber den Laden halten mehrere der Ausbilder am Laufen, ehemalige Fallschirmjäger und so. Das kleine Restaurant über mir im Gebäude ist ihr Stammlokal. Bei gutem Wetter machen sie ab und zu Gruppensprünge. Dazu benutzen sie ein altes Flugzeug, eine Nord Noratlas, die hat hinten zwei hoch gelegene Leitwerksträger, deshalb kann man sehr bequem aus einer riesigen Luke hinten am Flugzeug springen. Die Noratlas ist eigentlich ein Transporter, und zunächst hatten wir sie ja beschlagnahmt, weil besagter Drogenhändler sie geflogen hat. Aber nach der Intervention von Lacaze war sie wieder viel unterwegs. Häufig voll besetzt mit fünfzehn oder zwanzig Mann. Angeblich zu Sprungwettbewerben mit anderen Clubs. Sie ist gerade vorhin wieder gelandet. Die Fallschirmspringer waren damit ein paar Tage unterwegs.«

»Wissen Sie, wo die waren?«

»Nein, das müsste man oben beim Tower erfragen, aber die werden auch meistens angelogen.«

»In der letzten Meldung von Corbi steht etwas wie: ›Ungewöhnlich große Lieferung H auf Lalbenque erwartet. Angeblich Tonnen.‹ Wie kommen Sie darauf, haben Sie eine zuverlässige Quelle?«

Corbinian Renard verdrehte die Augen nach oben und warf einen Blick an die Decke. Dann schaute er Jacques durchdringend an.

»Die beste Quelle, die man sich vorstellen kann. Ich habe da oben an der Bar, wo die starken Männer viel trinken und dann kräftig angeben, ein paar Mikros angebracht …«

Vor der Tür des Büros blieben mehrere Personen in festen Schuhen stehen, jemand klopfte laut und bestimmt. Corbinian Renard sprang von seinem Stuhl hoch – »das werden die Kollegen aus Montauban sein!« – und riss die Tür genauso energisch auf wie zuvor bei Jacques. Draußen standen vier kräftige Männer in der Lederkombi von Motorradfahrern der Gendarmerie, schwarze Lederhosen und -stiefel, dazu hellblaue Jacken und darüber geschnallt schwarze Ledergürtel mit Pistolentasche.

»Ah, da seid ihr ja. Das ist Untersuchungsrichter Jacques Ricou, der wollte schon mal die Lage für morgen checken.«

Die vier traten in das enge Büro und lachten. »Hier willst du das Verhör abhalten?«

Renard zuckte verächtlich mit dem Mundwinkel und führte sie zu einem freundlich eingerichteten Raum auf der anderen Seite des Ganges. Das Zimmer war geräumig, ohne Fenster, in der Mitte stand ein Tisch mit mehreren Stühlen.

»Gut, keine Fenster, das hat schon was. Können wir das Gelände mal abgehen, um die Sicherheit zu klären?«

Jacques fühlte sich überflüssig. »Bevor ich gehe, noch eine Frage. Ich hatte um einen Protokollanten gebeten. Ist das organisiert?«

»Ja, wenn Sie erlauben, werde ich es machen. Ich beherrsche sogar Kurzschrift.«

Einer der Gendarmen fluchte.

»Renard, treiben sich hier immer so viele Motorradrocker rum? Die sind ja eine richtige Seuche!«

»Die gehören zu den Fallschirmspringern. Ihr könnt sie gleich mal kontrollieren und ihnen ein bisschen Angst machen!«

»Ob die sich Angst einjagen lassen? So sehen sie nicht aus. Zumal es gut dreißig Leute sind in Kluft mit Helm und irren Maschinen. Als Gruppe fühlen die sich doch unbesiegbar. Das ist zu riskant.«

Jacques verabschiedete sich von »Corbi«: »Dann bis morgen. Und können wir uns schon um neun treffen, damit Sie mir mehr erzählen?«

»Können wir.«

Yves' Drohne

Es war inzwischen Nacht geworden. Sterne leuchteten, aber der Mond hielt sich noch hinter einer Ecke versteckt.

Die Ladeluke des Geländewagens war nach oben geklappt, und Margaux blickte mit einem Fernrohr in die Richtung der Fallschirmspringerschule. Über zwei kleine Hebel bediente Yves das Steuerungsgerät für eine Drohne und schaute auf einen Monitor. Dort sah Jacques, dass die Kamera des Quadrokopters trotz der Dunkelheit gut erkennbare Bilder lieferte. Sie schwenkte über den Rumpf der Nord Noratlas, der mit vielen Aufklebern verziert war, darunter auch das Kennzeichen der Fallschirmspringerschule in Cercottes. Aber das erkannte Jacques nicht.

Als die Kameralinse ein wenig aufzog, sah er, dass ein Dutzend Motorradfahrer über die hintere Ladefläche Gepäck in die Satteltaschen ihrer Maschinen luden, die sie vor dem Heck des Flugzeugs geparkt hatten. Mindestens ein Dutzend, wenn nicht sogar doppelt so viele. Dann weitete sich der Blick zur Totalen, man sah noch mehr Motorradfahrer zur Ladeklappe fahren, die Drohne flog über die Hallen des Flughafens hinweg und senkte sich neben dem Wagen von Yves.

»Psst! Ganz ruhig. Setz dich schon mal rein«, flüsterte Yves Jacques zu, packte die Geräte geschwind zusammen und verstaute sie in einem Aluminiumkoffer. Dann pfiff er leise durch die Zähne, worauf Margaux den Feldstecher von den Augen nahm und in sein Lederetui steckte, herüberkam und das Glas auf die Ladefläche legte.

»Ganz leise, zieht die Türen nur leicht zu. Es ist besser, wenn uns niemand hört. Wenn wir hier raus sind, erklär ich euch alles. Jetzt muss ich mich konzentrieren und auf alle Eventualitäten gefasst sein.«

Nach zehn Minuten konnte Margaux nicht mehr stillhalten, doch als sie Anstalten machte zu reden, schoss Yves ein kurzes »Pssst!« so streng heraus, dass sie zurückzuckte.

Sie hockten im Dunkeln und regten sich nicht.

Ab und zu bewegte der Fotograf seine Hände, als wollte er die beiden besänftigen.

Sie sahen Gendarm Corbinian Renard mit seinen vier Kollegen entspannt und laut schwatzend über den Parkplatz laufen.

»Schon mal gut. Wenn die jetzt auf ihre Motorräder steigen und abfahren, dann versuche ich, vor ihnen auf die Straße zu kommen. Wir benutzen sie als eine Art Nachhut.«

»Was …?«

Mehr konnte Jacques nicht sagen, ehe Yves ihn mit einem Wink zum Schweigen brachte. Sie hörten, wie die Motorräder der Gendarmen angeworfen wurden. Yves startete seinen Geländewagen, gab aber wenig Gas, um nicht durch lautes Röhren aufzufallen. Ohne die Scheinwerfer einzuschalten, steuerte er gekonnt rückwärts aus der Parklücke. Im Rückspiegel konnte er sehen, dass die Gendarmen in seine Richtung fuhren, daraufhin drückte er das Gaspedal herunter, der Wagen machte einen Satz nach vorn und schoss über den Parkplatz. Einer der Gendarmen schaltete die Sirene ein, alle vier ließen das Blaulicht blinken und rasten hinter dem Geländewagen her.

Yves war ein geübter Fahrer. Er fuhr in hohem Tempo vom Parkplatz auf die enge Landstraße nach Montauban und hielt sich für einige Hundert Meter in der Mitte der Fahrbahn, sodass ihn kein Gendarm überholen konnte. Erst nach einem Kilometer nahm er den Fuß behutsam vom Gaspedal, steuerte auf die rechte Straßenseite, und als der Gendarm mit der Sirene sich vor ihn setzte, bremste er ab und drehte sich zu Jacques um.

»Ich glaube, jetzt bist du dran. Lass dir was einfallen.«

Ein Gendarm tauchte an der Fahrerseite auf. Die Kollegen hinter dem Wagen waren abgestiegen und hatten die Waffen gezogen.

Yves ließ alle Fenster runter, damit die Gendarmen Jacques, der sich von seiner Rückbank aus ans Fenster lehnte, gut erkennen konnten. Der Richter winkte von hinten und rief den Gendarmen zu, alles sei in Ordnung. Sie schauten ein wenig verblüfft, dann meinte der Gendarm, der mit Sirene gefahren war: »Monsieur le Juge, wir wünschen Ihnen einen guten Abend. Aber Ihr Wagen hat kein Licht!«

»Oh, pardon!«, rief Yves und schaltete sofort alle Scheinwerfer an, sodass die Straße hell erleuchtet wurde. Er gab sich zerknirscht. »Das habe ich gar nicht gemerkt. Pardon. Verzeihen Sie. Es tut mir leid.«

»Schon gut, schon gut.« Die Gendarmen salutierten und machten den Weg für Yves und seinen Geländewagen frei. Aber sie schüttelten den Kopf und meinten nörgelnd, da stimme was nicht. In dieser Dunkelheit merke man doch, ob man das Licht anhat. Sonst könne man doch gar nicht sehen, wo man langfährt.

»Also, ich mach's so kurz wie möglich«, sagte Yves. »Unter den Motorradfahrern vorhin am Flugzeug habe ich einige wiedererkannt, die mich vorgestern in Les Milandes am liebsten umgebracht hätten. Margaux hatte mich ja gebeten, vom Schloss einige schöne Bilder für eine Geschichte in ihrer Zeitung aufzunehmen. Und ich sollte mich umhören – nach Anekdoten über das Schloss und den Schlossherrn, Jean Lillet. Nun liegt nicht weit vom Schloss entfernt ein Bauernhof, mit dessen Besitzer ich mir im Internat das Zimmer geteilt habe. Wir sind immer noch enge Freunde. Ich dachte mir, bei ihm könnte ich während der Recherchen unterkommen. Weil ein Bauer ja fast immer zu Hause auf seinem Hof ist, habe ich ihn erst von unterwegs aus angerufen, und kaum war ich bei ihm angekommen, hat er mich sofort mit dem Wagen in eine Scheune gewinkt und die Tore geschlossen. Warum das?, habe ich ihn gefragt. Und da hat er mir erzählt, dass sich seit einiger Zeit merkwürdige Leute im Schloss herumtreiben. Zum einen Typen mit kleinen Kamerawagen und ähnlichem Gerät, zum andern aber auch eine Horde von Motorradfahrern, die nicht nur im Park des Schlosses rumfahren und den Boden aufwühlen, sondern die ganze Gegend tyrannisieren, damit sich niemand traut, sich dem Schloss zu nähern.«

Dann erzählte Yves weiter, sein Freund habe den Schlossbesitzer Jean Lillet in seiner Beduinentracht im Park gesehen, begleitet von zwei Berbern als Leibwächtern, und ihm zugerufen, er wolle mit ihm reden. Als er daraufhin zum Schlossgarten ging, fing ihn einer der bewaffneten Motorradfahrer am Gitter ab, und es kam zu einem heftigen Streit. Er solle sich um seinen eigenen Dreck kümmern!

Der grobe Motorradfahrer rief den Berbern etwas auf

Arabisch zu, sie packten ihren Mansa Musa rechts und links unter dem Arm und zerrten ihn zurück ins Schloss.

Als der Besitzer des Bauernhofes dann am späten Abend mit seinem Hund durch den Wald lief, der seine Felder vom Schloss trennt, und sich ein wenig zu neugierig dem Gitterzaun des Schlossgartens näherte, schoss ein patrouillierender Wächter auf den Hund. Das Tier war sofort tot.

»Wann hat denn dein Freund Lillet gesehen?«, fragte Jacques erstaunt.

»In den letzten Tagen wohl.«

Margaux drehte sich zu Jacques und schaute ihn vielsagend an.

Yves fuhr fort: »Also bin ich vorsichtig vorgegangen. Ich habe nachts meine Drohne aus dem Wald gestartet, um die Lage auszukundschaften. Tatsächlich sind Schloss und Garten schwer bewacht. Ich habe dann die Kamera zu den beleuchteten Fenstern geflogen. Ein großer Raum ist als eine Art Fernsehstudio eingerichtet. Aber er war leer. In einem anderen Raum, offenbar einem Konferenzzimmer, schien Jean Lillet sich gerade in heftigem Streit mit drei oder vier Leuten zu befinden. Er war immer noch in Berbertracht, rechts und links bewacht von seinen Beduinen. Sie standen um große Tafeln mit vielen Einträgen und eine Europakarte herum und diskutierten mit großen Gesten.«

»Das war vorgestern?«

»Nein, vor drei Tagen, am Sonntag.«

»Und du bist sicher, dass es Jean Lillet war?«

»Ich kenne ihn ja ein wenig. Aber wir können uns den Film gleich im Hotel anschauen. Ich habe die Szene aufgezeichnet.«

Drohnen machen leise Summgeräusche, wenn sie fliegen.

Einer der Wachleute im Garten wurde aufmerksam und begann, auf das fliegende Objekt zu schießen. Yves zog das Gerät so hoch wie möglich und ließ es hinter dem Schloss verschwinden, auf der ihm entgegengesetzten Seite. Dann steuerte er es zurück zum Wald, schnappte sich die Drohne, sobald sie gelandet war, und lief eilig zu dem Bauernhof, wo er seinen Freund, den Bauern, warnte. Der eilte zu seinem Hundezwinger, wo er scharfe Hovawarts züchtete, dann löschten sie jegliches Licht.

Nach einer halben Stunde fuhr eine Gruppe von sechs Männern mit lärmenden Motorrädern auf den Hof. Sie stiegen ab, liefen laut krakeelend herum und wollten die Scheune öffnen, die gut verbarrikadiert war.

In dem Moment schossen drei der Hovawarts aus dem Zwinger. Sie bellten kaum, sondern griffen sofort an. Zwei gebissene Männer schrien auf. Einer zog eine Pistole heraus, als wollte er auf die Hunde zielen, doch der Bauer stürzte mit einem Jagdgewehr aus der Tür und schoss in die Luft. Von den Hunden verfolgt, jagten die sechs auf ihren Maschinen davon.

»In der Morgendämmerung hat mich mein Freund dann über Schleichwege durch den Wald und zwischen den Feldern hindurch auf eine Straße gelotst«, beendete Yves seinen Bericht.

An der Kette vor dem Pont Valentré stieg Jacques wieder aus. Er wählte die Telefonnummer von Jean Mahon, der ihm sofort erzählen wollte, dass Verteidigungsminister Lacaze sich wieder bei Françoise Bettencourt gemeldet und um ein weiteres Videogespräch gebeten hatte. Es sei noch kein Geld angekommen! Jacques unterbrach Jean und schilderte ihm mit dem Hinweis »Achtung, jetzt wird's gefährlich!« den neuesten Stand. Er wolle sich im Hotel gleich die Aufnahmen von Les Milandes ansehen.

»Spiel mir die Szenen rüber, wenn es geht«, erwiderte Jean hellwach.

Margaux erkannte Jean Lillet unter den Männern im Konferenzzimmer. Und lachend deutete sie auf einen kleinen, stämmigen Mann: »Der sieht aus wie der jüngere Bruder von Lacaze!«

»Vielleicht ist er das«, meinte Jacques trocken.

Die Hotelküche hatte einige Sandwiches und mehrere Flaschen Bier in das Zimmer von Margaux und Jacques geliefert, wo sie saßen und sich über die neue Situation unterhielten. Jacques telefonierte noch mehrmals mit Jean.

Gegen Mitternacht beschlossen sie, ein paar Stunden zu schlafen. »Es ist besser, wenn wir nicht mit meinem auffälligen Geländewagen fahren«, meinte Yves und räumte alles Foto-Equipment, das er für den morgigen Einsatz benötigte, in den Wagen von Margaux.

»Sonnenaufgang ist gegen halb sieben. Also sollten wir uns um fünf mit deinem Freund treffen«, sagte Jacques zu ihm, als er zurückkehrte. »Eine Stunde Fahrtzeit? Dann Abfahrt um vier Uhr.«

Château Les Milandes

Der Bauer hatte die Stelle genau beschrieben, wo er auf einem Feldweg am Waldrand mit seinem Traktor warten würde. Um zehn vor fünf kamen sie nach einer schnellen Fahrt über dunkle, leere Straßen dort an, aber von Yves' Freund war nichts zu sehen.

Margaux steuerte den Wagen gut hundert Meter weit in den Waldweg, um nicht auf offener Straße warten zu müssen und dadurch aufzufallen. Yves öffnete die Beifahrertür, stellte sich auf die Trittstufe, reckte sich und lauschte.

»Ich glaube, ich höre den Traktor. Wir waren zu früh dran.«

Als der Trecker in Sicht kam, griff Yves nach seiner Kamera, sprang vom Wagen und rief, das sei ein Titelfoto für den Landwirtschaftskalender. Im Fahrerhäuschen neben dem Bauern saß ein kräftiger Hovawart, auf den breiten Schutzblechen der Hinterreifen hatten zwei weitere große Hunde Platz genommen. Sie wirkten wie Statuen. Während der Traktor mit einem weiten Schlenker über das Feld wendete, näherte sich ein weißer Lieferwagen mit der Aufschrift eines Malereibetriebs, dem in weitem Abstand noch zwei Transporter folgten. Alle drei bremsten ab und fuhren in den Waldweg.

Aus dem vorderen Wagen stieg ein Gendarm in schwerer Ausrüstung, Jacques erkannte Corbinian Renard erst, als er sein Visier am Helm hochklappte.

»Guten Morgen. Alles wie geplant?«

»Alles wie geplant. Dann wollen wir mal.«

Yves gab seinem Freund ein Zeichen, und die Kolonne folgte dem Traktor zwanzig Minuten lang über einen holprigen Weg mit tief ausgefahrenen Spurrillen. Auf dem Hof winkte der Bauer wie ein Verkehrspolizist die Wagen in Reih und Glied neben die Scheune. Dann begrüßte er Yves, Margaux und Jacques ganz altmodisch mit Handschlag und bedeutete dem guten Dutzend Gendarmen, die aus den drei Transportern stiegen, ihm durch das weite Holztor zu folgen. Dort wurden sie von vier Männern begrüßt, die der Bauer als seine Mitarbeiter und den örtlichen Förster vorstellte. Einige Gendarmen waren bei den Wagen geblieben.

»Kurze Lagebesprechung«, hob der Bauer an, »und danach eine Stärkung. Da drüben auf dem langen Tisch stehen Kaffee, Brot und edle Produkte meines Hofes! Sie sind mir als meine Gäste herzlich willkommen und dem Förster sicher auch. Er leidet genauso wie ich unter der Unruhe in der Gegend. Zur Lage: Der Förster hat sich vorhin noch im Wald umgesehen. Das Schloss ist auch nachts durchgehend bewacht, und zwar von Profis, wie es scheint.«

»Wie viele Leute sind nachts draußen, und was wissen Sie über deren Bewaffnung?«, fragte Corbinian Renard den Förster.

»Drei oder vier Wachen. Wechseln sich alle zwei Stunden ab. Und Waffen? Teils Pistolen, teils Schrotgewehre, aber so was nicht.« Der Förster wies auf das moderne Jagdgewehr, das über seiner Schulter hing.

»Danke für die Einladung«, sagte Corbinian Renard kurz angebunden. »Wir nehmen sie nach getaner Arbeit gern an. Aber jetzt müssen wir los. Jeder kennt seine Aufgabe.«

Draußen hatten die Gendarmen bei den Lieferwagen mittlerweile drei Drohnen zum Flug vorbereitet und im hinteren Teil eines Transporters eine Art Befehlsstand errichtet. Ihre Kollegen holten sich automatische Waffen aus den Fahrzeugen, machten sie scharf und stellten sich in Zweiergruppen auf. Jeweils der Vordere eines Paares trug einen großen, durchsichtigen Schild, der auch gegen schwere Geschosse Schutz gewährte.

Corbinian Renard setzte sich im Befehlsstand Kopfhörer auf. Sobald er hörte, dass eine Gruppe von Kollegen, die vor dem Haupteingang des Schlosses Position bezogen hatte, zum Einsatz bereit war, gab er Drohne eins frei, zwei und drei sollten in kurzem Abstand folgen. Dann gab er der Mannschaft den Abmarschbefehl. Sie würde in fünf Minuten durch den Wald auf den Gitterzaun stoßen.

Nach zwei Minuten ließ die erste Drohne im Schlossgarten nahe dem Gebäude eine Brandbombe fallen und dazu einen Miniaturlautsprecher, der ein unsäglich schrilles Sirenengeheul von sich gab. Ein Ablenkungsmanöver.

Vor dem Schloss holten zwei Gendarmen mit dem Rammbock aus, um das Eingangstor des Schlosses aufzubrechen. Trotz eines den Aufprall verstärkenden Mechanismus gelang es ihnen nicht. Das Tor aus dickem Eichenholz war vermutlich von innen mit Querbalken gesichert. Ein Spezialist knetete eilig rund um die Torfassung eine lange Wurst aus Sprengstoff, schloss sie an einen Elektrozünder an und ließ sie – nach einem Warnruf – explodieren.

Ein schwarzes Loch tat sich auf.

Aus dem verrauchten Dunkel drinnen antwortete ein Kugelhagel, der mit zwei Granaten zum Schweigen gebracht wurde.

Die fast farblos aufgehende Sonne sandte gleißendes Licht über den Hügel im Osten.

Die Gendarmen, die vom Hof aufgebrochen waren, betraten den Schlossgarten ohne jeden Widerstand und zündeten Leuchtfackeln an, die das flache Gelände markierten.

Auch Yves hatte inzwischen seine Drohne gestartet, und so konnten Jacques und Margaux sehen, wie sich zwei Puma-Hubschrauber dem Schloss näherten. Einer blieb über dem Dach stehen, ein Dutzend Gendarmen seilte sich ab und drangen über einen Balkon in das Gebäude ein. Der andere landete im Garten und spuckte eine Menge weiterer Männer aus.

Nach wenigen Minuten ließen Kampfgeräusche, laute Explosionen und dumpfes Knallen von Schusswechseln nach.

Yves packte seine Kamera und rief aufgeregt: »Wie komme ich da jetzt hin?« Auch Margaux sprang aus dem Wagen. »Ich komme mit!«

Jacques zögerte einen Moment. In ihm brannte nicht das Feuer eines Fotografen oder Journalisten. Aber er wollte auch nicht feige sein.

Der Förster erbarmte sich ihrer und bot an, den Führer zu geben.

Von seinem Befehlsstand aus hatte Corbinian Renard mitbekommen, dass die drei zum Schloss wollten. Er warf einen kurzen Blick auf seine Monitore, die von den drei Drohnen gefüttert wurden, und gab dann grünes Licht.

»Ihr werdet am Gitter von vier Mann in Empfang genommen, bitte gehorcht ihnen blind! Sie sind für eure Sicherheit zuständig. Aber vorher zieht ihr schussichere Westen an. Die kriegt ihr im Wagen nebenan.«

Die beiden Hubschrauber waren im Schlossgarten gelandet, die Rotoren standen still. Ein halbes Dutzend mit schweren Waffen ausgerüstete Gendarmen bewachten sie, die Seitentüren gähnten weit geöffnet. Zwischen ihnen stand eine etwas merkwürdige Gestalt, ein älterer Mann, der über seine Anzugjacke eine Schussweste gezogen hatte und einen schweren Helm mit Visier trug. Als Jacques sich mit Margaux, Yves und den vier Gendarmen, die sie begleiteten, näherte, begann der Mann heftig zu winken und zu rufen.

Jacques erkannte die Stimme von Jean Mahon.

Der Kommissar war mitten in der Nacht mit der Eingreiftruppe der Gendarmerie, die auf dem Pariser Militärflugplatz Villacoublay mit den Hubschraubern stationiert war, losgeflogen. Er hatte den Einsatz schon wenige Stunden vor Jacques' erstem Anruf am Abend zuvor angeordnet, da Fabiennes Recherchen über Darknet-DarkHand-Haurus mithilfe von Cyber-Alexis eine Verbindung zum Schloss Les Milandes nahelegten.

Die fünfhundert Kilometer schafften die großen Puma-Maschinen der Eingreiftruppe in weniger als zwei Stunden. Sobald sie im Anflug waren, hatte Corbinian Renard den Einsatz von seinem Befehlsstand auf dem Bauernhof aus koordiniert und das Startzeichen gegeben.

Yves fotografierte, Margaux machte sich Notizen.

»Vielleicht habe ich dir unrecht getan«, gestand Jean Mahon Jacques verlegen, »als ich dich wegen deiner wahnsinnigen Idee, als Köder nach Cahors zu fahren, beschimpft habe. Ich bin mal gespannt, ob wir Jean Lillet wirklich noch hier finden.«

»Margaux hat ihn auf den Videos von Yves ohne jeden Zweifel wiedererkannt. Und Yves hat das bestätigt. Ich fürchte, wir sind hier auf ein riesiges Räubernest gestoßen. – Wie ist denn der Stand der Dinge jetzt da drinnen?«

»Ich frag mal nach.«

Jean Mahon ging einige Schritte zu einer kleinen Gruppe von Gendarmen, winkte Jacques dazu und stellte ihn als den zuständigen Untersuchungsrichter vor. Ein Sergeant erkundigte sich über Funk und meldete, im Schloss werde nicht mehr gekämpft, alle Gegner seien unschädlich gemacht. Es habe ein paar Verletzte gegeben, die würden gerade evakuiert, und es gebe leider auch einige Tote unter den Verteidigern des Hauses. Aber keinen verletzten Gendarm. Jetzt werde das Haus noch vom Dach bis in den Keller Zentimeter um Zentimeter durchsucht. Das könne schon ein oder zwei Stunden dauern.

»Wollen wir so lange einen Kaffee beim Bauern trinken und ein schönes Sandwich mit seinem hausgemachten Schinken essen?« Jacques verspürte plötzlich großen Hunger.

»Du bist aber auch verfressen!«, erwiderte Margaux. »Ein Wunder, dass du so schlank geblieben bist. Ich bleibe hier. Da spielt die Musik.« Sie schaute Yves fragend an, der seine Kamera hochhielt und bestätigend nickte. Er würde ihr Gesellschaft leisten. Das verstand ein Untersuchungsrichter halt nicht. Der dachte nur vom Ende her. Und versuchte dann aufzudröseln, wie das alles passieren konnte. Aber wenn eine Journalistin gut ist, dann will sie miterleben, wie es passiert. Und Margaux war gut, sehr gut sogar.

Jacques gab dem Kommissar einen Wink, und beide machten sich auf den Weg zu dem großen Tisch in der Scheune.

Als sie zwei Stunden später munter zurückkamen, saßen

die Journalistin und der Fotograf ein wenig verzweifelt auf der Kante zum Frachtraum eines der beiden Hubschrauber.

»Es dauert noch, aber in spätestens einer halben Stunde können wir rein.«

Jacques packte aus einer kleinen Feldtasche zwei große Schinkenbaguettes, zwei Pappbecher und eine Thermoskanne mit Kaffee. »Mit schönen Grüßen vom Bauern an seinen Freund Yves und dessen Kollegin«, sagte er mit ironischem Unterton und einem schrägen Lächeln zu Margaux.

Es wurde schließlich Mittag. In der Sonne war es heiß.

Als Jacques und Jean endlich von einem Capitaine der Gendarmerie gerufen wurden, sie könnten ins Schloss kommen, wollten Margaux und Yves sie begleiten, wurden am Eingang aber zurückgehalten. Zugang nur für Ermächtigte.

»Bitte schön, was ist ein Ermächtigter? Oder eine Ermächtigte?«, fragte Margaux spöttisch. Aber es half alles nichts.

Etwa vierzig Leute waren festgenommen worden. In drei getrennten Räumen lagen sie auf dem Bauch mit auf dem Rücken gefesselten Händen.

Die Hälfte der Zimmer in der unteren Etage war zu einer Art Supermarkt für Drogenhändler umgestaltet worden. In einem Lagerraum stapelten sich bis unter die Decke Hunderte von Beuteln, wie sie die Motorradfahrer aus der Nord Noratlas geholt und in ihre Satteltaschen gepackt hatten.

»Das könnten mehrere Tonnen H sein. Was meinst du?«, fragte Jean, feuchtete die Spitze seines Zeigefingers im Mund an, berührte damit weißes Pulver, das aus einem Sack rieselte, und leckte es ab. »Puderzucker ist es nicht.«

»Wollen Sie mit in die obere Etage kommen?«, fragte der Capitaine den Untersuchungsrichter Jacques Ricou.

»Gern, gibt es da etwas Besonderes zu sehen?«

»Lassen Sie sich überraschen.«

In einem Raum, in dem die Wände Spuren von einem heftigen Schusswechsel aufwiesen, lagen vier Leichen. Kräftige Männer in Lederkleidung. Sie hatten den Eingang zu einem großen Zimmer verteidigt, das auf Jacques wie ein Server- und Computerraum wirkte.

Von dort führte eine aufgeklappte Doppeltür zu einem Fernsehstudio, in dem vor einer grünen Stoffwand mehrere alte und kostbare Schreibtische standen, eine Europafahne sowie eine französische Nationalflagge mit dem ursprünglichen Dunkelblau, das Emmanuel Macron wieder für die Fahne des Präsidenten festgelegt hatte, nachdem Präsident Valéry Giscard d'Estaing vor mehr als vierzig Jahren ein modisches, helleres Blau eingeführt hatte.

Hinter dem Studio lag das Zimmer mit dem Konferenztisch, an dem Jean Lillet mit ein paar Männern gestritten hatte, während Yves mit seiner Drohne von außen zusah.

»Hier ist es ein bisschen blutig zugegangen«, erklärte der Capitaine der Gendarmerie, der sie führte. Neben der Tür lagen die beiden Berber-Leibwächter von Jean Lillet.

»Wir mussten sie erschießen, weil sie gerade dabei waren, den Chefbeduinen zu erstechen.«

Auf dem Boden kümmerten sich drei Sanitäter um den schwer verletzten »Chefbeduinen«. Er war nicht bei Bewusstsein. Blut hatte seinen zerfetzten Kaftan durchtränkt.

Offenbar war eines der kurzen Berberschwerter in seine Brust eingedrungen und hatte die Lunge verletzt. Die Helfer hatten ihm eine Sauerstoffmaske übergezogen und eine Infusion gelegt.

Es war der als Berber gekleidete Jean Lillet, der angeblich entführte Fabrikantensohn.

»Wie steht es um ihn? Kommt er durch?«, fragte Jacques.

»Ein Sanitätshubschrauber müsste in fünf Minuten da sein. Dann fliegen wir ihn nach Bordeaux. Eine gute halbe Stunde Flugzeit. Er dürfte es schaffen.«

Weiter hinten in dem Raum saßen drei ältere Männer am Boden. Ihre Beine waren mit Plastikbändern zusammengebunden, die Hände auf dem Rücken gefesselt. Sie sahen nicht aus wie Handlanger, eher wie Bosse. Bosse, die in der Lage sind, für den Schutz der wirklich großen Drogengeschäfte zu sorgen. Ein Schutz, den sie sich mit sehr viel Bargeld erkauften, in der Drogenszene, der Polizei, der Gendarmerie und auch in der Justiz und in der Politik. Bosse, die über Leichen gingen.

Jacques überlegte kurz, ob er mit seinem Mobiltelefon eine Aufnahme der drei machen sollte, doch dann sagte er nur ganz nüchtern zu Jean: »Jetzt bin ich mal gespannt, wie Lacaze das erklären will.«

Fünf Schüsse aus der Glock

»Da soll mal einer sagen, es gäbe keine Klimakrise!«, fluchte Pierre Zyram. Ein starker Platzregen entleerte sich über dem Nordosten von Paris. Er schaute durchs Fenster seines Büros und überlegte, wie er trocken nach Hause kommen könnte. Oder zumindest bis zur Metrostation. Vielleicht hatte seine Assistentin einen Ersatzschirm? Am Morgen hatte noch die Sonne geschienen.

Sein abhörsicheres Diensttelefon klingelte.

»Oui?«

»Pierre, hier ist H. Bist du das, Pierre?«

»Ja. Pierre Zyram. Was gibt's?«

»Hast du diese Geschichte von Les Milandes mitverfolgt? Was war da denn los?«

»Soweit ich sehe, ist der Polizei ein ungeheurer Coup gelungen. Wirklich ungeheuer. Ich frage mich, wie sie das geschafft haben. Die müssen einen Insider eingeschleust haben. Da haben ein paar hochintelligente Internetgangster gleichzeitig auch noch den größten Drogenring Frankreichs aufgezogen. Die Polizei hat ein unglaublich modernes Computerzentrum vorgefunden und dazu noch dreißig Tonnen Heroin. Stell dir vor, dreißig Tonnen! Das ist gut eine halbe Milliarde wert. Aber die Gangster hatten es wohl irgendwie übertrieben. Warum fragst du?«

»Du hast mitbekommen, dass es ein paar Tote gab? Vier davon waren Agenten alpha, die wir immer wieder aktiviert haben. Ehemalige Fallschirmspringer aus Cercottes, die zu uns gewechselt waren. Offenbar haben sie sich von den Drogenchefs dafür bezahlen lassen, um Heroin per Flugzeug aus Westafrika zu holen. Wisst ihr mehr darüber?«

»Nein, nicht die Bohne. Die von der Police judiciaire und der zuständige Kommissar Jean Mahon halten genauso dicht wie Untersuchungsrichter Jacques Ricou. – Übrigens wissen wir von nix. Klar? Du verstehst, was ich meine?«

»Aber ja doch. Halt mich auf dem Laufenden.«

Der Platzregen hatte mit einem Mal aufgehört. Pierre Zyram legte den Hörer zurück, nahm seine Tasche und eilte aus dem Büro. Ihm war immer noch ein wenig unwohl wegen des Befehls des Präsidenten. Aber den hatte er aufgezeichnet. Man wusste ja nie.

Ein riesiger Regenbogen mit besonders intensiven Farben wölbte sich über dem Osten der Stadt. Der Blick über Paris aus seinem breiten Fenster entspannte ihn, solch ein Naturschauspiel hätte er im alten Palais de la justice nie erlebt.

»Vielleicht ist es doch gut, dass wir umgezogen sind«, sagte Jacques zu seiner Kollegin Françoise Barda, mit der er vier Stunden lang den Fall Les Milandes besprochen und in überschaubare Einzelteile zerlegt hatte. Dann hatten sie sich die Arbeit aufgeteilt. Der Fall war zu umfangreich für einen einzigen Richter.

»Ich habe eine fast noch schönere Sicht als du. Mein Eckzimmer erlaubt mir einen Panoramablick.« Die Untersuchungsrichterin, eine mollige Frau mit kurzen Beinen, lachte hämisch.

»Aber du machst nichts draus. Du sitzt mit dem Rücken

zum Fenster, während ich meinen Schreibtisch so gestellt habe, dass ich immer die Stadt sehe.«

»Und dann fängst du an zu dösen.«

»Ach, manchmal ist es ja auch ganz schön zu träumen.«

In der Cité judiciaire galt Françoise Barda als unangenehme Untersuchungsrichterin. Während Jacques als Richter zwar hart und unerbittlich auftrat, kannte man ihn privat doch als charmant, gebildet und witzig. Dagegen sagten böse Zungen über Françoise, sie beiße zu wie eine Hyäne, durchwühle Akten wie ein Dachshund und sehe aus wie ein Mops.

Plötzlich sprang Françoise auf.

»Ich muss jetzt los. Ich habe heute Abend noch Proben.«

»Tretet ihr immer noch in Saint-Merri in der Nähe vom Centre Pompidou auf?«

»Ja, so eine jahrhundertealte Kirche hat einfach einen wunderbaren Klang. Am Sonntagnachmittag ist wieder Konzert – wenn du mit Margaux kommen willst?«

Sie hatten schon häufiger zusammengearbeitet und sich dabei angefreundet. Françoise, als Untersuchungsrichterin eigentlich spezialisiert auf Finanzdelikte, trat in ihrer Freizeit mit einigen befreundeten Musikern als Jazzsängerin auf und hatte sogar schon beim Festival von Montreux einen Preis in der Kategorie Laien erhalten.

Während sie das Büro von Jacques verließ, rief Jean Mahon an.

»Noch eine kleine Erfolgsmeldung. Du erinnerst dich an die vier toten Leibwächter vor dem Fernsehstudio? Sie waren gut bewaffnet, alle vier trugen Revolver im Halfter. Und zwei der Waffen sind Glock 17. Nun ist Michel Delabrue mit einer Glock 17 erschossen worden. Wir haben mit allen gefundenen Pistolen Schießtests machen lassen. Es stellte sich zwar heraus, dass die Mordwaffe von Delabrue nicht darunter ist. Aber wir haben die Ergebnisse ins nationale Register gestellt, und darauf poppte die Übereinstimmung mit einem anderen Mord auf. In einem kleinen Dorf an der Schweizer Grenze war ein ehemaliger Fallschirmspringer, der ein Bistro betrieb, umgebracht worden. Und zwar genauso wie Michel Delabrue. Fünf Schüsse. Eine Kugel direkt ins Herz, eine Kugel direkt in den Kopf. Drei in die Brust. Das scheint das Markenzeichen von jemandem zu sein.«

Jacques schaute auf seine Uhr. Es war kurz nach sechs.

»Eigentlich wäre es ja jetzt Zeit für Johnnie.«

»O gern, willst du eben runterkommen?«

»Wollen ja, können nein. Ich habe noch zu viel zu tun. Aber ruf doch mal unseren neuen Freund Corbi in Cahors an. Vielleicht weiß der mehr. Der hat mir von einem Mord an einem ehemaligen Fallschirmspringer in irgendeinem Ort in Savoyen erzählt. Der Mann war Partner in der kleinen Video-Agentur am Flughafen Lalbenque und hat für die Drohnenaufnahmen gemacht. Vielleicht ist er den Leuten von Les Milandes zu nahe gekommen.«

So war's zumindest teilweise

Die Rechnung für das Abendessen mit Jacques im *Chez l'Ami Louis* betrug mehr als 420 Euro. Für zwei! Na gut, darunter zwei Flaschen nicht ganz billigen Weines.

Margaux fand den Beleg morgens, als sie in ihren Aufzeichnungen herumwühlte. Das Geld sollte nicht in der Redaktion rumschimmeln, dachte sie, und ihr erster Weg des Tages führte sie zum Büro von Chefredakteur Jean-Marc Real. Margaux öffnete die Tür und fuhr erschrocken zurück. Das Zimmer war voller Qualm.

»Komm rein! Und mach die Tür zu!«

Sie eilte schnurstracks zum Fenster und riss es auf.

»Igitt! Was ist denn hier los?«

Gut zwei Zentimeter Asche hingen an der gelben Gitanes, die Jean-Marc in seinem Mund hielt. Er lief mit ausgebreiteten Armen auf sie zu, so als wollte er sie umarmen, aber Margaux zuckte zurück, hielt abwehrend ihre Aktentasche vor sich und schrie: »Fass mich nicht an! Du stinkst und bist ekelig. Fass mich bloß nicht an! Denk an #MeToo. Ich zeig dich an.«

Vor Lachen verschluckte sich Jean-Marc am Rauch seiner Zigarette. Er musste husten und klappte mit dem Oberkörper fast bis auf Hüfthöhe nach vorn.

»Bist du so früh am Morgen schon betrunken? Was ist denn los? Haben sie dich gefeuert?« Entsetzt starrte Margaux ihn an.

»Komm, beruhige dich. Ich wollte dich nur beglückwünschen und umarmen. Und hör mir mit #MeToo auf. Es reicht mir schon, wenn einige von euch gendern und ich das wieder rausstreichen muss.«

Die Asche der Zigarette war auf den Boden gefallen. Jean-Real bückte sich, schob sie auf einen kleinen Karton und kippte den Rest in seinen Aschenbecher.

»So, und jetzt beruhigen wir uns mal.« Margaux setzte sich auf einen Stuhl gegenüber dem Schreibtisch des Chefredakteurs.

Frische Luft strömte durch die weit geöffneten Fenster.

»Margaux, du hast mit deiner Serie unsere Online-Auflage um zwanzig Prozent gesteigert. Und das offenbar dauerhaft. Sensationell. Und deshalb haben wir beschlossen, dir auch zwanzig Prozent zu geben – als Gehaltserhöhung. Ab diesem Monat. Deshalb: Glückwunsch.«

Aufgeregt sprang Margaux auf, machte drei Schritte um den Schreibtisch herum und umarmte Jean-Marc.

»Danke! Vergiss alles.«

Sie gab ihm eine Bise, einen leichten Wangenkuss, und zog die Rechnung des Restaurants aus ihrer Tasche.

»Ich hoffe, das ist auch noch drin.«

»Du hast eine unbeschränkte Zahl von Einladungen frei, wenn sie zu solchen Ergebnissen führen. Wie geht es denn jetzt weiter? Wann geht es Lacaze an den Kragen?«

»Vielleicht erfahre ich morgen Abend mehr. Dann treffe ich meinen Informanten.«

»So nennst du ihn jetzt? Habt ihr euch wieder einmal verkracht?«

»Überhaupt nicht. Verstehst du keine Ironie mehr? Wir, oder vielmehr mein geliebter Jacques – besser so?«, Margaux grinste den Chefredakteur an, »also Jacques versucht herauszufinden, was hinter dem Fernsehstudio steckt, das im Schloss aufgebaut war. Und er hat Jean Lillet immer noch nicht vernehmen können, der liegt weiterhin auf der Intensivstation im Krankenhaus in Bordeaux. Er wäre fast draufgegangen. Aber durch die Operation hat man wohl seinen verletzten Lungenflügel weitgehend retten können.«

»Fährt Jacques nach Bordeaux, oder wird Jean Lillet nach Paris verlegt?«

»Lillet ist nicht transportfähig, Jacques will morgen hinfahren. Mit dem Zug, weil das umweltfreundlicher ist.«

»Und es geht schneller. Du brauchst mit dem TGV zwei Stunden für rund fünfhundert Kilometer. Mit dem Flugzeug dauert es zwar nur eine, aber du musst eine Stunde vor Abflug in Orly sein. Bis du am Flughafen bist, ist eine weitere Stunde rum, und in Bordeaux vom Flughafen in die Stadt dauert es noch mal fast 'ne Stunde. Macht mindestens vier Stunden. – Willst du nicht mit ihm fahren und ihn in Bordeaux zum Essen einladen?«

»Nein. Erstens gibt es in Bordeaux sowieso weder ein Drei-Sterne-Restaurant noch eins mit zweien …«

»Ich kann mir nicht vorstellen, dass Ricou nach Sternen isst!«

»Recht hast du. Aber zweitens hat mein Informant gleich protestiert, als ich nur angedeutet habe, ich könnte ja wieder mit ihm reisen. Er hat genug Ärger bekommen, weil ich bei der Aktion in Les Milandes dabei war. Und da will ich ihn jetzt nicht verärgern. Außerdem habe ich für solch einen Ausflug keine Zeit, ich muss an der Serie weiterschreiben.«

»Na ja, du wirst es spätestens auf dem Kopfkissen erfahren, was in Bordeaux rausgekommen ist. Reicht es denn morgen wieder für einen Aufmacher?«

»Allemal, und ich brauche viel Platz.«

»Bekommst du. Worum soll's gehen?«

»Die Cyberleute von der Police judiciaire untersuchen gerade das kleine Computerzentrum im Schloss. Aber die Drogengeschichte ist auch noch nicht ganz erzählt. Wir werden noch eine Zeit lang von den Funden im Schloss profitieren. Diese Leute haben vor keinem Mord zurückgeschreckt. Denk nur an den Anschlag auf Untersuchungsrichter Michel Delabrue! Der ist übrigens auch noch nicht vollständig aufgeklärt. Du musst dir das mal vorstellen: Das Syndikat von Milandes hatte sogar ein Bestellsystem für Mordaufträge.«

»Wie ging das denn?«

»Wenn man richtig suchte, kam man im Darknet auf eine Site namens BlackHand. Darauf gab es einen Dienst namens Haurus. Haurus wiederum wurde gefüttert von jemandem, der entweder im Sicherheitsapparat saß oder zumindest Zugang zu den entsprechenden Daten hatte. Bei Haurus konnte man Informationen einkaufen: Wann es die nächste Razzia in Marseille gibt, wo Durchsuchungen geplant sind. Solche Infos waren nicht teuer. So von zehn bis fünfzig Euro. Für etwa dreihundert Euro konnte man Führerscheine, Pässe oder Personalausweise bestellen, aber man konnte auch den Auftrag erteilen, eine Unternehmerin oder einen Gewerkschafter ermorden zu lassen. Das war dann nicht mehr ganz so günstig, ging erst so ab zehntausend los. Ausgeführt wurden diese Auftragsmorde von einer Freimaurerloge namens Athanor, bezahlt wurde mit Bitcoin. Das habe ich alles im Detail, inklusive einiger Fälle! Da ist irre viel Geld zusammengekommen. Monatlich mehrere Millionen Euro. Das Ganze wurde wie ein Callcenter betrieben.«

»Ich vermute, die hatten aber auch ganz schöne Unkosten. Die Informanten wollten sicher auch was abhaben. – Und darfst du das Material schon verwenden?«

»Ja, das ist schon geklärt. Und ich hab es exklusiv. Ich glaube, es kommt erst morgen oder übermorgen in einer Pressekonferenz des Gerichts an die Öffentlichkeit.«

»Dann nichts wie los an deinen Laptop. Das klingt unglaublich spannend, dafür kriegst du morgen allen Platz der Welt im Blatt.«

Das Beduinenzelt im Krankenhaus

In Margaux' Bericht über Darknet-BlackHand-Haurus wurde er kein einziges Mal genannt. Zufrieden faltete Jacques die Zeitung zusammen und schaute aus dem Fenster. Sie hatte sich in der ganzen Serie an seine Bitte gehalten, ihn so wenig wie möglich zu erwähnen. Es reichte, dass Eingeweihte ahnten, wer ihre Quelle im Palais de la justice sein könnte.

Der Untersuchungsrichter saß im TGV um 9 Uhr 14 ab Gare de Montparnasse in der zweiten Klasse, obwohl ihm in seiner Gehaltsklasse erste Klasse zustand. Der Richter buchte immer die zweite Klasse, denn sein Credo lautete, dass es in Frankreich, grob gesagt, zwei Sorten von Staatsdienern gab: solche, die als Katholiken im Dienst eine Pfründe sahen, und solche, die Protestanten waren und jede Ausgabe von Steuergeld sorgsam abwogen. Er gehörte in diesem Fall zu den Protestanten. Obwohl er mit Gott und der Kirche insgesamt auf Kriegsfuß stand.

Ein anderer Artikel in der Zeitung ließ ihn schmunzeln, denn er handelte von einem Fall, den Françoise Barda als auf Finanzfragen spezialisierte Untersuchungsrichterin zur Anklage gebracht hatte.

Der siebenundsiebzigjährige Claude Guéant, einst Innenminister unter Präsident Sarkozy, war von der Polizei zu Hause abgeholt und ins Gefängnis La Santé gebracht worden. Dort saßen in einer Zweierzelle etwas beengt auch die drei Männer, die im Konferenzraum des Schlosses Les Milandes verhaftet worden waren. Der ehemalige Innenminister erhielt allerdings eine Edelzelle für bevorzugte Gäste. Er war nicht der erste Prominente, der dort landete.

Noch ein Politiker, der meinte, er stehe über dem Gesetz.

Guéant hatte eine glanzvolle Karriere vorzuweisen. Vom Präfekten war er zum Büroleiter des damaligen Innenministers Sarkozy aufgestiegen, der ihn, als Sarkozy zum Präsidenten gewählt worden war, zum Generalsekretär des Élysée-Palastes machte. »Kardinal« hatte man Guéant wegen seiner Arbeitswut, seiner Strenge und seiner Machtbesessenheit spöttisch genannt.

Doch dann wurde Sarkozy nicht wiedergewählt und wegen Veruntreuung von Staatsgeldern mehrmals verurteilt. Und mit ihm fiel auch Guéant, der es ihm gleichgetan hatte. Unter anderem hatte er in die Kasse des Innenministeriums gegriffen, weil ihm sein Gehalt zu gering erschien. Und aus einem Topf, aus dem verdiente Polizisten in besonderen Fällen Prämien erhalten sollten, nahm er sich monatlich zehntausend Euro, über die er privat verfügte.

Bei der Durchsuchung seiner Wohnung fand man schließlich fünfhunderttausend Euro in bar, deren Herkunft er nicht glaubhaft erklären konnte. Das Urteil lautete auf zwei Jahre Gefängnis, davon ein Jahr auf Bewährung, neben einer happigen Geldstrafe und der vollständigen Rückzahlung der illegal entnommenen Summen. Aber der ehemalige Innenminister erklärte, er habe kein Geld. Ohne allerdings etwas an seinem großzügigen Lebensstil mit Hauspersonal und Essen in den edelsten Restaurants der Stadt zu ändern.

Nun saß Guéant im Gefängnis. Der Orden als Mitglied der Ehrenlegion war ihm aberkannt worden. Sein Anwalt protestierte: Das sei nichts als ein politisches Komplott der jetzigen Regierung.

Jacques schickte einen kurzen Text an Françoise.

»Glückwunsch! Guéant geschafft.«

Sie antwortete sofort: »Jetzt bist du mit Lacaze dran!«

Ein Wagen der Polizei holte Jacques gegen elf Uhr vormittags am Bahnhof Bordeaux-Saint Jean ab und brachte ihn in einer Viertelstunde zur Universitätsklinik in der Stadtmitte. Vor dem Eingang zur Notaufnahme parkte ein Einsatzwagen der Polizei, zwei mit Maschinenpistolen bewaffnete Männer standen an der Tür.

Als Jacques sich beim Empfang melden wollte, traten zwei Herren auf ihn zu und stellten sich vor. Es waren Raymond Lillet, der ältere Bruder von Jean und Chef des Likörunternehmens, und Claude de Montaigne, sein Rechtsanwalt. Als ihm der Name des Anwalts genannt wurde, zuckte Jacques zusammen und überlegte, ob er fragen sollte, inwiefern Claude mit Michel de Montaigne, dem berühmten Philosophen des 16. Jahrhunderts und einst auch Bürgermeister von Bordeaux, verwandt sei. Aber dann ließ er es doch. Wahrscheinlich wurde er das immer gefragt, und es nervte ihn nur.

Raymond bat den Richter, ihn vertraulich sprechen zu dürfen, ehe er Jean Lillet vernahm. In knappen und offenen Worten erklärte er, Jean lebe geistig in einer anderen Welt. Um ihn ruhig zu halten, habe man sein Krankenzimmer in ein Beduinenzelt verwandeln müssen. Jean lasse sich nur auf Gespräche ein, wenn er mit Mansa Musa angesprochen werde. Mansa bedeute in der in Mali gebräuchlichen Sprache Madinka »König der Könige«.

In seinem Zimmer wachten Tag und Nacht zwei angebliche Berber, die ihn versorgten. Tatsächlich handelte es sich um freigestellte Krankenpfleger maghrebinischer Herkunft, die gegen Honorar diese ungewöhnliche Aufgabe übernahmen und sich dafür in kostbare Djellabas und Tagelmust kleideten, die aus dem Schloss Les Milandes stammten.

Jacques dankte für das Vertrauen. Der Anwalt bat, bei der Vernehmung anwesend sein zu dürfen, was sein gutes Recht war.

Aus Gründen der Sicherheit war Jean Lillet in einem großen Krankenzimmer einer momentan nicht benutzten Isolierstation untergebracht. Sie befand sich direkt neben der Intensivstation, war aber durch schwere Glastüren vom restlichen Krankenhausbetrieb getrennt. Auf dem Gang saßen zwei Polizisten mit Schusswesten und Maschinenpistolen.

Ein leitender Arzt bat Jacques, nicht länger als eine Stunde mit dem Kranken zu sprechen. Jean Lillet sei zwar wieder recht stabil und könne sicher in einer Woche in eine Rehabilitationsmaßnahme entlassen werden. Man werde im Anschluss daran sehen, wie sehr der Besuch des Richters den Patienten belastet habe, und dann entscheiden, wann und wie lange weitere Vernehmungen möglich wären.

Da es dem Untersuchungsrichter erst gegen drei Uhr nachmittags nach Mittagessen und Siesta erlaubt war, Jean Lillet zu sprechen, boten Raymond Lillet und Claude de Montaigne Jacques an, ihn zum Mittagessen einzuladen. Warum nicht?

Beim Essen entwickelte Montaigne einen offensichtlich schon vorbereiteten Plan. Der Richter und der Anwalt sollten sich als Qadi, arabische Richter, verkleiden. Das würde den Zugang zu Jean erleichtern.

Jacques lachte laut auf. Aber als Montaigne erklärte, er habe einen passenden Kaftan und eine Kopfbedeckung vorsichtshalber in seinem Wagen mitgebracht, bat Jacques um eine kurze Bedenkzeit.

Er verließ den Tisch, trat vor das Bistro und rief Jean Mahon an. Spräche etwas dagegen?

Nicht, dass er wüsste. »Frag doch mal Betonmarie.«

»Nee, der fehlt dazu der Humor.«

Aber Françoise Barda lachte laut auf, als Jacques ihr die Lage schilderte. »Mach doch! Ich sehe keine rechtlichen Bedenken. Du etwa?«

Nein, Jacques fiel auch nichts ein.

Vom Traum, Mansa Musa zu sein

Der Traum, Mansa Musa zu sein, hatte Jean Lillet in die Hände von drei Männern getrieben, die sich mit großem Geschick seiner Wahnvorstellung bedienten. Ursprünglich hatten die drei nur mit Drogen gehandelt, die sie in großen Mengen über Westafrika nach Frankreich einschleusten. Dazu hatten sie sich mit den Präsidenten der afrikanischen Länder verständigt, die auf ihrer Transportroute lagen. Es war alles nur eine Frage des Geldes.

Über den damaligen Präsidenten von Mali, Amadou Traore, lernten sie Jean Lillet alias Mansa Musa kennen. Er könne ihnen mit seiner Kamelkarawane helfen, große Mengen an Drogen unbemerkt durch die Sahara zu transportieren.

So begannen Lillets geschäftliche Beziehungen mit Willy, Kylian und Guy. Da sie Jean mit dem Versprechen auf weit mehr Millionen köderten, als er für den Bau seines Königspalastes in Timbuktu benötigte, ging er auf all ihre Vorschläge ein. Er würde seinen Traum vom Mansa Musa verwirklichen können.

Die Drogen, die tonnenweise kamen, mussten in Frankreich sicher versteckt und verteilt werden. Dafür, sagten sie, wäre doch sein Schloss hervorragend geeignet. Denn es lag praktischerweise so sehr abseits, dass niemand auf die Idee käme, es könnte dem Drogenhandel dienen. Dafür erhalte Jean eine weitere Million.

Das Drogengeschäft übernahm Willy, ein hochgeachteter Bürger von Marseille, der jedes Jahr zum Nationalfeiertag in den Garten des Élysée-Palastes eingeladen wurde.

Kylian baute unterdessen einen zweiten Geschäftszweig auf. Durch einen Kumpel war er in das Millionengeschäft geraten, das im Darknet abgewickelt wurde, und auch da bot sich das Schloss als guter Stützpunkt für die Errichtung eines großen Computerzentrums an. Kylian war ein angesehener Bürger von Lyon, der jedes Jahr zum Nationalfeiertag in den Garten des Élysée-Palastes eingeladen wurde.

Guy, der Dritte im Bunde, hatte die besonders verwegene Idee, mit der vorgetäuschten Entführung von Jean weitere Millionen Bitcoin zu generieren. Denn in der Zeit der Corona-Krise hatten sich alle an Videokonferenzen gewöhnt. Dieses Medium wollte Guy nutzen, um Frankreichs Millionäre mithilfe der richtigen Autorität zu Lösegeldzahlungen zu veranlassen.

Allerdings musste der Schlossherr bei diesem Unternehmen mitmachen. Ihn zu überzeugen war jedoch nicht schwer, denn Guy sorgte dafür, dass Jean seine Illusionen dank reichlichem Drogengenuss immer intensiver ausleben konnte. Bald zog er nur noch tagträumend mit seiner Karawane, Tonnen von Gold und Tausenden Dienern nach Mekka. Wie einst Mansa Musa.

Guy war ein respektierter Bürger von Lyon, der jedes Jahr zum Nationalfeiertag in den Garten des Élysée-Palastes eingeladen und einmal sogar dem Präsidenten Sarkozy vorgestellt wurde.

Im Schloss wurde ein Studio eingerichtet. Mehrere Kulissen wurden aufgrund von Fotos der Originale nachgebaut: Das traditionsbewusste Büro des Präsidenten der Republik im Élysée-Palast, das Arbeitszimmer des Verteidigungsministers im Hôtel de Brienne, das moderne Arbeitszimmer des Finanzministers im Neubau in Bercy.

Dann galt es, vertrauenswürdige Personen zu finden, die dem Präsidenten, dem Verteidigungsminister Lacaze, dem Grünenpolitiker Nicolas Bulot und dem Finanzminister ähnlich sahen und zu deren Doppelgängern geschminkt werden konnten. Alles klappte bestens, nur ein Double für den Finanzminister konnte Guy trotz aller Mühen im Milieu nicht auftreiben.

Doch noch bevor Guy beginnen konnte, die Lösegeld-Pläne umzusetzen, wurde ihr Pilot und Drogenkurier am Flughafen Cahors gefasst. Zur gleichen Zeit hatte ein ehemaliger Fallschirmspringer, der manchmal als Leibwächter von Malis Ex-Präsident Amadou Traore im Schweizer Exil Dienst tat, eine Drohne über das Schloss fliegen lassen. Hatte er den Piloten verpfiffen?

Gut, das zweite Problem löste Guy schnell. Doch der Fall des Piloten landete bei einem harten Untersuchungsrichter in Paris. Und auf dessen Anordnung wurde der Flugbetrieb in Cahors auf einmal besonders scharf kontrolliert.

Versuchen wir doch mal, ob eine Videoschaltung mit unserem Lacaze bei der Gendarmerie in Cahors die gewünschte Wirkung hat.

Der Auftritt des fiktiven Verteidigungsministers funktionierte einwandfrei.

Dennoch gab es weiterhin verschiedene Probleme mit dem Untersuchungsrichter, und um diese endgültig zu lösen, sollte der Geheimdienst eingeschaltet werden. Und zwar der Chef des *service action*.

Dazu galt es, den Chef des Geheimdienstes, Jean Roche, vom Büro fernzuhalten, denn der war einst mit Amadou Traore, dem abgesetzten Präsidenten von Mali, befreundet gewesen und hatte ihn nach dem Umsturz von der französischen Luftwaffe ausfliegen lassen.

Die Planung dauerte einige Tage, das dafür benötigte Double des Grünen-Chefs funktionierte auch hervorragend. DGSE-Chef General Jean Roche saß fast eine Stunde lang in einer Einbahnstraße fest, während der angebliche Präsident der Republik von seinem Büro im Élysée mit dem Chef des *service action* sprach.

Guy wurde immer mutiger.

Er ließ den falschen Lacaze bei Raymond Lillet anrufen. Auch da hatte er Erfolg.

Guy bat Jean, dem er zunächst zwei Tage lang den Nachschub für seine Räusche verweigert hatte, weitere Namen zu nennen von reichen Freunden der Familie, die Lacaze oder gar der Präsident ansprechen könnten. Am besten Eigentümer von Unternehmen, die mit Staatssubventionen rechnen durften. Es funktionierte mehrmals. Innerhalb von drei Wochen gingen 23 Millionen ein, davon allein sieben von der Familie Lillet. Nur die Milliardärin Françoise Bettencourt machte Zicken. Bei ihr hatte ein einfacher Verteidigungsminister eben nicht das nötige Gewicht. Sie würde sich wahrscheinlich nicht einmal vom Präsidenten der Republik erweichen lassen. Denn Präsidentschaftskandidaten jeder politischen Couleur bettelten bei ihr immer um Gelder für ihre Wahlkämpfe.

Irgendetwas lief dann doch schief.

Jean wurde rebellisch und forderte mehr Gold für seinen Palast in Timbuktu.

»Wir überweisen dir mehr Bitcoin!«

»Quatsch. Bitcoin, Dollar, Euro … Ich will Gold!«

Es wird jener Streit gewesen sein, den Yves mit seiner Drohne gefilmt hatte.

»Gut, du bekommst Gold. Aber wir müssen es erst mit der Kamelkarawane holen.« Das beruhigte Jean ein wenig.

Um ihn ständig zu bewachen, wurden zwei kräftige Männer aus der Mannschaft der Drogenkuriere als Berber eingekleidet und zu seinen Leibwächtern ernannt. Mansa Musa war doch auch stets von Dienern begleitet.

Guy hatte den beiden eingeschärft, Mansa Musa alias Jean dürfe auf keinen Fall fliehen. Er sei unberechenbar und würde das ganze Unternehmen hochgehen lassen. Im Notfall sollten sie ihn lieber ausschalten.

»Bravo Jacques. Bravo Fabienne. Bravo Jean«, sagte Gerichtspräsidentin Marie Gastaud, nachdem Jacques mehr als eine Stunde lang von seiner Vernehmung in Bordeaux berichtet hatte, die über mehrere Tage gelaufen war. »Ist denn auch geklärt, wer Untersuchungsrichter Michel Delabrue erschossen hat?«

»Vermutlich das gleiche Pärchen, das auch den Mord in Savoyen auf dem Gewissen hat. Ähnliche Waffe, gleiche Schussfolge. Bei der Motorradgang, die zum Geschäft von Willy, Kylian und Guy gehörte, waren auch einige harte Frauen. Den direkten Nachweis hoffen wir durch die Verhöre, durch Waffenvergleiche und eventuell auch DNA-Untersuchungen führen zu können.«

Betonmarie erhob sich, ging zur Tür und gab Justine ein Zeichen.

»Ich glaube, ich werde das Élysée und die anderen Politiker sanft informieren müssen, dass sie missbraucht worden sind.«

Auf einem Tablett brachte Justine vier Gläser und eine geöffnete Flasche Veuve Cliquot. Marie Gastaud goss jedem persönlich ein und hob das Glas.

»Eine großartige Leistung, wie Sie all die verschiedenen Stränge parallel verfolgt, schließlich zusammengebunden und dann gelöst haben. Ihre wirklich ungewöhnlich erfolgreiche Arbeit verdient eine Belohnung. Ich werde Sie alle drei zur Beförderung vorschlagen.«

Dann lachte sie kurz und trocken.

»Ob es allerdings so schnell geht, dass Sie, Jean, davon noch etwas haben werden, bezweifele ich. Wann gehen Sie in Pension?«

»Mal sehen. Ich habe nicht im Kopf, wann das ansteht. Irgendwann demnächst.«

Ein kurzes Nachwort – Honfleur im September

Es war Sonntag früh, und beim Frühstück in der Sonne auf der holzgetäfelten Terrasse vor der großen Suite des Hotels *Les maisons de Léa* in Honfleur hatte Jacques allerbeste Laune. Margaux tauchte ihr lauwarmes Croissant in den Café crème und fragte Jacques kauend: »Stimmt das wirklich, was du mir gestern über Jean Lillet erzählt hast?«

Am Abend zuvor waren sie ihrer Tradition gefolgt, hatten im Restaurant *Tourbillon* gegessen und wieder einen besonders guten Wein getrunken, der aber längst nicht so teuer gewesen war wie jener im *l'Ami Louis*.

»Geht auf die Rechnung von Jean-Marc«, hatte Margaux lachend gesagt.

Wieder hatten sie sich gefragt, wer wohl der Mann auf dem Bild war. Und Jacques hatte gelacht und festgestellt: »Auf jeden Fall nicht Mansa Musa.«

Und dann hatte er erzählt: »Wenn man Geld hat, kann man sich wirklich die Freiheit kaufen. Stell dir vor, Raymond Lillet hat seinen Bruder Jean für unzurechnungsfähig erklären lassen. Montaigne verhandelt mit dem Generalstaatsanwalt über eine hohe Geldstrafe. Deshalb kommt es für Jean Lillet höchstwahrscheinlich nicht zum Prozess. Und jetzt halt dich fest: Jean, der inzwischen von Drogen entwöhnt ist, wird von der Familie – wenn er irgendwann aus dem Gefängnis entlassen wird – nach Timbuktu verbannt, in das Gebäude, das er sich als Palast bauen ließ. Dafür erhält er ein Dutzend Diener, die sich um ihn kümmern, und zwar in jedem Sinn des Wortes. Ist wahrscheinlich viel billiger, als ihn in Frankreich zu versorgen.«

»Vermutlich russische Milizionäre der Gruppe Wagner!«, rief Margaux lachend. »Die haben doch in Mali die französischen Truppen abgelöst.«

Es war wirklich ein herrlicher Morgen. Jacques blinzelte in die Sonne und kniff die Augen zu.

»Lass uns jetzt nicht mehr über den ganzen Krempel reden, das hat uns schon den Sommer gekostet. Soll ich uns noch einen Café crème bestellen?«

Margaux, die sich gerade zurückgelehnt hatte und ihr Gesicht mit geschlossenen Augen der Sonne entgegenstreckte, lupfte den Daumen.

Jacques erhob sich aus seinem Sessel auf der Terrasse, ging ins Zimmer und griff nach dem Haustelefon. Doch bevor er den Zimmerservice wählen konnte, sah er, dass sein stumm geschaltetes Mobiltelefon vibrierte. Auf dem Display erschien die Nachricht: *Ein Anruf von Jil.* Ihm wurde warm, er fluchte, schaltete sein Gerät schnell aus und wählte über das Haustelefon die Nummer des Service.

Betont laut sagte er: »Bitte noch zwei Cafés crèmes und zwei Croissants.«